# 诗钟通则与文献选粹

肖晓阳 主编

海峡出版发行集团
福建教育出版社

## 图书在版编目（CIP）数据

诗钟通则与文献选粹/肖晓阳主编. —福州：福建教育出版社，2025.9. —ISBN 978-7-5758-0691-6

Ⅰ.I207.22

中国国家版本馆 CIP 数据核字第 2025SC5319 号

Shizhong Tongze Yu Wenxian Xuancui

**诗钟通则与文献选粹**

肖晓阳　主编

| | |
|---|---|
| 出版发行 | 福建教育出版社 |
| | （福州市梦山路 27 号　邮编：350025　网址：www.fep.com.cn） |
| | 编辑部电话：0591-83786915　83779650 |
| | 发行部电话：0591-83721876　87115073　010-62024258） |
| 出 版 人 | 江金辉 |
| 印　　刷 | 福建新华联合印务集团有限公司 |
| | （福州市晋安区福兴大道 42 号　邮编：350014） |
| 开　　本 | 890 毫米×1240 毫米　1/32 |
| 印　　张 | 9.875 |
| 字　　数 | 230 千字 |
| 插　　页 | 4 |
| 版　　次 | 2025 年 9 月第 1 版　2025 年 9 月第 1 次印刷 |
| 书　　号 | ISBN 978-7-5758-0691-6 |
| 定　　价 | 66.00 元 |

如发现本书印装质量问题，请向本社出版科（电话：0591-83726019）调换。

# 前 言

2020年10月，福建省诗词学会发布了《诗钟通则》，得到省内各诗词学会的积极响应。为了巩固《诗钟通则》研究成果，促进通则实施和诗钟文化的传承与弘扬，学会又组织专家、学者撰写《〈诗钟通则〉解读》等文，并整理、收录最具价值的诗钟资料，结集成《诗钟通则与文献选粹》一书，以资诗钟爱好者学习研究，可免研习者搜寻诗钟资料之累。

本书内容类别包括以下六个方面。

其一，《诗钟通则》与解读。《诗钟通则》和《〈诗钟通则〉解读》，就诗钟的格律、体式、眼字、禁忌、书写、评取等方面作规范和解释，是诗钟创作、鉴赏与评取所依据的纲领性文件。

其二，诗钟话类。陈海瀛《希微室折枝诗话》是诗钟话的开山之作，在诗钟界具有重要地位，其体式影响了其后的诗钟史话，故予以全文收录。另一篇全文收录的是王贡南《诗钟话》。《诗钟史话》因与《希微室折枝诗话》内容相近，仅节选《诗钟之格律》和《诗钟之轶闻》。

其三，诗钟创作法类。包括陈涓音《折枝法式》、杨文继《处理折枝疑难字之各种运用手法》、肖晓阳《分咏诗钟创作法探微》《论诗钟的意象经营》、黄乃江《诗钟的意象选取与意境创设》。另，肖晓阳《诗钟通则解读》也包含眼字、对仗方面的创作法内容。

其四，诗钟鉴赏法与佳作选集类。包括肖晓阳《基于"言象意"的诗钟鉴赏》《情景与意境维度下的诗钟鉴赏》、杨文继《有时代代表性之正社折枝名句追录》、陈涓音《折枝诗名句录》。

其五，诗钟文史与考证类。包括王鹤龄《诗钟考源》，黄乃江《诗钟：中国古典诗学的盛大狂欢》《诗钟格目理论中的几个关键性问题》《诗钟与击钵吟之辨》《诗钟的艺术魅力及在台湾社会文化生活中的影响》，陈子波《纪台湾诗钟源流》，陈茅、周书荣《近现代福州地区几次诗钟活动记》。

其六，诗钟评取方法类。包括陈茅《浅论折枝诗之评选》、肖晓阳《玉尺裁量 工巧为尚》。

诗钟源于福州，约两百年历史。民国之前，诗钟理论研究几近空白，诗钟创作规范尚未建立，1940年代，诗钟发展进入高峰期，不仅高手云集，佳作潮起，诗钟用字对仗也日臻精审。创作技法的探究，不仅促进作品质量的提升，也为诗钟理论的研究奠定了基础。1950年代之后，真正意义上的诗钟理论著述才开始陆续出现，如《希微室折枝诗话》《诗钟史话》《折枝诗入门》《七竹折枝撼谈》《诗钟津梁》《风雅的诗钟》《台湾诗钟研究》等，这些专著为本集的文献撷萃提供了支撑。

诗钟崇尚工稳新巧，于作者具有提升文字能力和思维品质之功。目前，诗钟界的普遍现象是，作品工整较易，诗思新巧却难，与高峰期的水平差距颇大，这正是诗钟作者和研究者需要共同努力的方向。相信本书的问世，对诗钟的传承与弘扬当有助益之功。

编者

2023年10月

# 目 录

福建诗词学会《诗钟通则》/1

《诗钟通则》解读 /17

诗钟话 /45

希微室折枝诗话 /53

诗钟之格律 /81

诗钟之轶闻 /86

折枝法式 /94

折枝诗名句录 /99

处理折枝疑难字之各种运用手法 /105

有时代代表性之正社折枝名句追录 /109

诗钟考源 /118

纪台湾诗钟源流 /129

诗钟：中国古典诗学的盛大狂欢 /132

诗钟格目理论中的几个关键性问题 /160

诗钟与击钵吟之辨 /179

诗钟的艺术魅力及在台湾社会文化生活中的影响 /202

诗钟的意象选取与意境创设 /217

分咏诗钟创作法探微 /226

论诗钟的意象经营 /239

基于"言象意"的诗钟鉴赏 /252

情景与意境维度下的诗钟鉴赏 /268

浅论折枝诗之评选 /283

玉尺裁量　工巧为尚 /294

近现代福州地区几次诗钟活动记 /301

# 福建诗词学会《诗钟通则》

## 前　言

　　诗钟源自福州，出现于清代嘉庆、道光年间。诗钟集吟每为临场拈题，限时创作，体现斗巧、斗博、斗捷的竞技特色，颇能激发文人雅兴，故而风行全国，余响不衰。诗钟是高雅艺术，具有砥砺诗艺、淬炼文笔之功，对于提高文字能力、提升文化修养、发挥文学功能、陶冶高雅情操、促进社会文明大有裨益。诗钟是福建省非物质文化遗产，是我国优秀传统文化百花园中一朵独具异彩的奇葩。在全面复兴中国优秀传统文化的当下，本通则对于传承和弘扬高雅的诗钟文化，促进诗钟活动规范化具有深远的意义。

　　诗钟是一种诗体，属于杂体诗范畴。因限一炷香工夫吟成一联或多联，香尽钟鸣，故称"诗钟"。福建最常用的称谓是"折枝诗"，实指诗钟嵌字体之正格，即一唱至七唱。诗钟格律脱胎于律诗的颔联和颈联，但比律诗严格，以词类工对为审美追求，且不以俗（俚语、俗语）、涩、拗为忌。诗钟的单位是首、比或联。一首诗钟由上下两句组成，每句七个字，共计十四个字。

## 第一章　诗钟的格律

**第一条　诗钟声律依据**

诗钟声律依平水韵。

**第二条　诗钟格式**

诗钟有两种正格，一种拗体式。以○表示平，●表示仄，⊙表示可平可仄，三种格式如下。

正格平起式：

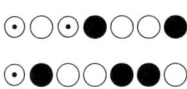

正格仄起式：

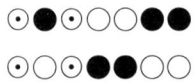

拗体式：

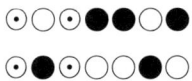

以上三种格律的规律是：

1. 上句仄收，下句平收。

2. 第一字平仄可以不论，第二、四、六字必论。平起式上下句第五字可互换平仄，成为拗体式，但不提倡，亦不禁止。

3. 忌孤平，仄起平收句第三字必平声。忌三仄尾和三平尾。

**第三条　句式节奏**

诗钟采用七言律句节奏，其半逗律以四三节奏或二五节奏为主。

## 第二章　诗钟的体式

诗钟体式主要有四大类：嵌字体、分咏体、合咏体、笼纱体。

**第一条　嵌字体**

嵌字体又称嵌珠，于诗钟创作最为常用。嵌字体钟格繁多，常见如下。

1. 嵌两字格

（1）一唱，又称冠顶格、鹤顶格、虎头格等。两字平仄不拘，分别嵌于上下句第一字。示例：

嵌○○○○○○
嵌○○○○○○

（2）二唱，又称燕颔格。取一平一仄两字，分别嵌于上下句第二字。示例：

○嵌○○○○○
○嵌○○○○○

（3）三唱，又称鸢肩格。多取一平一仄，也允许两字皆平或皆仄，分别嵌于上下句第三字。示例：

○○嵌○○○○
○○嵌○○○○

（4）四唱，又称蜂腰格。取一平一仄两字，分别嵌于上下句第四字。示例：

○○○嵌○○○
○○○嵌○○○

（5）五唱，又称鹤膝格。取一平一仄两字，分别嵌于上下句第五字。示例：

○○○○嵌○○

○○○○嵌○○

(6) 六唱，又称凫胫格。取一平一仄两字，分别嵌于上下句第六字。示例：

○○○○○嵌○

○○○○○嵌○

(7) 七唱，又称雁足格、鱼尾格、坐脚格。取一平一仄两字，仄声字嵌于上句末，平声字嵌于下句末。示例：

○○○○○○嵌

○○○○○○嵌

嵌字诗钟一至七唱亦可加某种限制和要求，如要求嵌入某字，曰得某字；若不允许嵌入某字，曰避某字等。如："振、增"一唱，得"海"字，避"兴"字。嵌入的字在平仄合律的前提下，上下位置任意。

(8) 魁斗格，又称玉盒格。此格名来自北斗星座。北斗星中相距最远的两颗星为魁星与斗星。因此两眼字分嵌上句首字和下句末字。两眼字至少一字平声，依律平声字嵌于下句末。示例：

嵌○○○○○○

○○○○○○嵌

(9) 蝉联格，又称蝉连格、连理格。格名取意来自"蝉声联绵，此起彼伏"。两眼字既相连，又分属上下两句，因此分别嵌于上句尾和下句首。两眼字至少一字仄声，依律仄声字嵌于上句末。示例：

○○○○○○嵌

嵌○○○○○○

(10) 辘轳格。辘轳汲水，两只水桶一上一下，高低错落，水平方向不能相距太远。如上句嵌于第一字位，下句必嵌于第二字位。称之为"一二辘轳",以此类推为二三辘轳、三四辘轳、四五辘轳、五六辘轳、六七辘轳。其中"三四辘轳"最常见。若六组辘轳题遍,则合称"组合辘轳"。可根据下面的格式类推:

○○嵌○○○○
○○○嵌○○○

(11) 卷帘格。卷帘格疑借于谜格,取"倒卷珠帘上玉钩"之意。两字分别嵌于上下句,且上句嵌字低于下句一位。此格与辘轳格呈相反形状。最常见的为"五四卷帘格"。示例:

○○○○嵌○○
○○○嵌○○○

(12) 云泥格,又称鹭拳格,当钟联竖起时,首字为天,尾字为地。云泥格的两个眼字分别位于第二、六字位,天下为云,地上为泥,因以命名。又因鹭鸶站立时,双爪一立一蜷,一高一低,似打拳状,故名鹭拳。此格要求眼字一平一仄。示例:

○嵌○○○○○
○○○○○嵌○

○○○○○嵌○
○嵌○○○○○

(13) 比翼格,又称双飞格,两眼字一唱到七唱随意为之,因眼字始终相对,故称"双飞"。

(14) 上楼格与下楼格,从一唱一直作至七唱,成为七联一组的诗钟。或以某两句诗中上下句对应的字为眼字,依次嵌入诗钟内,成为一组诗钟。又依嵌字所在位置的变换顺序,一至七唱称"上楼格"(也称"层咏格"),七至一唱称"下楼格"。

2. 嵌三字格

(1) 汤网格。三个题字分嵌两句首尾，因嵌字占四角之三，仅留一角，形成网开一面的状态。因典涉商汤，故名汤网格。其四种格式如下：

嵌〇〇〇〇〇〇
嵌〇〇〇〇〇嵌

嵌〇〇〇〇〇嵌
嵌〇〇〇〇〇〇

〇〇〇〇〇〇嵌
嵌〇〇〇〇〇嵌

嵌〇〇〇〇〇嵌
〇〇〇〇〇〇嵌

(2) 勾股格。三个题字分嵌上下句，构成直角三角形。直角三角形两条直角边分别为勾、股，因此定名。三个题字中，两字相对，余字不连，任意可嵌。题字避免全平全仄。此格题字不能嵌于句首和句尾，以区别于汤网格。示例：

〇嵌〇〇〇嵌〇
〇嵌〇〇〇〇〇

〇嵌〇〇〇嵌〇
〇〇〇〇〇嵌〇

(3) 鼎峙格。三个题字分嵌上下两句，呈不规则三角形。福州人现今将其归入"碎锦格"。示例：

〇嵌〇〇〇嵌〇
〇〇嵌〇〇〇〇

(4) 鼎足格。此格分为大鼎足与小鼎足。大鼎足，三个题字，两字嵌上句首尾，一字嵌下句第四字；或两字嵌下句首尾，一字嵌上句第四字，形成最大的等腰三角形，亦称"鸿爪格""弯弓格"。题字避免全仄或全平。大鼎足示例：

○○○嵌○○
嵌○○○○嵌

嵌○○○○嵌
○○○嵌○○

小鼎足，亦称"三星格""三角格""拱照格"。三个题字构成等腰三角形，不可同时嵌入首尾，以区别大鼎足。小鼎足示例：

○嵌○○○嵌○
○○○○嵌○

○○○嵌○○
○嵌○○○嵌○

○○○嵌○○
○○嵌○嵌○○

○○嵌○嵌○○
○○○嵌○○

3. 嵌四字格

（1）双钩格。双钩即虎头钩，钩分双头，一头护手一头为钩，双钩即四面皆护住。又因"锦囊四角含香"，亦称香囊格。四个题字分别嵌上下句首尾，四字不可全平全仄。

嵌○○○○○嵌
嵌○○○○○嵌

（2）唾珠格。亦名睡珠格、睡蛛格。四个题字可重新组

合,两字相连,嵌于上句,两字相连,嵌于下句,位置相对。示例:

〇〇〇嵌嵌〇〇

〇〇〇嵌嵌〇〇

嵌嵌〇〇〇〇〇

嵌嵌〇〇〇〇〇

(3)秋千格。四个题字,其中两个题字嵌于上句一、六位置,另两个题字嵌于下句二、七位置。示例:

嵌〇〇〇〇嵌〇

〇嵌〇〇〇〇嵌

(4)居易格

将古今名人的名字或号(限两字)分嵌于上下句相对位置,位置不限。示例:

公瑾能谋吴下俊

子龙善武蜀中豪

4. 嵌六字格

竹节格:六个题字,分别嵌入上下句二、四、六位置。但六个字中,须三字平声、三字仄声。示例:

〇嵌〇嵌〇嵌〇

〇嵌〇嵌〇嵌〇

5. 碎锦格

将三个或三个以上题字分嵌于上下句中,题字四字以内不连、不对。

(1)三字碎锦格,三个题字,一字嵌上句、两字嵌下句;或两字嵌上句,一字嵌下句。与鼎峙格同。

(2)四字碎锦格,又称四皓格。四个题字分嵌上下两句,不连不对。示例：
　　　　　○嵌○○嵌○○
　　　　　○○嵌○○嵌○

（3）五字碎锦格，又称五杂俎格，简称"五俎"。五个题字分嵌上下两句，不连不对。示例：
　　　　　○嵌○○嵌○嵌
　　　　　○○○嵌○嵌○

（4）六字碎锦格，又称六逸格。六个题字随意分嵌，任意位置可连两个字，可对。示例：
　　　　　嵌嵌○○嵌○嵌
　　　　　○○嵌○嵌○

（5）七字碎锦格，又称七贤格。七个题字随意分嵌，任意位置可连两个字，可对。示例：
　　　　　嵌嵌○嵌○嵌
　　　　　○○嵌○嵌○嵌

（6）八字碎锦格，又称八龙格。八个题字随意分嵌，任意位置可连三个字，可对。示例：
　　　　　嵌嵌嵌○嵌○嵌
　　　　　○嵌○嵌○嵌

（7）九字碎锦格，又称九老格。九个题字随意分嵌，任意位置可连四个字，可对。示例：
　　　　　嵌嵌嵌嵌○○嵌
　　　　　嵌○嵌嵌○嵌○

以上（4）至（7）现已基本不用。

**第二条　分咏体**

上下句分别各咏一个不相干的事物，主题上下不拘，两句对仗，不犯题字。不犯题字包括不犯别称、代称、雅称、同义字等。分咏诗钟可作某种限制，如不许嵌某字，或某位置须嵌某字等。

**第三条　合咏体**

两句对仗，合咏一个主题，不犯题字（规则同分咏）。合咏诗钟可作某种限制，如不允许嵌入某字，或须嵌某字等。

**第四条　笼纱体**

笼纱体有双暗嵌与明、暗分嵌两种，前者称"笼纱格"，后者称"晦明格"。

1. 笼纱格

"笼纱"一词原指古人将题于墙壁上的诗用碧纱笼护，以示珍贵。此格借"笼纱"二字，取其若隐若现之意。笼纱格的题字为两个，要求句中不出现题字，通过指代、借代、歇后、剪裁的方法，隐约显现题字，做到"此中有字，呼之欲出"，犹如谜面影射谜底一样。笼纱格并非"分咏"二字，其实质是题字"暗嵌"。如"飞、纶"云：

忠推南宋将军岳（岳飞）

诗爱中唐户部卢（卢纶）

2. 晦明格

又称"柳暗花明格"，两个题字，一句明嵌题字，一句暗嵌题字。任选一题字作明嵌，上下联均可，所嵌位置不限。如嵌"画、唇"云：

画水最难声并绘

交邻谁悟齿相依

**第五条　其他格式**

1. 集锦格。指两句分别集同类的名词而成。如一句集花名，一句集鸟名；一句集词牌名，一句集曲牌名等。

2. 集句格。在符合题目的前提下，上下句用七字成句，并要求在句子后注明作者。集句亦要求对仗工整。

3. 流水格。题字三个及以上，依题字顺序嵌入句中，顺序不可以颠倒，如水顺流而下，故称流水格。

4. 碎流格。亦称流水碎。题字三字及以上，可颠倒分散嵌入句中。常标明题字分嵌上下句的个数，如六个题字，标"二四碎流"，则上句嵌入两字，下句嵌入四字。因受题字所限，此格不要求对仗，现已弃之不用。

5. 押尾格。将三题字直接嵌入下句句尾。因受题字所限，此格不要求对仗，现已弃之不用。

## 第三章　诗钟的眼字与钟眼

嵌字体诗钟中，用来嵌入的字为两个时，称为"眼字"。眼字组成的词或词组称为"钟眼"，简称为"眼"。嵌入的字为三个或三个以上，称为"题字"。

眼字（或题字）必须嵌牢。若所嵌的眼字在句意的表达中可有可无，或有歧义，说明眼字未嵌牢，此为大忌。眼字的位置必须符合题目规定，且不可重复出现于其他位置。

## 第四章　诗钟的禁忌与通融

**第一条　禁忌**

1. 虚实动静

古代汉语之词有虚实之分，虚实不相对。"虚"词指介词、连词、助词、叹词、拟声词等，"实"词包括名词、动词、数词、量词、代词、形容词等。动词对动词，非动词与动词不相对，但转品作动词时可以相对。

2. 通用专用

通用名词与专有名词不可相对，如"塞北"为泛指，"江西"为专指。

3. 总称个称

总称与个称不可相对，如"花""鸟"为总称，"桃""莺"为个称。

4. 词类不同

词性不相当不可相对，通过转品后使词性一致才可相对；结构不相同的词或词组不可相对，如偏正结构不可对联合结构。两字并列，一正一反须对一正一反。上下句不仅词或词组相对仗，还要求逐字对仗。

5. 词类不匀

上下联同类词呈不对称布局，是为"左右相撞"，如"×××××山×，×××河×××"。左右相撞常见者有"三足蟾"，指同一类别的三个字，两个字对仗，另一个字与其他类别的字相对，如"×樟×××岸×，×山×××江×"，此为犯忌。同理，"五足蟾"亦不许可，如"江海××水××，山原××花××"。交叉相对不在词类不匀之列，如"×花×××山×，×海×××草×"，其中"花"对"草"、"海"对"山"。

6. 不类失衡

不类是指上下句主题类型不同，例如一句写景，一句议论。失衡是指上下句内涵大小相差太大，失去平衡。

7. 摘用成句

摘用古人或今人诗文中对仗的成句（八字或八字以上）为犯忌，但集句诗钟例外。

8. 字义不对

字对义不对，指字面对仗工整，但字义不对。

9. 近义同义

忌合掌，忌同义字、近义字相对，忌一首诗钟出现两个或两个以上同义词或近义词。

10. 有姓无姓

用姓名，不可一句有名有姓，一句有名无姓。

11. 有典无典

不可一句有典一句无典。

12. 有人无人

不可一句有人（表现人的口气、动作、思维等，能感觉有人的存在），另一句无人。

13. 节奏不一

忌上下句句式节奏不一致，如上句四三节奏，下句二五节奏。

14. 重字违规

禁止不规则重字。

### 第二条　不忌范畴

1. 吊眼。即眼字不与其他字组词，而是作单字用。

2. 一吾体。即"一"对"吾"。

3. 三才（天地人）之间互对。如人对地、我对天。

4. 姓、名、字、号、官衔、朝代、国号之间相对。

### 第三条　不提倡，亦不忌范畴

1. 三四节奏句。

2. 成语入句。

3. 流水对。即上下句为承接关系，两句共同表达一个完整的主题，单句意思不完整。

4. 重字句。包括顶针、编篱、重叠。

## 第五章　诗钟的出题与书写

### 第一条　出题形式

出题形式分为宿构与现拈两种。宿构指先期出题,在限期内提交作品。现拈指当场出题,限时完成。古人多以焚香计时,以寸香为限,线断鸣钟即截稿,作品提交后不可再改。今多以钟表限时。

命题分出题与拈题两种。出题指由出题人指定题目。拈题指临场随机拈字为题,可增加诗钟创作的难度,更具公平性和趣味性。拈题而来的眼字大多不对仗,眼字多不成文;出题之眼字往往对仗且成文。

**第二条　题目格式**

1. 出题题目书写:两个眼字及分咏主题之间加"、",眼字(含题字)、分咏主题前后加引号,其后写明体式,如"×、×"凤顶格、"××、××"分咏。三字及以上题字及合咏体主题,不用顿号,如"×××"汤网格、"××"合咏。

2. 诗钟作品题目书写:在出题题目基础上加书名号,如潘主兰《"名、老"六唱》:"枯可分无颠老树,浑难甘自涸名泉。"

**第三条　钟句书写**

可依具体要求,上下句或分两行并排,或单行书写。上句逗号结尾,下句句号结尾,句中不加任何标点符号。上下句两行并列时,可省略标点。原则上诗钟不加注。

## 第六章　诗钟的评取

**第一条　评取方法**

1. 剔犯禁

诗钟最基本的要求是合律,具体说就是平仄、对仗、节律三个方面没有毛病,若三者之一不合要求,或犯诗钟禁忌,即可将其排除在评取之列。

2. 查文理

审查诗句是否文理通顺。例如表意是否清晰准确,句子是否简洁顺畅,遣词有无生造别扭,观点是否正确合理,肌理是否严谨缜密,分咏合咏是否切题。

3. 审嵌字

嵌字体诗钟力求眼字(或题字)稳妥,不着痕迹。折枝诗中,由眼字组词而成的两个"眼",力求对仗工整,不生造。

4. 取佳构

当筛去不合格律、文理不通和嵌字不牢的诗钟后,着重从作意优劣来评价诗钟,进一步筛去平庸之作,去粗取精,评定等次。

**第二条  评取约束**

1. 词宗不取己作,亦不可化名评取己作。词宗对作者诗稿有保密的义务。

2. 禁化名、冒名投稿。犯此禁一旦被查实,主办方有权取消化名之奖项,追讨奖金或奖品,并通报批评。

3. 凡抄袭他人佳作者,允许被侵权者向主办方申诉。主办方一经查实,有权取消侵权者奖项,并通报批评。

4. 诗钟投稿截止后,任何组织和个人不得对作品进行删改。

5. 允许申诉。凡涉上述1、2、3、4之事项,如有争议者,允许各方申诉,主办方根据申诉材料做出裁定。

## 第七章  诗钟的取例

**第一条  聘请词宗**

应聘请学问扎实、为人正派者。词宗人数不拘,一名至多名皆可。多门词宗更能兼顾各流派风格,以免遗珠之憾。正取之外，可设捐取、遗珠。

**第二条 评取等第**

第一种，一般情况下，元、殿、眼、花、胪各取一名，录、监、斗数量依次增加。

第二种，按照等级评选，如一等、二等、三等或甲等、乙等、丙等。

**第三条** 本通则作为诗钟创作、征赛、评审、鉴赏的依据。

**第四条** 本通则由福建诗词学会发布，并负责解释。

**第五条** 《诗钟通则》（试行）自公布之日起试行。

福建省诗词学会<br>2020年10月31日

## 附：福建诗词学会《诗钟通则》研制小记

2020年7月27日，肖晓阳在闽侯诗词微信群发起研制闽版《诗钟通则》倡议，并于28日创建"闽版钟则研制群"，入群者有肖晓阳、陈茅、黄乃江、林晓、崔栋森、赵茂官、周书荣、陈金明、李林洲、官大樑。研讨由肖晓阳主持并作文字整理，以陈茅初拟、肖晓阳增补修订稿为基础，自7月29日至8月15日，历经19次集体研讨和补充修改，使《诗钟通则》日臻完善。其间，福建诗词学会黄高宪会长给予大力支持，指示于2020年10月闽侯诗词学会承办全省诗词论坛期间，参与大会交流。随后，由黄高宪会长召集、福建诗词学会楹联诗钟研究院院长丁仕达主持，召开了"通则"修订会，就体例规范等方面作进一步完善。参会人员有丁仕达、肖晓阳、陈茅、周书荣、林晓、林华光、黄乃江、崔栋森、黄高宪。《诗钟通则》于2020年11月初完成修订，随后由福建诗词学会发文颁布，全省实施。

# 《诗钟通则》解读

肖晓阳

为了帮助读者理解福建诗词学会《诗钟通则》，依章节顺序，摘要解读于下。

## 前　言

**"诗钟源自福州，出现于清代嘉庆、道光年间。"**

《诗钟史话》记载，诗钟出现最早的文字记载可追溯到清道光二十八年（1848年）莫友堂《屏麓草堂诗话》（屏麓山在福州长乐）。该书记载，当时福州吟秋诗社吟集有分咏、空咏、专咏三种诗体。如《"长、不"三唱，分咏"管仲、羿妻"》："射钩不死雠偏相，窃药长生盗亦仙。"《"今、入"一唱，专咏"怀孕"》："今年梅子酸尤甚，入月桃花信不来。"空咏例子最多，如《"马、劳"六唱》"春雨一犁秧马疾，松阴夹道伯劳鸣"、《"景、龙"七唱》"湖山月丽无双景，辇路春游有六龙"、《"上、凭"四唱》"死又难凭生亦梦，天如可上地无人"等。受王鹤龄先生嘱托，2000年前后，笔者亲往福建师大图书馆古籍部查阅，证实《诗钟史话》所述无误。

闽地素有"诗钟国"之誉，不惟诗钟源自福州，诗钟活动之盛、流传之久、作者之多、水平之高、研究之丰,外省难以企及。需要说明的是,诗钟研究历来属于冷门,所见专著很少。福建学者、诗钟史家黄乃江在其《台湾诗钟研究》一书中指出:"有关诗钟的论述,所见最早莫过于清道光二十八年(1848年)莫友堂(若愚)所著《屏麓草堂诗话》,然后是同治十一年(1872年)春李嘉乐所撰《诗社即事柬袁子久中翰(保龄)》一诗的序言,但都只是一些理论雏形。其后,对诗钟文体作过论述的,还有徐兆丰所著《风月谈余录》(1907年)、李岳瑞所著《春冰室野乘》(1911年)、易顺鼎所著《诗钟说梦》(1913年)、徐珂所著《清稗类钞》(1918年)等,但也只是零星的叙述。真正可以称之为诗钟理论的,只有宗威似写于民国十年(1921年)以后的《诗钟小识》。20世纪50年代以后,大陆才出现专门诗钟理论著述,先后有陈海瀛所著《希微室折枝诗话》(1958年)、萨伯森、郑丽生合著《诗钟史话》(1964年)、陈渭音《折枝诗入门》(1988年)、杨文继所著《七竹折枝诗摭谈》(1994年)、盛星辉所著《诗钟与无情对》(1997年)、肖晓阳所著《诗钟津梁》(1999年)、王鹤龄所著《风雅的诗钟》(2003年)等。"可见诗钟的理论研究多在新中国成立之后。1940年代福州诗钟的发展进入高峰期,体现在高手如云,佳作纷呈,钟作对仗工巧,构思精妙,对格律的运用越发精微,说明理论研究对诗钟创作起到积极的促进作用。

**"体现斗巧、斗博、斗捷的竞技特色。"**

追求作意新巧是诗钟的一大特色。所谓新巧,指迁思妙想,独辟蹊径,他人所不能及。如《"壁、头"六唱》:"世路何如攀壁虎,人情欲问叩头虫。"以"攀壁虎"喻"世路"艰难和晋升有道,以"叩头虫"喻唯唯诺诺者,折射人情世故,构思新奇,富于想象。又如《"南、二"一唱》:"南朝树与僧同蜕,二月花如女及笄。""蜕"本指蛇、蝉等动物脱皮,引申为解脱、变化,用来比喻"僧人"之兴替,诗思超迈,新巧至极。

**"诗钟是一种诗体,属于杂体诗范畴。"**

诗钟的属性存在"游戏说"和"诗体说"两种。游戏说是基于诗钟的竞技特点。分咏格的谐趣亦略有游戏成分。文体而论,诗钟当归属于诗。从"诗钟""折枝诗""两句诗""十四字诗"的名称可知,福建人历来视诗钟为诗的一种。诗钟源于福州私塾课童之"改诗",格律脱胎于七律的颔联和颈联。因此,王鹤龄《风雅的诗钟》一书将诗钟定义为诗,归于"杂体诗"范畴是合理的。

**"福建最常用的称谓是'折枝诗'。"**

"诗钟"与"折枝诗"概念不同,诗钟的外延大于折枝诗。折枝诗属于诗钟嵌字体范畴,眼字仅为两个,其"正格"(即一唱到七唱)属于折枝诗。严格来说,魁斗格、蝉联格等嵌二字诗钟不属于折枝诗。因此可称:"风、正"二唱折枝诗,而"霞、塘"魁斗格之后不宜加"折枝诗"。

**"以词类工对为审美追求。"**

诗钟的一大特点是对仗苛严。要使对仗工整,必须掌握对仗八法,即析结构、识内涵、明变异、探虚实、察动静、划节奏、求匀整、避同音。这里着重谈"析结构"与"避同音"(其余将在"诗钟禁忌解读"中谈及)。

**一、析结构**

对仗的难点主要是结构相对,须熟练掌握以下八种结构形式：

1. 偏正式，其特点是前一个字修饰或规定后一个字，如"小河""铁人"。

2. 联合式，由两个意义相反、相同、相近、相关的词根并列而成，如"是非""制造""仁义""山海"等。联合词中的词根是并列的，没有主次关系。

3. 动宾式，由动词与宾语（动词的支配对象）组成，如"开门"。

4. 主谓式，由主语与谓语组成，其构成公式是"什么＋干什么"，如"地震"；或者"什么＋怎么样"，如"山高"。

5. 动补式，后一个词根说明、补充前一个词根，如"打倒""厘清""说明"。

6. 物量式，由名词（物）与量词组成，如"船只""花朵""布匹"。

7. 附加式，由表示具体词汇意义的词根和附加意义的词缀组成，如"桌子""石头"。有时词缀放在词根的前面，如"老虎""阿姨"等。

8. 重叠式，相同的两字并列，如"弯弯""常常"。

以上八种结构须同类相对，类不同不相对。例如"金瓯"不能对"玉帛"，因为"金瓯"是指用金子打造的瓯（一种盛茶水的容器），属于偏正结构；"玉帛"是指"玉器"与"丝织品"，属于联合结构。又如"抢走"不能对"回归"，前者是动补结构，后者是联合结构。又如"背井"不能对"归途"，前者是动宾词组，后者是偏正词。联合结构又分为反义联合、同义联合、相类联合等。如以"奔驰"对"往返"就不够工整，因为前者是同义联合，后者是反义联合，改对"跳跃"就工整了。

有些词要从原始意义上弄懂它的含义才能分析其结构类型，例如"文明"是哪种结构？《尚书·舜典》（孔颖达注疏）中对"睿哲文明"的解释是"经天纬地曰文，照临四方曰明"，按此"文明"具有观照人类整个劳作的含义，可见"文明"属于联合结构。又如"风骚"，原指《诗经》（以其中的《风》代替《诗经》）和《离骚》，所以也是联合结构。

二、避同音

为使音节清晰，声调协和，句中应尽量避免出现同音字或近音字。如"星"与"心""新""辛"，"成"与"城"等，都应相避。例如《"西、十"一唱》"西风枫叶红于血，十月梅花白已胎"，上句"风"与"枫"属于同音相犯。

**"且不以俗（俚语、俗语）、涩、拗为忌。"**

"俗"非指庸俗，而是允许引用俚语、俗语或相关词汇，以增谐趣。如林琴南《"港、琴"六唱》："傍午黄螺来港北，满天绿帽罩琴南。"此为作者自虐取悦之作，"绿帽"即俗词。又如杨文继《"福、公"六唱》："发垢染多妻福附，膝疤脱尽帝公翻。""发垢""膝疤"亦俗词。

"涩"指曲意通微，晦深奥涩，但文理顺通，颇耐咀嚼。如潘主兰《"名、老"六唱》："枯可分无颠老树，浑难甘自涸名泉。"上联意思是"树虽老，可以干枯，但绝不颠倒"。此句难解的原因有三个：其一，一般的诗句意较简单，此句却较复杂。主语"树"有两个谓语——枯、颠，因此包含"可枯""无颠（不倒）"两重意象，由此意象而引申出人格化的品质。其二，"枯可"的正常语序应该是"可枯"，由于倒装，句子显得曲折晦涩。其三，"可枯"与"无颠（不倒）"之间省略"但、却"之类的转折词，有碍读者对句意的顺利解读，须咀嚼方能品其真味。下联意思是"甘与名泉同干涸也难使自己迁就于浑水（也比喻心源不浑）"。此句同样有"泉涸""水浑（或心浑）"两重意象，并借意象表明心志。"浑难"既是"难浑"的倒装，也运用了"错接"的修辞法，即从"难使心源浑浊"或"难以迁就而饮浑水"中抽出"难、浑"二字，合成"浑难"，由此造成解读困难。从语义上分析，"浑难"本该在"涸名泉"之后，这也增加了解读的难度。从上述分析可知，"涩"之句，除了字少意丰以外，往往兼用倒装、错接的修辞法。

"拗"指非正常语序，读起来有"不顺"之感。如林仲影《"诗、月"六唱》："用但夜明非月志，遣能春艳即诗才。"将"但用"颠倒成"用但"，"能遣"颠倒成"遣能"。又如郑秀珠《"花、烛"六唱》："健在风前残烛未，傲于霜后好花才。"将"未残烛"倒装为"残烛未"，"才好花"倒装为"好花才"。虽然拗，却能使句子曲折有致，避免平铺直叙的凡庸。

诗钟拗、涩之句最能体现"反常合道"的"诗家语"特征。

"诗钟的单位是首、比或联。"

福建传统上用"比"作为诗钟的单位。诗钟既属于诗，当可以"首"为单位。诗钟格律脱胎于七律的颔联与颈联，亦可以"联"为单位。

# 第一章　诗钟的格律

"第二条　诗钟格式"

正格平起式：

正格仄起式：

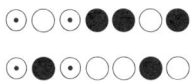

拗体式：

⊙○○●●●○
⊙●⊙○○●○

福建诗钟主要流行于闽中（福州地区）和闽东（宁德地区），两地均遵循上述三种格式。从上述格式可以看出，诗钟的平仄安排十分讲究声律对仗的形式美，主要体现在第二、四、六字在本句中平仄交替，在对句中平仄相反。拗体式由"正格平起式"变化而来，相当于七言律联中"小拗救"格式，即上句（平起仄收）第五字平改为仄，下句（仄起平收句）第五字仄改为平，这样也同时避免下句第四字出现孤平的可能。拗体式仍然保持平仄对仗的对称美，因此被沿用至今。需要说明的是，林则徐拗体式折枝诗《"夜、窗"一唱》"窗虚权借月栖榻，夜静猛闻风打门"，上联第三字用平、下联第三字用仄，这是因为此格第三字原本可平可仄，不以此折枝诗作为拗体式的格律标准。

清末台湾等地有沿用律诗"锦鲤翻波"格式，其格式为"⊙●○○●○●，⊙○⊙●●○○"，所作钟句如唐景崧《"先、顿"二唱》"首顿李陵答苏武，鞭先祖逖耻刘琨"，丘逢甲《"立、和"二唱》"册立景称父皇帝，议和甘作小朝廷"，易实甫《"舞、风流"分咏》"飞燕轻盈赵皇后，求凰放诞卓文君"。这种格式有违声律的对称与均衡美，体现在上句第四、六字皆平，没有音步交替；上下句第五、六字平仄相同，失之对仗。因此，福建诗钟早已将其淘汰。

"**第三条　句式节奏**"

"诗钟采用七言律句节奏，其半逗律以四三节奏或二五节奏为主。"

一句诗中间当有一个小停顿，称为"半逗律"。七言律句半逗律有两种，分别是四三节奏和二五节奏，如"葡萄美酒/夜光杯"是四三节奏，"欲饮/琵琶马上催"是二五节奏。

从音步看，七言律句主要有"二二二一"和"二二一二"两种节奏。其节奏遵循"二字为节，音步交替"的规律。以双音节为一个节奏单元，共四个节奏单元（其中一个节奏单元为单音节）。双音节中的第二个字是"音步"所在位置，其读音宜长，或有停顿，以突出"节奏重音"。相反，双音节的第一个字读音宜短。以《"富、强"一唱》为例，二二二一节奏如：

强君/行色/囊中/剑

富我/情怀/客里/诗

"君、色、中、剑、我、怀、里、诗"为音步位置，须读长音或有停顿。二二一二节奏如：

富策/囊中/生/玉帛

强锋/笔下/走/龙蛇

"策、中、生、帛、锋、下、走、蛇"为音步位置。

以上节奏是依"意"划分的，适用于朗诵。然而唱诗节奏却可以不同，不仅可以"依意"，也可以"依音"。依音则所有七言律句均可按二二二一节奏来唱（不考虑第六字粘上还是粘下），以突出"音步交替""二四六分明"。

除了上述两种节奏外，偶有"二二三"节奏，如《"芳、草"一唱》"草甸蛩鸣华尔兹，芳园蝶舞迪斯科"，"华尔兹""迪斯科"为舶来语，不可拆分节奏。

## 第二章　诗钟的体式

为了帮助读者理解诗钟各体式,依次列举诗例如下(通则中已有诗例者不再列举)。

### "第一条　嵌字体"

一唱:寒宵坐似沧浪里,微曙看犹混沌初(黄莘洲)

二唱:已虫琴柱知音杳,久馆权门脱颖难(叶苇棠)

三唱:掷我形骸还造化,借人池馆过黄昏(林天遗)

四唱:富贵一炊曾未熟,文章五季又何衰(陈宝琛)

五唱:海到无涯天作岸,山登绝顶我为峰(甘少潭)

六唱:史略功勋先气节,诗原情性次风裁(林屏侯)

七唱:臣非祖母无今日,朕与先生本故人(陈笃初)

魁斗格:仙露铜盘怀汉武,秋风纨扇感班姬(易顺鼎)

蝉联格:陆沉今日嗟微管,瓦解谁人论过秦(易顺鼎)

三四辘轳格:人无菜色春台乐,神到毫端秋思清(恽炳孙)

五四卷帘格:偶携吟屐到琴峡,待脱征袍隐镜湖(恽炳孙)

注:作者非闽人,诗钟格律尚不严格,表现为上下句第五字平仄失对。

六五卷帘格:六朝金粉消雄气,万劫江山带怒容(苏镜潭)

《"知、虎"云泥格》:"听莺载酒春知晚,射虎张灯夜欲阑。"(连横)

《"浪、痕"比翼格》(一唱至七唱随意为之):

一唱:浪逐长江人去后,痕遗焦土客归时(佚名)

二唱:鼓浪鲸翻江底月,留痕鸿印雪中泥(佚名)

四唱:蜀鸟啼痕思望帝,江豚吹浪阻归人(佚名)

六唱:家国吞声流浪里,江山变色劫痕中(佚名)

七唱：桨宜细拨桃花浪，眉爱轻描柳叶痕（佚名）

一唱至七唱完整的一组上楼格，也称层咏格，如《"湖、岭"层咏格》：

湖月冶银滋鹿梦，岭梅着帔动猿心（肖晓阳）

游湖舟滑琉璃水，登岭衣涸翡翠烟（肖晓阳）

品犹岭峻惟持正，心纵湖枯不许浑（肖晓阳）

醉卧二湖清梦远，回看五岭细澜多（肖晓阳）

渴酒痴将湖想瓮，鏖诗狂拟岭题屏（肖晓阳）

大智轮前无岭壑，讦谟囊里有湖山（肖晓阳）

作茧翅难过嶂岭，出胎身已囿江湖（肖晓阳）

《"江山随日丽，草木共春深"撷字层咏》（上楼格）：

江横门外屏尘事，草掩宫中感世情（肖晓阳）

焚山推死焉臣晋，徙木鞔臁竟帝秦（肖晓阳）

海月共筵怀阔别，山云随榻慰孤楼（肖晓阳）

大野酬春铺锦绣，薄霏媲日炫霓虹（肖晓阳）

笏中琢玉深心府，笔底跳珠丽眼帘（肖晓阳）

《"石榴红"汤网格》："红楼梦醒空眠石，金殿恩承喜荐榴。"（白福臻）

《"邓尉山"勾股格》："金斗难移尉迟节，铜山莫救邓通贫。"（由父）

《"贺新娘"鼎峙格》："暮雨吴娘桃叶水，新秋胡骑贺兰山。"（易顺鼎）

《"达尔文"鼎足格》："达观世事真徒尔，偶读奇文亦快哉。"（林季丞）

《"浣羯花"小鼎足》："晋君不浣征袍血，唐帝花催摩鼓心。"（吴纫兰）

**附：鸿爪格、鼎峙格、鼎足格之辨析**

"鸿爪格",原本是统称,含鼎峙、鼎足、勾股、汤网四格,后来渐渐窄化为鼎足格的别称。学者黄乃江在《台湾诗钟研究》中指出:"从鸿爪、鼎峙、鼎足及相关之勾股、汤网等格名出现的时间来看,'鸿爪'出现时间最早,见于清光绪十一年(1885年)至十二年(1886年)李嘉乐在苏州组织之修梅社;'鼎峙格'紧接鸿爪格出现,见于光绪十二年(1886年)易顺鼎在苏州组织之吴社;'勾股格'和'汤网格'在吴社诗钟创作中尚包含在鼎峙格之中,这种状态一直延续到光绪三十三年(1907年)的北京陶情社;'鼎足'之称,始见于民国十二年(1923年)林景仁在台北组织之东海钟声社。由此推断,'鸿爪'一格最初没有分目,其范围包括现在的鼎足、鼎峙、勾股、汤网四格。后来,'鼎峙'从'鸿爪'、'勾股'从'鼎峙'、'汤网'又从'勾股'中相继分离出去,发展为鸿爪、鼎峙、勾股、汤网四目。为了避免后来范围缩小的'鸿爪'一目与最初范围更大的'鸿爪'一格相混,遂以'鼎足'之名代替后来范围缩小的'鸿爪',这有点类似汉字发展中的'假借'手法;并且,由于'鸿爪'原为一格,'鼎足'遂由'目'上升为'格','鼎峙''勾股''汤网'三目凭借其与'鼎足'并列地位,也一同相应上升为'格'。从鸿爪、鼎峙、勾股、汤网、鼎足诸格发展演变的历史过程看来,确切地说,'鸿爪'已经为'鼎足'所取代,成为了一种'古格'。今天,人们之所以还称'鼎足'为'鸿爪'者,一方面不知鸿爪、鼎峙、勾股、汤网、鼎足诸格的发展演变过程;另一方面,诗歌历来有'雪泥鸿爪'的代称,文人嗜雅,不忍相弃也……考察《诗梦钟声录》《吴社诗钟》《湘烟阁诗钟》《鲸华社诗钟》《陶情社诗钟》《东海钟声》等诗钟集,所载'鸿爪格'与'鼎峙格'作品嵌字范式一致，仅见《鲸华社诗钟》有'天足会'一题把'鸿爪格'混作'鼎峙格'。可见，人们对'鸿爪格'（后为'鼎足格'）与'鼎峙格'的区分是相当明确的，甚至可以说是泾渭分明；而且，在《诗梦钟声录》创作时期'鸿爪格'的范围就已经小化为今天之'鼎足格'，到了《东海钟声》创作时期'鸿爪格'之称则已经完全被'鼎足格'所替代了。"至于鸿爪、鼎峙、鼎足、汤网、碎锦诸格认识之混乱，可能与白福臻编辑、香港联谜社2003年8月出版的《寒山社诗钟选丙集》有关。黄乃江指出该集"收录了《吴社诗钟》《诗梦钟声录》《湘烟阁诗钟》《鲸华社诗钟》等诗钟集，并把原集'鸿爪格'改为'鼎峙格'，把'鼎峙格'分别改为'鸿爪格''汤网格''碎锦格'等，而未加注说明，这可能会掩盖诗钟发展的本来风貌"。

《"三七渡厅"双钩格》："三篙水涨桃花渡，七宝栏围芍药厅。"（杨仲愈）

《"抱月弹琴"唾珠格》："夜深倚月弹筝急，年暮携琴抱醉归。"（佚名）

《"才高气清"秋千格》："才情比鹤惟高远，意气如梅自邃清。"（陈清源）

《"人淡如菊"碎锦格》："秋人对菊幽如梦，名士妻梅淡欲仙。"（连剑花）

《"山冷微有雪"碎锦格》："快雪看山晴有约，微波荡月冷无声。"（沈太侔）

《"杏花春雨江南"碎锦格》："雨后寻春桃叶渡，江南沽酒杏花村。"（佚名）

《"发无可白方为老"碎锦格》："无眠可到东方白，有发都为老境苍。"（佚名）

《"一二三四天地人和"碎锦格》:"四围人影三弓地,一阵和风二月天。"(徐云汀)

《"寒鸦万点流水绕孤村"碎锦格》:"水流孤塞千声雁,村绕寒林万点鸦。"(佚名)

**"第二条　分咏体"**

《分咏"山谷、蠹鱼"》:"诗派纵横不羁马,书丛生死可怜虫。"(朱祖谋)

**"第三条　合咏体"**

《合咏"曹操",嵌"鹅"字》:"创开司马东西晋,想吃天鹅大小乔。"(林绮赓)

《"今、人"一唱,合咏"怀孕"》:"今年梅子酸尤甚,入月桃花信不来。"(佚名)

**"第四条　笼纱体"**

笼纱不同于分咏的本质特征是"暗嵌",而非"咏",也不能认为分别咏两个字就是笼纱格。例如笔者分咏"松、城",作"森严齿有吞魔概,繁密针含刺虐心""张牙犹见金戈影,振甲如闻铁马风""心犹白帝舟如箭,梦在黄山笔有花",显然以上是"咏",不是暗嵌。什么是暗嵌?暗嵌是通过指代、借代、歇后、剪裁的方法,隐约显现题字,做到"此中有字,呼之欲出"。如《"春、手"笼纱格》"急潮带雨无人渡,流水听松为我挥"(佚名)。上联化用韦应物"春潮带雨晚来急"句,隐"春"字。下联化用李白"为我一挥手,如听万壑松"句,隐"手"字。又如《"水、火"笼纱格》"曾经沧海难为继,自是真金不怕烧"(佚名)。上联用元稹"曾经沧海难为水"句,隐"水"字。下联用熟语"真金不怕火炼",隐"火"字。

"**第五条　其他格式**"

"**集锦格**"

《花名、鸟名集锦格》:"合欢锦带红蝴蝶,比翼雪衣白鹭鸶。"(佚名)

《曲牌、戏名集锦格》:"簇水暗香芳草渡,游园小宴浣花溪。"(佚名)

"**集句格**"

《"连鬓胡子、牡丹"分咏格》(张伯驹集句):"人面不知何处去(崔护),狂心更拟折来看(方干)。"

《"女、花"二唱》(佚名集句):

"商女不知亡国恨(杜牧),落花犹似堕楼人。(杜牧)"

"青女素娥俱耐冷(李商隐),名花倾国两相欢。(李白)"

"神女生涯原是梦(李商隐),落花时节又逢君。(杜甫)"

"**流水格**"

《"山中春雪"流水格》:"山绕中条云不断,春归上苑雪初融。"(魏清德)

## 第三章　诗钟的眼字与钟眼

"**嵌字体诗钟中,用来嵌入的字为两个时,称为'眼字'。眼字组成的词或词组称为'钟眼'简称为'眼'。**"

"眼字"是折枝诗的术语,与诗论所谓"诗眼"的概念不同(诗眼指诗句中最为精练传神的字)。有关"眼字"与"眼"概念的论述,史料极少。最早见于清人王贡南《诗钟话》,其注谓:"盖题是'字',附题之字是'眼',合言之曰'眼字'。"1983年由霞浦县政协、霞浦县文史馆编印的《霞(浦)、(福)安、宁(德)三县联合诗会"大好"折枝诗选》附录郑名彦

《诗评辑录》中指明："折枝诗是嵌字诗，要求将指定的眼字（譬如'大''好'）稳妥地嵌入规定的句中位置（按：作者认定嵌入的字是眼字）……'眼字'配成词，叫做'眼'。'眼字'是供做'眼'的'字'。"对于眼字概念的阐述，郑名彦与王贡南截然不同。究竟以谁为准？需要说明的是，霞浦属闽东地区，其诗钟传承源于福州。事实上福建诗钟界对眼字与眼的概念是：嵌入之字是"眼字"，眼字组词为"眼"，从前辈流传至今，未有异说。关于眼字与眼，不惟闽人认识一致，福建以外的地区也有相同的认知。如《燕山钟韵》总十七期刊载安徽宋贞汉《敲钟手记》一文："《燕山钟韵》第17期诗钟习作题有这样两道，第一道是《诗·酒》七唱……第一题的眼字是常用字，易于组句。"可见作者将嵌入之字视为眼字。又如《燕山钟韵》总十期刊载天津楚翁《我是怎样写〈汉·文〉一唱的》一文："我首先想到如何将'汉'、'文'两个眼字组好……"作者同样认定嵌入之字是眼字。又如《燕山钟韵》总十二期刊载赵永生《诗钟格目考述（续三）》："（1）魁斗格此格作法，拈平仄或平平两个眼字，若是平仄，必须仄字嵌于出句之首……"作者还是认定嵌入之字是眼字。

王贡南虽属闽籍，但王鹤龄《风雅的诗钟·诗钟话》引言中指出"（王贡南）在光绪年间是台湾巡抚唐景崧的僚属。日本侵占台湾后，他去了北京，民国初年曾居于济南"，其后不知所终。未见他在福建参与诗钟活动的记载，其钟作并非撰于福建（主要刊载于台湾斐亭诗社《诗畸》），福建诗钟集吟亦无王氏所谓眼字与眼的运用例证。根据"孤证难立"原则，王氏之论不可采纳。

**"眼字（或题字）必须嵌牢。若所嵌的眼字在句意的表达**

中可有可无，或有歧义，说明眼字未嵌牢，此为大忌。"

眼字妥帖是诗钟的一大特点，也是衡量诗钟优劣的标准之一。怎样使眼字稳妥而不留痕迹呢？下列三种方法可供参考。

1. 将眼字置于专有名词中。如"齿、干"二唱，眼字颇难属对，组成人名"雍齿"和"比干"，则眼字稳固，作句如"雍齿不封终叛汉，比干未死亦从周。"又如《"中、后"六唱》："脂井下埋陈后主，脐灯旁泣蔡中郎。""陈后主"指陈叔宝，"蔡中郎"即蔡邕（董卓死后肚脐被点灯，蔡邕因此哭泣）。这里把眼字置于专有名词（称谓）中，由于专有名词是固定的，不能更改，所以眼字嵌得很牢。又如《"老、哥"七唱》："鼠无大小皆称老，鹦不雌雄尽叫哥。"此联构思极巧，常被诗家视为嵌字稳妥的典范。从表面上看，"老、哥"二字并未组成专有名词，但仔细分析便知，作者将"老鼠"与"鹦哥"两个专有名词拆开后镶于两句中。再如"普、法"一唱，眼字意窄，构思尤难，有一联引外国之典入诗，甚为工巧，句云："普兴犹忆卑斯麦，法盛当推拿破仑。"其中"普、法"分别指普鲁士王国和法兰西第一帝国，也属专有名词。

2. 将眼字与其密切相关的事物相联系，常常借典成联。如《"诗、瓮"一唱》："诗苛曹植情何忍，瓮入周兴法自公。"其中"诗"与"瓮"为典实所确有，又是写此典所不能无的。

3. 通过字词间的相互照应使眼字嵌稳。如"双、百"一唱句例，分类析于下：

"双峰对峙一帆来""双树交柯垂荫庇""双栖相与葆贞心"，以"对""交""相与"体现"双"。

"双峰月下捧珠同""双掌能鸣天下事"，"捧""能鸣"非双手不可。

"百鸟投林声错杂""双恋跟随花月侣"，以"声错杂"衬托"百鸟";以"花月侣"衬托"双恋"。

"百胜何须惭一败""双栖不省孤飞苦",以"一败"反衬"百胜";"孤飞"反衬"双栖"。

"双再难求惊国色","国色无双"早有成语,所以句首非用"双"不可。

"双重碧漾水中天""双嶂列屏排左右",水天相映、左右峰列,都是通过描绘突出"双"的形象。

## 第四章　诗钟的禁忌与通融

诗钟禁忌旨在追求对仗形式的完美,是诗钟区别于对联、律诗的主要特点。禁忌促使诗钟达到"对仗的高峰"。

**第一条　禁忌**

**"1. 虚实动静"**

虚实相对者,如《"野、生"六唱》:"仲谋不似何生子,颜蠋全真愿野流。""何"虚字,"愿"实字,匹对不协。"愿"改为"本"则虚实相称。

动静相对之弊,谓之"内外科"。如《"三、二"一唱》:"三峡猿催孤棹影,二泉月映断肠声。""孤"静字,"断"动字,不对。可改作:"三峡猿啼飞棹影,二泉月引断肠声。"

**"2. 通用专用"**

如《"大、好"一唱》:"好雨苏春望漠野,大潮惊夜宿钱塘。""漠野"为泛指,地点不明确;"钱塘"为专有名词,地点明确。

**"3. 总称个称"**

包含关系相对者,如《"三、二"一唱》:"三冬院落寒梅艳，二伏层峦柏树香。""梅"为个称，"树"为总称，树包含梅，故"梅"不对"树"。

**"4. 词类不同"**

包括词性不对、结构不对和词类不对。词性不对者如《"野、生"六唱》："作画常含田野韵，发言尤忌老生谈。""田野""老生"虽然都属于偏正结构，但"田"属名词，"老"属形容词，词性不对。诗钟对仗不仅双字词（或词组）须对工整，拆解后的单字也要对工整。

多词性的字相对时，须使词性一致才可相对。如《"怀、念"三唱》："少饮怀开微醉后，深交念在别离时。"怀、念二字既可作动词，也可作名词。此联上联"怀"为名词，下联"念"为动词，不匹对。这种失误较为隐蔽，须细察方能发现。

结构不对者，如《"三、二"一唱》："三春雨水滋天地，二月风花郁世间。""天地"联合结构，"世间"偏正结构，对仗不协。可改为："三春雨润地茵厚，二月花飞天幕妍。"

《"秋、谷"六唱》："寒蝉断续伤秋夜，烟雨萧疏播谷天。"同时存在词性不对、结构不对和词类不对的毛病："寒蝉"偏正结构，"烟雨"联合结构，结构不相称；"寒"形容词，"烟"名词，词性不对；"蝉"昆虫类，"雨"天文类，名词类别差异大，匹对不工。

**"5. 词类不匀"**

上下句同类词布局不对称，谓"左右相撞"，常见者为"三足蟾"，如《"秋、谷"六唱》："佳人蕙质深秋菊，君子仁心邃谷兰"，蕙、菊、兰三字同类（"仁"字不同类），四足差一，有畸形之嫌。

《"大、好"一唱》："大雪肥梅添画意，好风入屋带荷香。"

"荷"与"梅"同属花类,两相错位,亦犯左右相撞。

**"6. 不类失衡"**

上下联内容不相类,或内容相去甚远,属对无情。如《"秋、谷"六唱》:"紫燕翩飞迎谷雨,红装招展媚秋波。"上联状物写景,下联描写人物,不相类。不类也表现在词或词组的对仗上,如"云长夜读春秋志,战马日巡峡谷坡"。"云长""战马"虽同属名词,但一个人字,一个动物,两不相类。

上下联内容一大一小,失之均衡,如《"露、涛"四唱》:"万壑松涛舒画卷,一盘荷露动珠光。"上联景大,下联景小,失之均衡。又如《"风、影"五唱》:"万壑之间风挟雨,一灯以外影随形。"两句兼有大小失衡、有人无人之病。

**"7. 摘用成句"**

如《"富、强"一唱》"强劲荷盘从雨洗,富柔柳线任风搓",此联取《声律启蒙》中的"荷盘从雨洗,柳线任风搓"加"帽"而成,有抄袭之嫌。

又如《"梦、诗"五唱》:"吟成豆蔻诗尤艳,睡足蔷薇梦也无。"曹雪芹《红楼梦》有楹联"吟成豆蔻才犹艳,睡足荼蘼梦亦香",对比可知,"诗尤艳"句有抄袭之嫌,"梦也无"句则属于效仿。

**"8. 字义不对"**

因不析词义内涵,造成对仗不工的例子较常见。如《"国、家"一唱》:"国货日追洋货上,家乡月比异乡圆。"其中的"日"相当于"每天",非指"太阳";"月"则指"月亮",并非"年月"之"月",二者含义不相类。不可对仗。又如《分咏"关公、包公"》:"大将容能铭蟹甲,微臣胆敢打龙袍。"其中的"容"指"面容",是实指;"胆"却不是指生理意义上

《诗钟通则》解读 | 35

的胆,而指"胆量",属虚指。可见作者未洞明词义。

作者运用别解对仗,作意新巧者当可酌情通融。如《"牛、万"五唱》:"青面不平牛二死,朱颜莫测万三难。"字面义"朱颜"可对"青面",但别解义(本意)之"朱颜"乃指朱元璋之龙颜,"朱"为姓,本不可对"青"。但此联构思新巧,当可通融。

"9. 近义同义"

上下联两句(或两句中的部分内容)意思相同或大体相近,是为"合掌",为诗钟大忌。如《"中、强"魁斗格》"强心偏向集群外,任性常离大众中",上下联意思基本相同。又如《"未、堪"五唱》:"牡丹怒放堪称美,茉莉盛开未显妍。""怒放"对"盛开"即属合掌。

本句或对句中出现两个或两个以上的同义字或近义字者,如《"秋、谷"六唱》两联:

鸥鹭翔飞嫌谷窄,雁鸿迁徙觉秋残
语燕将归寒谷暖,鸣蝉若噪晚秋凉

第一联"翔"与"飞"、"雁"与"鸿"同义,"迁"与"徙"近义,第二联上句"寒"与下句"凉"近义。

另,"如"不对"似",原因是字异义同。至于"里"不对"中",情况较复杂,不可一概而论。如"诗里"对"画中",里、中均是"内"之义,对仗有微瑕。但"月里"对"秋中"却没有问题,这里的"里"是"内"之义,属空间概念;"中"指两端的中间(秋季的中间),属时间概念。又如"囊中"对"客里","中"是方位概念;"客里"是指"离乡在外期间",这里的"里"也是时间概念。可见"里"并非绝对不能对"中"。

**"10. 有姓无姓"**

《"野、生"六唱》:"姬奭亲民朝野喜,则徐报国死生轻。""姬奭"有姓有名,"则徐"有名无姓。可改为:"召伯亲民朝野喜,林公报国死生轻。"

**"11. 有典无典"**

一句有典、一句无典,此弊谓"独眼龙"。如《"野、生"六唱》"云锁苍梧终野立,冰寒易水不生还"。上联或指"苍梧之野",与舜葬地有关,但不属典故。下联言荆轲刺秦,故本联有"独眼龙"之嫌。可改作"薇采首山甘野隐,风寒易水不生还"。荆轲刺秦前歌"风萧萧兮易水寒",故"冰"宜改为"风"。

用典化开,几近于无者,可视为白句。如林则徐《"陈、人"一唱》:"陈迹浑如牛转磨,人情几见雀衔环。"下联借"结草衔环"典,侧重言"人情"。其用典能化,所谓"如水中着盐,有味而无渣"者即是。

**"12. 有人无人"**

如《"夜、声"七唱》"诗敲卧榻新春夜,风拂松林细雨声",上句有人,下句无人("卧"与"松"动静相对亦犯忌)。将上联改成无人,可使上下联协调,如作:"满天萤火辉星夜,一谷松风作雨声。"

**"13. 节奏不一"**

如《"秋、谷"六唱》:"洁效蝉身清谷饮,廉同烛焰照秋宵。"上下联三字尾除了语法、词性不同外,还存在节奏不相应之弊,"清谷/饮"属二一节奏,"照/秋宵"属一二节奏。

又如《"前、进"一唱》:"前鉴常思车有路,进修每觉学无涯。"上联是四三节奏(若作二五节奏为"前鉴/常思车有路"就说不通),下联是二五节奏,改为四三节奏就与上联相称了。如作:"前鉴常思车始稳,进修不辍笈常新。"

"14. 重字违规"

对仗的本质是对称美,重字须对重字。如《"心、眼"五唱》:"胆宜壮大心宜细,手患庸低眼患高。"上联的两个"宜"字对仗下联的两个"患"字。如果将下联"眼患高"改为"眼却高",就属于不规则重字,失之对称了。

嵌字诗钟对眼字所在的位置各有规定,所以不能在句子中再度出现,否则便会造成混乱。如《"尊、老"一唱作》:"老吾而及人之老,尊人方被世人尊。"这就说不清是一唱还是七唱,等于否定眼字的严肃性,此为大忌。

### 第二条　不忌范畴

"1. 吊眼。即眼字不与其他字组词,而是作单字用。"

吊眼是眼字匹对中的常用技法,能使句子圆活,尤其眼字不对仗时,用吊眼往往能解决问题。虽然眼字未组词成眼,但眼字同样要嵌牢,即眼字与句中内容当有内在联系,不能游离于句子之外,否则将等同于"冇眼"(冇指谷物不饱满,冇眼意指不牢靠的眼或眼字)。比如《"初、晴"一唱》:"初观红叶经霜染,晴见白梅傍雪开。""初、晴"二字并不起作用,当属嵌而未牢。

"2. 一吾体。即'一'对'吾'。"

如《"家、道"六唱》:"坐领沧江吾道大,归携明月一家圆。"又如《"横、钓"一唱》:"钓雪一身寒自适,横秋吾气老犹豪。"又如《"集、居"六唱》:"积善吾家欣集庆,养廉一士惯居贫。"又如《"诗、海"六唱》："位置一身沧海右，周旋吾意好诗前。""一"对"吾"的本质是借对，即借"吾"中之"五"对"一"。

"3. 三才（天地人）之间互对。如人对地、我对天。"

如《分咏"伞、笔"》："欲开欲合凭天意，能画能书顺我心。"又如《分咏"包公、关公"》："原非皇帝人称帝，不是青天众誉天。"又如《"愿、医"一唱》："愿将天上长生药，医尽人间薄命花。"又如《"中、后"六唱》："物可胜天霜后见，人无负我雨中知。"（魏道涵）又如《"行、立"六唱》："贪婪冀有人行货，穷困嗟无地立锥。"

"4. 姓、名、字、号、官衔、朝代、国号之间相对。"

如《"大、好"一唱》："好风不与周郎便，大雾空帮蜀相忙。""周"是姓，"蜀"是国名。又如《分咏"曹操、蝴蝶"》："瘦影疑为梁祝化，雄心欲把蜀吴吞。""梁、祝"皆姓，"蜀、吴"皆国。又如《"秋、雨"六唱》："汉宫掩泪看秋扇，蜀道伤心听雨声。""汉"是朝代，"蜀"是国名。

**第三条　不提倡，亦不忌范畴**

"1. 三四节奏句。"

福建钟手偶有三四节奏句，如《"诗、月"六唱》："无奈何难为月老，莫须有亦作诗囚。""苦乐情难瞒月下，穷通谶或伏诗中。"其特点是第三字粘上，第四字粘下，与正常的七言律句截然不同。这种句式在文意表达上没有问题，问题在于"拗读"。若按正常七言律句的节奏读（读成"无奈/何难/为/月老，莫须/有亦/作/诗囚"），虽能保证音步平仄交替，但语义不通。三四句的音步节奏是"三二二"（读成"无奈何/难为/月老"），其音步位置变成了三、五、七字（即"何、为、老"），这样就不能保证音步平仄交替，因为大多数情况下第三字是可平可仄的。"何、为、老"的音步是"平—平—仄"，前两个音步就没有交替。基于上述原因，诗钟不提倡三四句，但因前辈高手曾有三四节奏句佳作，故亦不禁。

"2. 成语入句。"

搬用成语谓之"排匦"（匦多为四字），有人视为弊病，因为诗钟仅十四字，两用成语后只有六字可自主安排，难出新意，因此用成语常有"陈词"之感。但不排除成语运用较好之例，如《"诗、月"六唱》："不约而同来月下，所思各异见诗中。""顾影自怜明月下，相形见绌好诗前。"虽不提倡搬用成语，偶尔为之且有佳构，亦无妨。

"3. 流水对。即上下句为承接关系，两句共同表达一个完整的主题，单句意思不完整。"

流水对取水流不断的意思，通常是一个主题用两句来叙述，上下句意是连贯的，单独一句意思不完整。如《"大、好"一唱》："好风不与周郎便，大雾空帮蜀相忙。"《"头、眼"五唱》："但得重圆头上月，何妨暂缺眼前花。"《"愿、医"一唱》："愿将天上长生药，医尽人间薄命花。"流水对主题单一，具有实用性，语句也显得从容。但作为诗钟，上下句本具有分咏的功能，流水对改分咏为单咏，使诗钟的容量变小，所以只能作为一种特殊句型存在，偶尔为之。

另有一种对句介于"流水对"与"一般对"之间，如《"理、声"四唱》："权大正声难采纳，位低歪理亦欺瞒。"《"大、好"一唱》："大愤难忘沦陷日，好歌犹忆救亡时。"《"福、生"七唱》："当溯何来叨厚福，莫迷所往葬今生。"两句相对独立，又贯穿一起，兼有"分咏"和"单咏"的作用，值得提倡。

"4. 重字句。包括顶针、编篱、重叠。"

这里所讲的重字句，指一句中有两个或两个以上相同字的句子，分为三种类型：

（1）两个相同字相连组成"重叠字"的句子。如《"醒、中"三唱》："明明醒眼诸无睹，仅仅中才百敢为。"

（2）两个相同字虽相连但却不相粘，而是分属前后两个词或词组，称为"顶针句"。其相同字常出现在七言句中的第四、五字位。如《"发、扬"六唱》："冬雪压梅梅发蕊，春风拂柳柳扬眉。"

（3）相同两个字分置于一句中，称为"编篱句"。如《"大、好"一唱》："大山挡路终成路，好水推舟或覆舟。"

还有一句中用多个相同字的对句，但很少见。如《"满、圆"七唱》："潮潮潮数今潮满，月月月当此月圆。"此外还有上下句交叉位置用相同字的特殊句，更是罕见。如《"看、论"三唱》："偏心论事原难正，正面看人反变偏。""偏、正"二字交叉重复。

诗钟字少，很讲究每个字的效用，一般很少重复用字。有的叠字用了并不见得增加主题感染力，反而削弱诗的气势；有的"顶针"省去一字，并不影响诗意，甚或更简练，这些重字非但无效，反而徒增累赘，就不可取。当然，作为一种技巧，只要利于表现主题，也不妨采用。如《"事、情"二唱》的叠字就用得得当："人情曲曲弯弯水，世事重重叠叠山。"

## 第五章　诗钟的出题与书写

**第一条　出题形式**

"拈题而来的眼字大多不对仗，眼字多不成文；出题之眼字往往对仗且成文。"

出题之眼字对仗者，如"山、海"为眼字，福建多地皆有此眼字的折枝诗作，一唱者如："山焚我更难臣晋，海蹈人终不帝秦。"（陈曦）"海岂趋炎扶日出，山惟守素迓云归。"（刘以仁）六唱者如："偕众吾如趋海水，济时谁是出山云。"（肖晓阳）七唱者如："精卫当先填会海，愚公更要掘文山。"（佚名）

拈题得来的眼字往往不对仗，必先"配眼成对"，然后才能"由眼生意"。以下提供几种配眼成对的方法，可供参考。

1. 组成对仗的眼。如《"必、兴"五唱》："好句自来兴许有，大功深钻必然成。"其中"必"是虚字，"兴"是实字（动词或形容词），眼字本不对仗，但组成的"兴许"与"必然"，一为怀疑，一为肯定，对仗极工整。若"必""兴"二字不组成眼，只作单字用，则三字尾绝难对工。从虚实角度看，此联是将实字"兴"化作虚字，用以匹对虚字"必"。

又如《"雪、平"一唱》："雪天裘被偕朋辈，平地楼台望子孙。"（沈葆桢）。眼字"雪、平"词性不同，但组成的眼"雪天"和"平地"均为偏正结构，则可对仗。

2. 通过转品使眼字词性一致。比如《"正、风"二唱》："百风未足移吾志，一正终能压众邪。"这里的"正"字为形容词作名词用，以对"风"字。又如："不正予人多面目，可风于世一清廉。""风、正"二字都作动词用。又如笔者《"建、善"一唱》："善此舌锋能匹敌，建吾心府不存奸。""建"为动词，"善"本为形容词或名词，按此实难对仗工稳，故将"善"转作动词以求工。又如《"风、入"一唱》，将"风"转品作动词，示作如"风此虚衔师亦滥，入吾青眼士偏寒"；《"一、联"

四唱》,眼字均作动词,示作如"六国曾联骄配印,九州虽一毁焚书"。

不可否认,有的眼字既难转品,亦难组成结构相同的眼,必使配眼之字对仗。如:《"无、民"一唱》:"民心尚未忘炎汉,无道今犹骂暴秦。"

3. 眼字与反义字搭配,组成联合词相对(也可以组成近义词组)。如"寒、水"三唱,眼字组成"寒温""水火",作:"常省寒温慈母意,不辞水火好官声。"又如"初、晴"一唱,眼字组成"初终""晴雨",作:"晴雨难磨松老节,初终不改竹虚心。"

4. 作成"当句对",即句中自对。当句对有两种,其一是相邻自对。如《"初、晴"一唱》:"初柔后壮江河性,晴露阴藏日月容。"其中"晴露"与"阴藏"、"初柔"与"后壮"各相成对。其二是间隔自对。如《"一、新"六唱》:"旧瓶尚可装新酒,异梦焉能共一床。""旧瓶"与"新酒"、"异梦"与"一床"属于对仗关系。

需要说明的是,诗钟的当句对与楹联的当句对截然不同。楹联当句对只管单边自对,上下联相应位置不考虑对仗;诗钟当句对既要句中自对,也要上下句相应位置对仗。

5. 间隔组词法。将眼字与其他字组成词或词组,但分隔开来置于句中。如《"破、喉"四唱》:"扼且如喉关险绝,攻终不破垒刚坚。"其中眼字组成的词组是"扼喉""攻破",但将"扼"与"喉"、"攻"与"破"分割开来。又如《"触、怀"四唱》:"争先所触何非忌,媚上于怀未必惭。"将"触忌""惭怀"分成四字置于句中。

6. 用"吊眼"法救活句子,使对仗协调。如《"花、朝"一唱》:"花如狼藉狂风后,朝若龙钟大雾前。""吊眼"法是将眼字作单字词用，并在眼字后附一字，起"承前启后"的作用。通过所附的字，将眼字与句子后部分贯通起来。上述例子中的"如、若"二字就起这种作用。

**第二条　题目格式**

"1. 出题题目书写：两个眼字及分咏主题之间加'、'，眼字（含题字）、分咏主题前后加引号，其后写明体式，如'×、×'凤顶格、'××、××'分咏。"

诗钟题目初无标点，自标点符号普及以来，亦不统一。笔者所见者，如"凤、正"二唱（1982年福安）、《门·路》六唱（1985年霞浦），此外尚有《新年》（一唱）、《文史》四唱、发扬（六唱）、"寿星"一唱等不同标点符号用法。王鹤龄倡导的诗钟题目标点符号用法如：《面·神》二唱，在诗钟界产生巨大影响。然而这种标点用法颇不严谨。首先，眼字并非题目，亦非作品名，用书名号是错误的。用引号是恰当的，目的是为了强调其为眼字。两个眼字及分咏的两个主题之间用圆点亦不准确。"·"表示前后两个概念不同层次，但紧密关联，如"保尔·柯察金"是姓与名关联；"沁园春·雪"是词牌与词题关联。"、"表示前后概念属于同一层次，且并列。眼字往往是抓阄来的，两个眼字及分咏格的两个主题之间并无关联，而是并列关系（并列的眼字或并列的题目），因此当用顿号。诗钟的题目当包含眼字（或题字、分咏之题）和体式，如："大、好"一唱、"松、城"分咏格。诗钟作品题目还需加书名号，如：《"大、好"一唱》《"松、城"分咏格》。

# 诗 钟 话

王毓菁撰并注,黄沚兰笺,王鹤龄点校

点校说明

著者王毓菁,字贡南,福建省闽县人。光绪十四年(1888)举人。光绪年间为台湾最后一任巡抚唐景崧之僚属。台湾割让于日本之后,他去了北京。民国初年仍在北京住过。他的诗文和诗钟作品,在友朋中有很高声誉。近年出版的《清诗纪事》录有他的作品。

《诗钟话》原来曾经零星刊载于某简报,由在山东任官职的黄沚兰剪辑,并为之作笺,但未能出版。当时同在山东任官职的熊绍龙见而抄录一份。民国二十二年(1933)河南衡门诗钟社编辑《衡门社诗钟选》,熊提供此文,附于集后。

《诗钟话》介绍并论述诗钟之源流、风格及若干名作。对于"改诗为诗钟之祖"解为缩写前人两首诗写成嵌字诗钟之两联。此说见于《辞源》,而本文之说明较为详细。宗威所著之《诗钟小识》引录过本文。对于何为"改诗"有不同解释,本文代表其中一派。对于诗钟作品之风格神韵,本文所议较全面而扼要。关于诗钟"眼字"之构成,各家说法不尽相同,此文所论最确。举例所用之作品，皆有意蕴，不独对仗工整，而且文字流畅，多能代表早年闽派之风格，足资后人取法。对于所录作品有所评论，皆甚精当。惟林则徐"郊原雨足云归岫，台阁风清日在天"一联，《林则徐传》等著皆谓林所撰之对联，此书称为诗钟，不知有无确据。又《天、我五唱》联，笺云"闻为林则徐幼时所作"，实为误传。原作者为甘少潭，作品载于《雪鸿初集》。

此次整理即以《衡门社诗钟选》所附《诗钟话》为底本进行点校。

王鹤龄<br>一九九八年六月

1. 诗钟盛于闽，闽曰改诗。取古人诗与吾嵌字合者，就其上下句中字，点窜涂抹缩成七字也。学子习韵，塾师以此法课之最易。"无诗不改"即无句不炼。故改诗为诗钟之祖。厥后脱离古句，以己意隶事遣词，爰有典实一派。又因典实不足制胜，以己意写景言情，于是白战出焉，所谓性灵派也。改诗，十四字字字须从古人诗句裂出，不容以己意参加一字，要在错综变化。典实，须时代相近，轻重相等，乃底浑成。禁腐陈陈相因及经语也；忌呆堆砌故事无生动气也；忌杂史对史，记载对记载，参入诗赋即杂也；忌俚俾官说部，一字不可犯也。性灵派，或光景常新，或逸情云上，或情景交换，或言近旨远，方见超脱。禁浅寻常景物也；禁率摇笔而来，冲口而出，人人意中所有，而不屑为者也；禁陋出语猥近，著想凡庸也；禁佻非香奁，乃猥亵类也。典实以浑成为上，亦须超脱；性灵以超脱为上，亦须浑成，虚实相生也。典实派，闽谓典句。性灵派，闽谓白句，不敢高言性灵也。撑胸万卷，数典何难；妙手拈花，说空匪易。刻烛摊笺之会，个中人讵不识其苦甘？然论文以希为贵，典句多则取白，白句多则取典。不但作者不能自主，即取者亦不能自主也。

2.《白、胡》三唱，首选云："可怜白柰花都落，安得胡麻饭再香？"

笺：以白柰花对胡麻饭，亦人意想所到。惟用"安得""再香"字，便含有刘阮天台事，故有余味。

3.《寒、节》四唱："五夜薄寒微有雨，一年佳节又无烟。"

笺：上句，五夜不过元宵遇雨，妙在"薄"字、"微"字，极秀隽。下句，"佳节"甚空，以"无烟"见其晴，暗以晴对雨也。

4.《天、马》六唱："霜店无灯群马龁，雪篷不岸四天垂。"

笺：皆生硬自造，故无雷同。然写景之真，非常宿客舍、泛寒江者，不知其妙也。

5.《雪、平》一唱："雪天裘被偕朋辈，平地楼台望子孙。"

注：此唱用白傅、莱公故事者多矣。能如此联浑融者少。典实耶？性灵耶？可悟运用之妙矣。若征一故事，必标举姓名而词意无生气，直如点名簿耳！

笺：语气华贵，非寒畯所托，裁对工整犹其余事。

6.《通、布》六唱："史家合补韩通传，奴辈犹争季布名。"

笺：以人名入嵌字，以议论出之方不呆板。季布曾为奴，故以"奴辈"引起，可为下流人吐气。韩通为周节度，死陈桥难。无事实可对，则以史未立传而曰"合补"其传，是无中生有法也。

7. 又："酒保能豪栾布气，椁郎竟起邓通家。"

笺："酒保""椁郎"俱栾、邓微时事，极工整，笔亦排宕。

8.《苏、布》五唱："卫律自降苏不屈，什邡且爵布何雠。"

笺：此借宾定主法，惟五唱可，余不宜。

9.《下、家》二唱："邺下一龙华邴管，曹家三马懿师昭。"

笺：文章天成妙手偶得，未许学步也。

10.《出、诗》二唱："不出人偏强安石，能诗我更望南丰。"

笺："南丰"若直指其不能诗，便无味。此偏望其能诗，则意自别。以翻进一层胜人，胆识俱优。

11.《门、起》五唱："孙子不叨门第荫，华夷常问起居安。"《闻、事》五唱："裘被声名闻四海，鼎钟颜色事双亲。"

注：二联相传为沈文肃作，言为心声，自不可掩。

笺：包罗史事不必专切合一人，使人一见即知古有此人，且不止一人。高华名贵，气象不凡，断非富贵利禄中人所能假托。

12. 林文忠居西陲，遇邱镜泉戍边。偶拈《然、起》二字，嵌二唱，书以赠邱云："偶然风雨惊花落，再起楼台待月明。"

笺：再戍所触景生情，不必作诗钟观也。

公任粤督，《山、断》四唱云："案牍如山随手判，军书不断皱眉看。"

公又有《足、青》四唱云："郊原雨足云归岫，台阁风清日在天。"

注：公此联曾自书，后人取以刊为福州小西湖公祠楹帖。

笺：公出处为四海苍生属望，此联其在赦归复起抚粤西时所作乎？

13.《游、散》一唱："游遍山川归纂史，散将声伎起勤王。"

注：嵌字要有"字"有"眼"。此联史公信国跃然纸上。论者或病其有"字"无"眼"。盖题是"字"，附题之字是"眼"，合言之曰"眼字"。一题到手先寻"眼字"，"眼字"得，造句乃有范围。

笺：太史公自序，二十而南游江淮等语，"游遍山川"，"遍"字乃作者所加，故病其无眼字也。"将"字亦然。又眼字不可用人名，最易千手雷同也。

14.《楼、敬》五唱："燕子不来楼有主，梅花相对敬如宾。"

笺：因楼而思及燕子不来，"有主"字有味。"敬如宾"三字夫妻事也，因而引用梅妻，便新艳。

注：惟第五唱可连下二字做眼。嵌字动静必调剂使平。

15.《寒、节》四唱："忠骨未寒权贵横，帑金不节计臣骄。"

16. 又："戴笠未寒鸥侣约，典衣不节鹤雏粮。"

笺："寒""节"多作静字用，此则作动字用，故能出以议论。"鸥侣""鹤雏"最鲜新，若言不寒朋友约，便无趣味。

17.《宫、战》五唱："美人名字宫鹦熟，上将功勋战马知。"

注："战马""宫鹦"二物不类，一粗一细，扭合颇难。本联构成，乃不见丝毫痕迹。可悟联络得法。

笺：妙在"熟"字"知"字俱从"鹦"与"马"眼字想出，故能融成一片，不见粗细痕迹。

18.《百、非》三唱："久雨百花总尘土，好风非絮亦云霄。"

注：哀音凄节，旷代伤心。

笺：一升一沉自成片段，令人生时命之感。

19. 白句境界甚多，在人体会。如《天、字》四唱："楼阁半天双燕下，阑干卍字百花扶。"是神韵。《水、楼》四唱："风色满楼山欲雨，月华在水海初潮。"有兴致。《香、世》六唱："静闻落叶皆香气，老觉闲花不世情。"有领悟。

笺：落叶香气非静不闻，用"静"字可引起少年爱花，花亦爱少年。世情如此，至老则不然。山谷云"窗外青山不世情"。用此三字极有趣味。

20.《闻、事》五唱："梅花时节闻孤笛，菜把生涯事短锄。"有风趣。

笺：杜诗："清晨选菜把，常落地主恩。"郑昂诗："岁馑无僧供菜把，天寒有鹤守梅花。"

21.《老、星》三唱："海宕星芒通夜动，松横老气与秋苍。"有魄力。

笺：上句写景逼真，下句从老气横秋颠倒而出，惟不及上句工稳。

22.《云、夜》五唱："身归五岳云游倦，手散千金夜宴迟。"有气概。

笺："迟"作春日迟迟解，舒长之意也。

23.《曲、秋》五唱："一生别恨秋江满，十载才名曲院知。"

笺：愤惋，而情韵绝佳。"满"字非钝根人所能领会。

24. 《云、节》四唱："竹难屈节怒穿石,松欲凌云羞作花。"有节操。

注："怒"已奇,"羞"更匪夷所思。

笺:新而练,寄托绝高。

25. 《流、下》六唱："危滩石独当流立,绝巘云皆向下看。"有抱负。

笺:"向下看"三字生造,未经道过。

26. 《天、我》五唱："海到无边天作岸,山登绝顶我为峰。"

笺:闻此为林文忠幼时作。名人气概,意态自是不凡。

27. 地舆须具形势,如《商、桂》六唱："龙门风雨趋商洛,象郡云烟锁桂梧。"

笺:十四字中只二虚字,工拙死活全在此。"趋"与"锁"妙不可言。

28. 有流水对者,如《牙、夜》六唱："愿收褒鄂为牙将,直拓滇黔扫夜郎。"

笺:以人对地不能工整,流水活对,串成一片始可。刘长卿云:"汉文有道恩犹薄,湘水无情吊岂知。"是也。

29. 《楼、水》四唱："芦花压水岸四白,月影坠楼灯一红。"

笺:描摹拗体,须生峭以神韵胜,非入古甚深不许下笔。不然画虎类狗矣。此联上句拗在五六字,下联拗在三五字。元遗山云:"长虹夜饮海欲竭,老雁叫群秋更哀。"亦拗在五六字也。

30. 陈弢庵宝琛幼年有《花、子》二唱云:"梅花虽瘦无寒相,松子初生便大材。"己酉在都,作《论、鲁》二唱云:"广论无恙休沉陆,椎鲁何知但戴天。"后于寒山社作《孤、得》六唱云:"难宽后死存孤责,敢负初心戒得年。"

注:忧思之深,又不仅以诗钟论矣。

此卷乃诗社友人南阳熊君伯乾所存,于诗钟源流、格律论之綦详。爰附集后以公同好同人识。

(原文刊于王鹤龄著《风雅的诗钟》,台海出版社 2003 年 9 月版,编者改用顿号分隔眼字)

# 希微室折枝诗话

福州陈海瀛无竞

## 序

吾师陈石遗先生尝谓："闽人喜结社为嵌字两句诗，世所谓诗钟者也。余与林畏庐最不善此。"先生诗名满海内，所言如是，岂折枝果不易为耶？畏庐前辈有"天、马"一联至今传诵，句云"黄河冰块兼天下，白岳云绵夹马飞"，何尝不善折枝耶？折枝虽小道，足以表达个人思想、社会情态及时事观感，所关甚巨。余十年前即拟作折枝诗话，迁延未果。近以同辈之督促与策励，搜集材料颇费时日，约十月始蒇事。是编成，梁君乐志助我尤多云。

公元一九五八年五月陈海瀛识于希微室

## 希微室折枝诗话凡例

一、折枝诗话，前人所无。本编为创例之作，只就管见所及，自出体裁。

二、折枝为福州特产，他处人甚少为之，故选句仅限于福州。

三、吟例原不属诗话范围，因欲使后之为折技者熟知吟坛手续，故亦列入。

四、折枝佳句，不胜枚举，本编所选，固难免遗漏。但各种作法，亦略具模型。

五、承诗盟同志惠予资料或襄助，附此致谢。

六、本编创作，诸多纰谬及阙陋，尚希阅者指正。

## 折枝起源第一

折枝吟盛行于福州，始自何时，莫得而详也。清光绪间，黄理堂有《雪鸿初集》之作，亦谓不知所自始，踵其后者，又有《雪鸿续集》及《壶天笙鹤》，皆仅选录折枝名句而已。余于十年前拟编折枝诗话，以未明来源所自，遂搁置。近有人促为之。余病目眵昏，苦难检书，乃属林汾贻、郑丽生二君代为搜集资料。汾贻检得李家瑞《停云阁诗话》中载一段与折枝有关者以告丽生，丽生亟录见示。按其所载，虽尚未有折枝名称，已可据此推定折枝之由来，更证以《雪鸿初集》中刊有乡前辈林少穆先生折枝诗句，是嘉庆时已有折枝吟矣。先生嘉庆进士，道光间历任疆圻，则其作折枝也，当是未任以前里居之日。以其时考之，折枝始盛，其在嘉道之际欤。

《停云阁诗话》刻于咸丰五年，作者李家瑞，道光时诸生，诗话之作，原以吾乡先达在京有击钵吟课，联吟时设左右词宗各一，左右誊录各一，司课一。先七言绝句，次七言及八言分咏，又次阄字分唱，自第一至第七，即今之所谓折枝者。其一"人、白"二字句云："人海归来空有梦，白门游后怅无诗"，其二"童、秀"二字句云："山童解曲全天籁，闺秀能诗亦国风"，其三"贫、四"二字句云："月来贫巷犬争吠，雪满四山僧独归",其四"飞、数"二字句云:"去棹如飞移岸走,有山无数渡江来",其五"飞、水"二字句云:"风吹帆叶飞何处,月浸楼栏水不如",其六"墨、长"二字句云:"古堞乌啼如墨夜,秋窗人坐最长更",其七"碧、归"二字句云:"芳草送春无限碧,杜鹃劝客不如归。"以上各联若以折枝律绳之,多有未合,如"人海""白门"一联,"人海"为通用名词,"白门"为独用名词。又"空"字虚,"怅"字实,皆不相称。若留"空"字,则"怅"字应改为"竟"字,若留"怅"字,则"空有梦"应改为"疑是梦"方可。"白门"对"人日"恰好姑就原句窜易之,"人日归迟诗更续,白门别后梦犹悬"似较妥。又如"去棹""有山"一联,"棹"属器具门,山属地理门,不能相配。"去"字比"有"字重,亦不称,病一。出句既用"去"字,对句用"来"字,并非与"去"字对,乃缀诸末字,亦犯例,病二。"岸"字对"江"字固成配偶,无故对句又掺一"山"字,变成畸形,在折枝诗律中最犯忌,谓之三足蟾,病三。若改为"黄叶如飞辞树去,青山无数夺江来"较见协律。就中惟"山童闺秀"一联不背诗律,但将"全"字改为"皆"字便好。其他各联,均不免疵类。所以未加删削者,一则以原诗七唱俱备,足以证明折枝之作实胚胎于此时,一则欲存其本来面目,借以觇当日折枝之风气也。

### 折枝名称第二

折枝谁立此名,无从深悉。即如徐珂(清季人,字仲可)《清稗类钞》所载,亦仅云"诗钟",并未有"折枝"名称。略谓诗钟有正格,有别格。

所谓正格者,一曰凤顶(一名鹤顶,又名虎头);二曰燕颔(一名凫颈);三曰鸢肩;四曰蜂腰;五曰鹤膝;六曰凫胫;

七曰雁足。

所谓别格者，一曰魁斗，一字嵌上句之首，一字嵌下句之末；二曰蝉联，一字嵌上句之末，一字嵌下句之首；三曰鼎峙，三字嵌两句中，不相并；四曰鸿爪，三字，一嵌上句第四字，二嵌下句首尾；五曰双钩，四字，分嵌两句首尾；六曰五杂组，五字，嵌于两句中；七曰四五卷帘，一字嵌上句第五字，一字嵌下句第四字；八曰辘轳，一字嵌上句第三字，一字嵌下句第四字；九曰碎锦（一名碎流），四字以上，分嵌于两句中。

上述别格之外，尚有四种，曰拗体格，曰流水格，曰集句格，曰太极格。如"幽人无事出寻药，小鸟一声飞过溪"（"药、溪"第七唱），拗体格也。如"乞多天上长生药，医尽人间薄命花"（"长、薄"第五唱），流水格也。如"青女素娥俱耐冷，名花倾国两相欢"（"女、花"第二唱），集句格也。如"断续钟声山半雨，纵横帆形月中湖"（"续、横"第二唱），太极格也。

余按：别格除拗体、流水两格外，今已罕用。正格自第一至第七各有名色，即折枝第一唱至第七唱也。

又李岳瑞（清季人）《春冰堂野乘》载诗钟，有笼纱、嵌珠二格。笼纱者，取绝不相干之两事，以上下句分咏之。嵌珠者，任取两字，平仄各一，分嵌于第几字者。余按：笼纱，即分咏（说见下第三）；嵌珠，即折枝之异名。第今之人，不称嵌珠，皆称折枝耳。虽然折枝之名于义果奚取耶？或谓折枝，乃就七律中四句摘出两句为之，如折花枝然，故名。或谓画中有折枝，甲画兰，乙画石，丙画梅花，丁画水仙，如所谓"猩色屏风画折枝"者。二说皆近似。因两句共十四字，非全首诗也。又有谓古近体诗难为，折枝诗易为。如为长者，折枝不过一举手之劳，言其易也。窃不谓然。古近体，康庄大路也，可以驰骋自如；折枝，蚕丛鸟道也，亦能六辔在手、一尘不惊乎？能之者，殆若贯虱承蜩，别有长技，以折枝为易者，盖未尝为折枝也。不登其堂，奚从而哜其胾，又奚从而知其味耶？请下一断语曰：为古近体难，为折枝亦不易。

### 折枝质别第三

折枝与分咏异。分咏皆咏人、咏事、咏物，两句必须用典实分。按：折枝，则仅嵌两字为诗眼，不指定何人、何事、何物，用典与否，亦可不拘。其质别可分为五：（一）言志，（二）抒情，（三）说理，（四）论事，（五）写景。兹就五者，各举一联为代表作，如林天遗之"明月已阑焉置我，青山在此敢言官"（"阑、此"第四唱），言志之作也。天遗自江西归里，常与朋辈为折枝吟，绝意仕进，观此诗可知其志。黄念厚之"归马色寒交道见，病蚕心苦作家知"（"家、道"第六唱），抒情之作也。一富一贫，交情乃见。脱骖借马事本难能出句可作。刘孝标《广绝交论》，读对句亦足征。良工心苦，凡琢雕肝肾之文人，真情如见。魏道涵之"物可胜天霜后见，人无负我雨中知"（"中、后"第六唱），说理之作也。"夫物之不足以胜天"语见《庄子》，恰好对"人无负我"，所谓蒲柳之姿，望秋先零，松柏之质，经霜犹茂者。出句即寓此意。陈笃初之"一士名成诗案后，中原事过钓竿前"（"一、中"第一唱），论事之作也。出句用苏东坡乌台诗狱事，对句用严子陵富春垂钓事，毫不着力而自占身份。王碧栖之"翠微罄罢无多月，红树船停几许诗"（"诗、月"第七唱），写景之作也。闲雅绵邈，出句由孟浩然"山寺钟鸣昼已昏"蜕化而来，对句亦有减王渔洋"半江红树卖鲈鱼"也。

## 折枝法式第四

声病之说，创自沈约。唐时僧皎然尝著诗式，杜少陵亦云"老去渐于诗律细"，皆以古近体有一定之法式也。折枝虽与近体异，亦别有不可犯之法式。试举其例：

一、动静无别。动字宜对动字，静字宜对静字。如"读书"对"沽酒"，"游山"对"看月"，"读""沽"皆动字，故可相配。若以"读书"对"名酒"，"游山"对"好月"，因"名""好"皆静字也，犯此者谓之"内外科"。如"事、山"第六唱有一联云："越职悔陈言事疏，好官笑剩买山钱"，"越职"对"好官"，即其例也。但同为动字，尚有轻重之别，试拟"钱、榻"一联为例："得钱入市先沽酒，移榻当门好看山"，"得"字比"移"字轻，终嫌铢两不均应，将"得"字改为"储"字，乃可。

二、虚实难称。虚对虚，实对实，此一定之例。如"平、小"第六唱："遂非我见承平远，亦既人怜少小孤"，此"孤"字乃指"孤儿"而言，非"孤高""孤芳"等义，不得与"远"字对。此联虽经抢元，未可为法。

三、畸形不整。两句中，有三字同用一类之字者，谓之三足蟾。例如"去棹如飞移岸走，有山无数渡江来"即犯畸形之病。因"岸、山、江"三字为同一类之字也。详见折枝起源第一。

四、同音相犯。两句中，有同音之字者。试拟一联为例："星影满江将眼乱，秋声在树已心惊"，其中"星、心、声"三字同音，应避。尚有同韵相犯者，如"成、城"同在"庚"韵，"新、辛"同在"真"韵，皆于吟诵时声音不谐。

五、字异义同。同一义之字，不能相对。如"闲似白鸥沧海客,健于黄犊少年人",所以用"于"字不用"如"字,即避异字同义之病。

六、意同词异。此谓之合掌。试拟一联:"栖寂不教投众浊,避嚣但要赏孤芳",凡类此者,皆犯合掌之弊。

七、左右相撞。两句中,如有在出句用天文类、地理类或其他各类之字,在对句非与之相对而又用同一类之字者,便为左右相撞。试拟一联"颇疑风露花前立,最爱湖山雪后看",出句用"风露"在上,对句用"雪"字在下,即犯此病。

八、子母相失。排比字有子母,有非子母者。例如"盛衰""劳逸""异同",子母排比字也。"欢乐""富贵""饥寒",非子母排比字也。两类应各自为对,如"斑兽西还看早晚,崖州南望泣孤寒","早晚"为子母排比字,例不得对"孤寒",因"孤寒"乃非子母排比字也。

九、属人属物。两句中,语气及动作属人,则同属人;属物,则同属物,此一定之例。姑以"山、墙"两字拟成一联:"开遍山花春欲老,坐残墙月夜将阑","开"字属花不属人,"坐"字属人不属月,不能相对。应将"开"字改为"看"字,以与"坐"字对,则均属人。或将"坐"字改为"照"字,以与"开"字对,则均属物矣。

十、联上联下。两句中,不得一句联上,一句联下。余尝有"微径得从新鹿迹,寒林失却旧莺声"之句,一时取者甚多,于律究属未合,因出句用倒装法,谓从鹿迹得微径,联上也;对句用顺序法,则直谓寒林失莺声,联下也。应将出句改为"微径留多新鹿迹"方合。

十一、总称别称。凡一事物,皆有总称别称之分,应各自为对。如"鸟"可对"花、虫、鱼",以其皆为总称也;

若以"鸟"对"兰、梅、蚊、蝇、鲈、鳊",则不可,此数者皆属别称。试举"碧、归"一联为例:"芳草送春无限碧,杜鹃劝客不如归","芳草"为总称,"杜鹃"乃别称,例不得相对。

十二、通用专用。通用名词不得与专用名词相对。如前举"人海归来空有梦,白门游后怅无诗"一联,"人海"为通用名词,"白门"为专用名词,即犯此病。

依上法式,折枝格律具此矣。尚有资以为用者:一曰神,神不超逸则呆;二曰理,理不完足则戾;三曰气,气不浑雄则弱;四曰味,味不隽永则索;五曰声,声不洪亮则哑;六曰色,色不鲜妍则醭。作折枝者,不可不知,试举数联:神之超逸者,如"寒宵坐似沧浪里,微曙看犹混沌初"("微、寒"第一唱,黄芍洲句)。理之完足者,如"大发芳菲无几日,高飏埃堨亦层霄"("高、大"第一唱,陈笃初句)。气之浑雄者,如"黄河冰块兼天下,白岳云绵夹马飞"("天、马"第六唱,林畏庐句)。味之隽永者,如"何必有花行古径,不如无月坐空堂"("古、空"第六唱,吴韵珂句)。声之洪亮者,如"翰林银手归耕雨,乐部珠喉起说诗"("诗、雨"第七唱,陈泽观句)。色之鲜妍者,如"桃花人面俱年少,荔子官声并海南"("海、年"第六唱,林彤余句)。皆可为示范。

**折枝吟例第五**

吟例者,吟坛上应具备之手续及物件也。分例如左:
(1)分唱。自第一唱至第七唱,顺序为之。但以时间关系,通常作两唱或三唱。
(2)拈字。拈字时,公推甲乙丙三人,由甲任取诗集一本，先向乙要第几行第几字，翻阅之，如系平音，另纸书之，再向丙要第几行第几字，遇有仄音者，即书之，并标明"第几唱"字样，粘贴明显处。

（3）卷数。通常每人三卷，作双旗者倍之，作三旗四旗亦可。

（4）香限。每唱以竹香一炷为限，香尽即应投诗。

（5）投诗。置木质诗匣一，内贮木筐三，以便分投诗卷。如未置诗匣，可用三个瓷碗代之。

（6）点诗。由诗监将匣内所投诗卷倾于几上，点明诗卷与参加人数是否相符，如有作双旗以上或不及三卷者，均应于此时报明，俾易计算，点毕，仍将诗卷分别贮入原匣内，以便分次。

（7）分次。自第一次至末次，视参加人数若干，定为若干次。每次给次纸一张，同时以诗卷三联，分交各次填写。双旗以上照加。

（8）传次。填写既毕，即将本次交下次选取，逐次递交，迨本次次纸收回时，则知轮次已满。

（9）选取。每次于次纸收到时，各就其中选择佳者，录入另纸评定甲乙，即多录几联，以备抽选亦可。

（10）取额。通常选取十卷，元殿眼花胪录监各一，斗三，作双旗者倍之，双旗以上照加。

（11）宣唱。宣唱时，先唱殿，次唱斗，最后唱元，由第一次起，依次轮唱。

（12）赠品。原皆购备实物，以物价之多寡定名次之高下，因醵金为数甚微（每人约在三角以下），不敷购，只得以赠卷代之。

以上吟例之外，尚有所谓斗标者，多于纪念日或春秋节日或亲友生朝为之。分聚吟聚唱，散吟聚唱二种。聚吟聚唱与普通吟例同，惟每唱须备记标表格一纸，表格式附后，所得分数最多者为第一标，余递降。标品或由东道出捐，或由吟侣醵资购备。至若散吟聚唱，则须先期拈字，由主其事者通知各参加人，限期缴卷，以便汇印后分送各参加人选取，定期齐集宣唱。其标纸标品与上述同。散吟聚唱以林范屋生朝吟局为最盛，诗眼以"借名生日为东道，招手吟朋坐一堂"，二句分为七唱，参加者七十余人，时在癸亥九月，自是日晨八时起，唱至翌晨八时止始毕，一时佳作如林。余独喜林天遗之"恩情房老捐中道，礼分门生略后堂"一联，用典浑成，造句工整。又林谦远有"女手江南皆赋税，官名日下等俳优"一联，于当日租税烦苛、政治腐败，能于十四字中描写尽致。林萼楼亦有"风定萍归池一角，日高花出屋东头"之句，写景迫真，辞亦玫丽，皆杰作也。余有一联云："招魂未喻累臣意，借面何来吊客嘲"，鲜有取者，独天遗取眼，此联对句用弥正平语。正平云："文若可使借面吊丧"，盖轻诋其仅有仪表也。此外尚有陈弢老七十、吴冕昂堂庆，亦均有斗标盛会。余方客广州，未及与。聚吟聚唱，以志社诗楼落成为最盛，时在癸亥十月，参加者八十余人，自是日晨九时起，唱至夜深始毕。诗眼为"林下集、小阳天"，分一、四、七三唱。余有"酬知地下名方始，借助春阳力已微"一联，取者甚多。天遗亦有"多谢春阳嘘老朽，敢烦门下订丛残"之句，与余同春阳眼字而立意不同。

附记标表格式

| 明　说 | | | | 姓名 | 元 | 殿 | 眼 | 花 | 胪 | 录 | 监 | 斗 | 合计 | 标次 |
|---|---|---|---|---|---|---|---|---|---|---|---|---|---|---|
| 一、姓名栏，按参加人数若干分若干行（本表仅分四行为例）横书各人姓名次以笔划多少为序。<br>一、宣唱时，先唱殿，次唱斗，逆数而上，最后唱元。所唱诗句系某人者，即于某人姓名下之各栏，属何栏者，就该栏中打一圆，续出若干声，连打若干圆，全场唱毕，将每一个人所得分数填入『合计』栏内。<br>一、计算既毕，以得数最多者为第一标，次多者为第二标，余递降于『标次』栏注明第几标字样。<br>一、十标内为特别标，以名次高下定赠品厚薄，十标外为普通标，赠品一律不分厚薄。 | | | | | | | | | | | | | | |

## 折枝组社第六

福州折枝之有社名也，当在清同治、光绪间。桥南之可社，为郑淑璋、罗义合所组织。水部之琼社，为林畏庐、杨文增所组织，最有名。后此，若观社、西社、简社、亦社皆盛极一时。兹第就余曾参加者详言之如左，列各社：

源社　先后主持人任沛珂、叶玉如、叶式恭、叶晟恭。

志社　先后主持人蒋逢午、马晓峰、翁心组、张鹤廉。

托社　先后主持人林天遗、陈聿睢、陈笃初。

还社　主持人林天遗。

晓社　主持人沈露湛。

与社　在广州时主持人沈演公、在福州主持人陈无竞。

则社　主持人薛幼兰。

剑社 在南平时主持人陈无竞，郑庶古、郭云展副之；在福州主持人陈无竞，林范屋副之。

右列各社，诗派不同。源社诗喜隶事，非有来历，难以录取，如陈香雪之"庙立颜家安史毁，祚兴蒙古宋金亡"（"颜、蒙"第三唱）；林琮子之"抱孙且作南夷长，爱弟还加有鼻封"（"夷、鼻"第六唱）；程西平之"累卿百口辜良友，报母千金作假王"（"口、金"第四唱），可为例证。间有参以议论者，如"官小不卑元奉母，臣饥欲死未干人"（"小、饥"第二唱），叶履丞句也。其后风气亦渐变，不专用典矣。

志社最初设于南台乐群社内，嗣移入大妙山去毒社，由社人醵资建诗楼，越数年毁于火，久之复募资重建，今其地为某校借用，吟集假他处为之。其诗以才调胜，如翁心组之"明明醒眼诸无睹，仅仅中才百敢为"（"醒、中"第三唱），张鹤年之"香车过市谁家丽，金印还乡少日孤"（"香、金"第一唱），林绮赓之"松间六月风良可，衣上江南雨欲无"（"松、衣"第一唱），皆可诵。

托社诗立意欲其深，置论欲其高，神味欲其隽永，如林天遗之"掷我形骸还造化，借人池馆过黄昏"（"形、池"第三唱），翁雁墅之"往来门外遑关眼，饥饱明朝未上心"（"门、明"第三唱），林平治之"长年天气怜秋雨，江上人家爱夕阳"（"长、江"第一唱）。余亦有一联"江上人家舟即是，秋来天气扇如何"，与平治所作颇相似，但神味隽永则远不及矣。

还社乃乡人于辛亥光复后自外省归里者，与托社社人相聚为吟集。其诗亦托社之诗也。余亮公之"照水看成无量我，闻歌念及可怜人"（"水、歌"第二唱），出句用东坡泛颖诗"散为百东坡，顷刻复在兹"语意，对句则如所谓"一曲伊州泪万痕"也。郑屯庵有"看潮只是随缘意，咏雪曾无满量时"

("随、满"第五唱),亦佳。

晓社吟所在城边街涛园,园中多树木,坐对绿缛浓阴,最惬吟人心赏。余偶往参加,记得陈泽观有"红楼隔雨人如笑,皂盖连云客甚都"("笑、都"第七唱),他人多用"出都""迁都"对"笑"字,不相匀称。此作以丽都之"都"对"笑"字,仅从眼字论已高人一着,造句绚丽,尤擅胜场。

与社者,旅粤乡人每星期日辄集沈演公庐之桐轩为折枝吟,自丁巳起,历五年无间,壬戌秋吟俦先后返里,托社社员亦多入社者,是年余四十,社人委作东道,吴樵笑有一联"荔子取为红粉寿,鹦哥报道翠华临"("寿、临"第七唱),大获胜。

则社为托社之分支,吟所无定,诗与托社略同。吴韵珂之"春非不谅游人意,山亦能知足下名"("游、足"第五唱),邱式如之"衰意满林秋一片,凉痕在水月初更"("衰、凉"第一唱),一则寻常意却能翻新,一则眼前景亦能写实。

剑社于抗战时期乡人避地南平者,率有吟集,南平古号剑津,社名本此。胜利后,移福州,益以里中朋旧,吟事尤盛。其诗如林谦远之"情固至柔难节制,法如能善有师承"("节、师"第六唱),说理透辟,杰作也。谢义耕之"修省百年犹未足,逢迎一事已为难"("省、迎"第二唱),励学敦品,能曲折道出。林轩筠之"能容客几江天棹,不识人谁月夜箫"("天、夜"第六唱),景阔意幽,颇有烟波渺茫之致。

上列各社,强半中辍,惟志社后起作者尚多,延续至今,吟事未废。托社自笃初逝世后,已不复集,现已恢复,仍假还爽垒旧址(笃初自号还爽),示不忘旧。剑社社侣大率健在,倘有倡者,愿执鞭从之。

此外,乡人旅居北京、南京、上海、厦门各处,多有吟社组织。北京灯社发起者陈弢庵、郭春榆、卓芝南、张珍午诸前辈，每年灯节均有斗灯之举。陈荔裳、陈文卿、刘孟纯曾各捐廉买灯，社中人由黄嘿园撰启致谢，摘其警句如下："岁事将残，乡风未坠。私怜羁旅，每先元夜张灯；小集宾朋，又就春明结社。洛阳纸贵，淮甸铜荒。既非金布，只园枉烦长老；若拟钱输，光学只属诸生……闺秀挥毫十幅，拂鹅溪之素（画灯者金陶陶女士、王又点女公子德愔也）；画师碾墨半丸，分螺渚之青（弢庵前辈以古墨赠畏庐先生并乞作画）……所思远道，愿讼庭之鸟雀都驯；此会明年，看人海之鱼龙万变。"其诗以弢庵之"残碧殿秋犹有恋，老鸡知曙奈无声"（"碧、鸡"第二唱）最为人传诵。南京滨社参加者，多海军界中人。法社参加者，为司法界中人。上海江南吟社，亦海军界中人所组织。厦门补余吟社组织者，为旅厦乡人。尚有沈涛园、何平垒前辈在赣时常与同乡作折枝吟，社名未详。

  前述各社，为定期组织。有所谓不定期组织者，曰日唱，曰月唱，曰大唱。日唱盛行于前五十年，司其事者谓之诗东，甘吉甫、田春士最有名，吟局皆在农历十二月中旬以后、正月灯节以前，因旧社会在此腊尾年头，事务较简也。吟所多假境或庙为之，如南营中山境、吉庀巷魁辅境、文儒坊闽山境、水部太和境、北门火帝庙、南台大庙前、刘公庙等处。每日上午九时出字，下午三时截止。卷资仅售铜钱十二文，卷缴齐，送交左右词宗评取，傍晚上灯时发唱，赠品不外瓷器、蜡烛、笺纸而已。余十四五岁即嗜此，日向吾母索铜钱三四十文购诗卷，偶获选则大喜。及今思之，西垒灯下，吟声非复儿时情味矣。月唱，每月一次。先期出字，限期缴卷，送评取，定期发唱，通常正取两门，捐取若干门不定，以叶轩孙所组织之正社月唱为最盛，期间亦最长。大唱，每年一二次，其办法与月唱略同，惟规模较大，以王醒才所发起"日、山"大唱，于荷花生日为之，正取两门，外捐取达三十门，唱两日始毕。又前辈萨鼎老九十一诞辰，乡人士组织"高、远"吟局寿之，此次不分正取、捐取，共二十门，每门词宗两人所取，元殿眼花胪均加倍，亦唱两日始毕。又有似大唱而规模稍小者。林畏庐翁曾发起"冷红"吟局，翁自号冷红生，因以为名。于上元前发唱，吟所门首悬自撰灯联一对，句云"劫外看春光，吾辈能无忧国泪；闲中结吟局，诸君应有感时诗"。是时，清政府有割地议和之举，翁心痛之，故有此作。又有一次，所组吟局与此相类。自书横额曰"诗世界"三字，旁系灯联一对云："落落十四言，直追汉魏齐梁以上；觥觥八九子，都在王杨卢骆之间。"此老兴复不浅矣。

## 折枝选句第七

折枝佳作，不胜枚举。兹举其有话及可话者，自第一唱至第七唱，分别选列之。

### 第一唱选句

和春眼底皆明世，平旦心头亦少年。萨伯森句也。出句有熙熙春台气象，对句则谓朝气之盛，非少年所独有，老当益壮，吾亦云然。

江南路出莺声里，秋夕楼横雁影边。陈笃初句也。江南秋夕，莺声雁影，皆人所习用者。缀以"路出、楼横"四字，配置得法，遂成绝妙好辞。

草堂西接江来处，佳句中含木落声。田谷士句也。此联在律诗亦为警句。近来折枝罕见此作。或谓"草堂"可对"佳句"否？余曰：草堂非对佳句佳日，便无好诗；若欲工整，以草寇对佳人能成诗否耶?

微虫沟洫犹争长,寒鸟江湖不乱群。张拂潮句也。时福州方有刘(和鼎)、卢(兴邦)战争,出句指此。对句则以寒鸟比志行高洁之士,抑亦自况也。又黄芎洲之"寒宵坐似沧浪里,微曙看犹混沌初",诗亦清如沧浪,静如太古,意境得未曾有。

二水流花同到寺,南风吹雨不过城。张鹤廉句也。吹雨不过城的是南风,不可移易,故佳。不过城三字,尤妙。又高茶禅有"南弄莺花侬住处,二湖蟹稻客归时"一联,鲜妍夺目,令人神往。

燕雀吞声残粒下,溪山弄影劫灰中。马感沤句也。抗战时,省治迁永安。永安一名燕溪,当时有以此征诗者,感沤方供事福建财政厅,职卑禄薄,故出句云然。对句写风鹤之警,无限感慨,皆纪实也。

慈严殊用皆为爱,长短兼收各见才。陈南曾句也。严可为爱,短亦有才,特视所施所用如何耳,说理殊透辟。

新春我在山焉避,高夜人无月自看。叶轩孙句也。轩孙诗独辟蹊径,他人不能为,石破天惊,辄有奇语。

闲云余事能为雨,远水初心亦在山。陈翼才句也。意亦犹人,着以"余事""初心"四字,便自不同。出句有谢安石"霖雨东山,斯人不出"之感,对句则犹黄叔度"汪汪千顷之波,澄不清而挠不浊"千载下,如见其人。

天末其人云或是,古初之世月何如。翁醉亭句也。醉亭诗钩心斗角,不肯作常语,此联足以代表之。然如"丹井有泉非世味,里门一树即吾年",取径又不同,一则以奇,一则以正也。

人去衣棱犹一整,诗成烛跋已三更。范梦樵句也。整字妙,此联余取花,意作者当能填词。及发唱,乃梦樵也。自谓所拟不虚。

东作万锄宁计拙,垂成一篑败功亏。高涵三句也。垂成二字,必有所系属,不能独立,须于其下系接单字或双字名词,于法方合,例如"事""功"为单字名词,"工事""功业"为双字名词,余类推。作者深知此诀,故能意到笔随,毫不费力。又郑惕予之"垂成堂构期明日,东作耰锄勉自家",谢义耕之"垂成一事如山重,东作何人比日先"亦皆造句得法,适中规矩。

东去江河滋感逝,垂凋花树最伤迟。程召祈句也。从江河东去,念故交零落,因花树垂凋,叹美人迟暮。睹物兴怀,比兴体也。或问"去"字、"逝"字,嫌重复否?余曰:东去者,谓东流之水一去不可复回也;感逝者,谓永逝之人既亡不可复见也。意各有属,义自不同。

东岳夕光回一寺,垂虹秋色拥孤亭。吴味雪句也。垂虹秋色,见米元章词。垂虹亭恰好对东岳寺。"夕光"下用"回"字,甚佳。若是朝曦则用不著矣。又陈逸园之"垂死花犹期一顾,东流水似答长叹",出句为自古怀才之士穷老难邀一顾者而发,对句则有"浪淘尽千古风流人物"之感。

(附记)此唱诗曾经分寄上海沈剑知、陈伯冶评取。逸园句,剑知取元;味雪句,伯冶取元,剑知取花。又高荼禅"东瓜饱雨连棚大,垂柳眠烟隔幔长",伯冶取殿。魏道涵"垂发树还禁几日,东流水欲返何年?"剑知取殿。程召祁"垂成事尚资群议,东作人惟务一劳",剑知取眼,伯冶取花。刘斯湛"垂堂下少游观地,东壁间多寝馈人",伯冶取胪。余有两联,一伯冶取眼,一剑知取胪,诗未录,对珠玉自惭形秽耳。

## 第二唱选句

洗面此间惟有泪,传神阿堵未应痴。郭匏庐句也。春榆前辈自号匏庐。余以甲寅春至北京,于沧趣老人处见之。是日适有折枝吟集,遂亦临时参加。此作,余取压卷。出用陈后主"此间日惟以眼泪洗面"语,对句用顾长康"传神写照正在阿堵中",语长康画绝、痴绝,"痴"字亦不落空,"此间"对"阿堵",尤为巧合。

函关置戍秦终灭,建业迁都晋已衰。萨鼎铭句也。鼎老六十始学诗,尤嗜折枝吟,尝往马江联欢,社晚间辄招十数人联吟。此作,余取殿军,初以为非龚惕庵即陈献丞,两人好用典,及开唱,乃鼎老句,论史有识,虽斫轮老手,无以过之。

续骚晚近无名手,闻叶江潭易白头。林天遗句也。离骚千古奇文,即如反骚、广骚,已难嗣响。后此更无其人。作者言此,亦第叹诗风之靡耳。对句故作豪语,实则摇落江潭之感深矣。天遗诗多类此。

好客久看能起疾,沧江初坐未知寒。张拂潮句也。昔谢安问桓司马病,司马遥望叹曰:"吾门中久,不见如此人。"出句即本此意。对句谓罢官初归,热念未息,尚不知沧江真味,写得入情入理。

新燕瘦从寒食后,高楼佳在夕阳时。林平治句也。对句即由"人间重晚情"诗意脱化而来,高楼晚眺,日夕山气弥佳,作者殆身历其境耶?

有如哀语闻鶗鴂,犹是常情爱牡丹。林天遗句也。出句与"春心托杜鹃"意相若,对句指物之能谐俗好者易邀众,想人亦犹是。

高堨遮天哀昼晦,落英随水识春阑。陈泽震句也。群阴在位,犹高堨之遮天,盖指曩时乱政而言。春韶易逝,睹物兴怀,非但为落英惜也。

好澄渣滓归初地,偶觅芳蕤媚晚年。林天遗句也。渣滓去,则清光来,明心见性,工夫即基于此。出句领会及之宇宙间,自然景物足怡情,老年人岂能独异,故对句云然。

猱居如斗悬丛灌,马骨成山杂雪沙。陈笃初句也。余所作"人居木末栖鸦影"与出句意相似。对句写塞外战后景逼真。

渐高月影分千嶂,如袋江声裹一城。林谦远句也。似此难题,能写出自然实景,非老手不办。

九伯实征齐始霸,两川难守蜀终亡。蔡奉生句也。用典而有议论,方不板滞。

择主防为官所卖,舍生誓与贼相持。沈剑知句也。良禽择木,人犹此情。终因熏心利禄而贬节者,往往有之。至若杀身成仁之士,留芳百世,事皆可泣可歌。作者能于两句中彰弹无遗,可谓读史有得。

正气两间归草莽,圣人万古视江河。郭洪子句也。宋明末季,朝政隳坏,忠义之士,多出自草野。所言诚然。对句即"不废江河万古流"意,对仗恰当。

## 第三唱选句

晨胸填茗神逾王,晚目趋枫步为迟。陈笃初句也。晨胸、晚目、填茗、趋枫,皆属臆造,当时或有议之者。然犹有说如填词句中之"剪雪裁冰"及"笞鸾榜凤"何尝非臆造?即所谓"日近长安笺",只要言之成理耳,背理则不可。

山衙公退云生几,江店晨兴月在门。林葆生句也。山衙几席,时有云光往来,江店人兴,常在熹微之顷,写得眼前景如画。

江湖同命携佳秀，林壑遐恩接古人。高茶禅句也。出句具见真性情，对句饶有高致。

黄菊感秋如我瘦，碧桃临水为谁妍？陈笃初句也。林文瑛家斗标吟局，笃初后至，补前两唱作三旗。此联取者甚多，列第一标。盖因他作皆以感秋临水从属人方面着想，此作则以感秋属黄菊、临水属碧桃，独见新颖。其后醉亭有"黄菊骚吟同社几，碧桃绮岁对门谁"一联（"岁、吟"第四唱），亦获胜，得标第一。岂黄菊碧桃特别能令人爱耶？

病叶青时犹有待，懒云高处不能飞。梁道钧句也。荣悴固有时，要在人能自奋，若甘于颓废，安有飞腾之日？作者能揭其旨。

各有高堂长在意，谁无青史未来名？吴韵珂句也。人人心中所欲言、口中所未言者，韵珂能言之，宜其制胜。又有"殆非我独怜香泪，故与人殊听曲情"（"香、曲"第六唱），韵珂诗多于首二字用虚字，吸取全神，自成一体。昔梁吴均能诗，人称其诗为吴均体。余于韵珂诗，亦可称为吴韵珂体云。

归问残云身即是，出看新月意旋非。马感沤句也。是时感沤屈身僚底，意不自得，故以残云为喻，对句则谓在抗战期中，风景不殊，举目有山河之感。

意悬来日当归处，道在常人所说中。叶轩孙句也。人生归宿之地，意有所属，自能勉而致之。闾巷常言，皆可见道，此即"道在迩"意。

万丈金光谈偈顷，十分难色鬻书时。谢义耕句也。因贫鬻书，不忍割爱，确有此神情。

绿阴清簟无人院，白雨渔灯独夜江。宋心窗句也。诗境清绝，不染一尘。

取从残客些黄叶，付与渔翁一大江。陈子础句也。残客生涯，有如黄叶，渔翁活计，独占大江。谁取之，谁付之，写得入妙。

双板藏春长掩住，一筇随月暂支过。吴味雪句也。托社中有两对冰清玉润。一为林谦远与范梦樵，一为陈笃初、吴味雪。味雪多读书，能为诗，折枝亦多有佳句。此作轻茜圆润，著纸欲流。梦樵有"肥将随雨花南涨，瘦不藏烟木末岑"，以"涨肥"对"岑瘦"，已见匠心。余最喜对句七字不能移易，岑在木末，其瘦已甚，惟其瘦，乃不能藏烟。梦樵工填词，故其诗时有词中警句，余有一联略与梦樵作法相若，句云："疏不遮灯中竹屋，纷如随棹后芦汀。"（"遮、随"第三唱）

### 第四唱选句

兵间里正闻宣索，休日山堂问起居。陈大弥句也。前此军阀时代，辄借名筹饷，括匠搜船，无所不用其极。供应烦苛，此诗七字中见之矣。

邻家燕羽相新故，同巷苔痕有浅深。林彤余句也。言燕羽新故而废兴易主不知几姓矣。"相"字妙。同巷中有车马喧阗者，有门前冷落者，苔痕深浅，自觉不同。盛衰喧寂之情态，描写入微。

欢笑未阑吾已老，饥寒如此汝犹狂。钟仲亨句也。时仲亨年甫二十余，能读书，所为折枝亦甚工。此联在是日吟坛上，与天遗之"明月已阑焉置我，青山在此敢言官"并驾齐驱，乃得年不永，惜哉。

已分长潜无尺水，会当自裂作孤云。林天遗句也。昔人有谓"今年锥地无"者，视无地立锥，穷尤甚矣。天遗诗多苦语，"潜无尺水，裂作孤云"，令人不堪卒读。

宫中秘戏同萤火，天下名州一蟹螯。林谦远句也。张如香曾有"君臣醉梦看萤火",余亦有"帝家业已销萤火"之句,皆实用萤火典故,不及此联以萤火为喻较见超脱。一州之大,视如蟹螯,犹之渺沧海于一粟耳,说理通玄。

稍补清夷锄草手,大关恻隐护花心。陈泽观句也。以锄草比除恶,以护花比怜才,造句用字,并见匠心。又程西平之"霜厉将夷当路草,烟浓欲隐出墙花",将"夷"字"隐"字作活用,别具手法。一美锄奸,一刺蔽贤,用意与泽观句略同。

左右爱钱官可想,朝昏求见客何为。林范屋句也。一则谓曩时衙署中人巧立名目,索取规费,长官亦倚为爪牙,上下交征,比比皆是。一则谓伺候公卿之门,不惜奴颜婢膝,以得一见为荣,如宗臣报刘一文书中所云,均写得冷隽入妙。

一诗言事能招祸,十载离家仅换贫。范梦樵句也。梦樵常语余云:初,托社吟集,仅作来宾,以此联获胜,被邀入社。当时尚自谓"一诗"对"十载"未甚工整,何以能胜。余曰:此乃四字为对。天遗曾以"天上巢痕"对"山人诗句",平治以"长年天气"对"江上人家",余亦以"江上人家"对"秋来天气",皆四字为对。又杨湘衍之"一领绿蓑沧海世,几株秋柳晚年居"("海、年"第六唱),以"一领绿蓑"对"几株秋柳",亦此例也。

积共庑高春后瓮,吹教楼爽月边箫。李孔绪句也。此联自上而下,一气呵成,有高屋建瓴之势。

### 第五唱选句

巾湿疑为储泪地,笛哀恐有裂肠人。沈剑知句也。笛哀巾湿,凄绝动人,宜乎断尽苏州刺史肠,江州司马青衫湿矣。

残照欲支长路乏,绿阴自养一家肥。高茶禅句也。在旅程中,暮色苍茫,恃残照为明灯,得有此景。种桑种瓜,非但浓阴绿缛足以怡情，即赡家之道，亦赖有此"肥"字，妙。

已示衰微游兴浅，只成幽赏足音迟。陈笃初句也。盖谓有济胜之情，亦必有济胜之具，非腰脚健者，不能作山水游，故曰"游兴浅"。若夫佳人在空谷，望而不见，搔首踟蹰，则亦徒悬梦想。"足音迟"三字，描写入神。

过犹腹痛诗人墓，见亦心伤旧日楼。林仲筠句也。黄垆咫尺，邈若山河，人面桃花，已非时昔，有同深感喟者。仲筠又有"寺荒鼠蝠吹灯起，潦大龟鱼占塔居"，未经人道，便见新颖。

罄定烟从长薄起，船过月在一溪流。范梦樵句也。罄定烟起，船过月流，惟心细人方能体会，此王摩诘诗中画也。

钓竿江水资生地，团扇秋风被弃人。郑景澄句也。眼前语，信手拈来，毫不费力，有水到渠成之妙。

有怀月夕征歌地，不见河厅压酒人。田谷士句也。回忆旧游，神情如绘。

月明赤壁中流棹，风暖扬州十里帘。郭洪子句也。一用东坡赋，一用牧之诗，裁对工整，句亦流丽。

枯鳞得水思源几，健翮摩天造极如。郭秀如句也。洞悉世情，寓意深远。余所用眼字与秀如同，句云"观河亦有思源意，登岱犹非造极心"。

溪山亦为虚名夺，风月徒多恨事干。何人所作，忘其名。世固有役于虚名，舍溪山胜景而去者。孔稚圭《北山移文》言之长矣，此乃以七字括之。佳人才子，好事多磨，恨水愁烟，忏情无地，古今有同慨矣。

## 第六唱选句

城郭数州江过处，屋庐六月树交中。沈剑知句也。长江江流，跨州连郡，舟行往来，沿岸所见，城郭确如出句云云。结庐在树木阴翳中，科头避暑，不待调冰水雪藕丝，心已凉矣。剑知善画，此诗可入图。剑知又有一联亦妙，句云："叶香不散帘交地，船火如流笛过湖。"

步同韦杜花交甬，坐似潇湘雁过楼。林谦远句也。想作者下笔时，亦如步韦杜花丛，坐潇湘水次，神为一爽。又林仲笏有"天上船来江过屋，夜中灯现路交村"一联，写江居下游及村外夜行情景迫真。

吟台客集题诗处，醉石人思饮至时。陈韵珊句也。光禄吟台在光禄坊玉尺山，旧有寺，宋程师孟以光禄卿知福州，尝来游，题诗壁上，中有"无诗可比颜光禄"句。寺僧为镌"光禄吟台"四字，故名。"醉石"二字为戚南塘平倭饮至时书于石上，石在于山戚公祠。"吟台"对"醉石"，恰好，亦妙手偶得之。

真宰知予心远独，古人畏汝眼明多。魏道涵句也。观书眼如月，古人安得不畏？道涵所作折枝多警句，恐畏汝者，亦将斫汝手矣。

吾辈山林秋后意，伊人江汉夜中情。梁道均句也。高士例得秋气良朋，动隔天涯，此意此情，两句中尽之矣。

疏花白帽吟重九，寒雨乌篷宿小孤。林仲笏句也。重九，佳日也，不厌长吟；小孤，胜地也，何妨三宿，夜篷闻雨尤妙。

桃花人面俱年少，荔子官声并海南。林彤余句也。彤余面严冷，此诗乃绰约多姿，鲜妍夺目，读之令人生爱。

百先自则端风可，两不相能任气非。江瘦影句也。此联与禁压浇风、革除骄气之旨合，句亦醇朴。

乱吹回声鹰晚汐，穷阴敛影避初曦。江瘦影句也，于写景中见实理真情，光天化日之中，众阴敛闭，正气自消。

送春门巷霏红雨，迎曙楼台涌五云。高荼禅句也。写春光欲去，曙气方新，有声有色。

揣摩十载舆言出，尝试千场橐志归。郑倜予句也。舆言橐志，造语奇特，或问言可舆、志可橐否？余曰：《史记·孟荀列传》有"炙毂辊髡"一语，谓淳于髡言辞不穷，如车辊然，炙之虽尽，犹有余流，舆言，义本此。《史记·平原君列传》毛遂自比"锥处橐中，其末立见"。橐志，义本此。

气塞两间持志始，行完一已顾言终。郑景澄句也。以气与志、行与言并提，语无泛设。梁道钧取列冠军。作者、取者俱不失其正。诗正而葩，折枝亦当如是。

目眙东家应志过，筋疲南亩敢言功？梁伯恒句也。目眙，已为有过，不待逾墙钻穴，端正风化，立意入微。对句合乎重农趣旨，允为现实性之作。

## 第七唱选句

感逝空山松已鬣，慰贫穷巷月如银。林彤余句也。"鬣、银"二字，枯窘难于著笔。从松已鬣，念及亡友，犹是常情。若欲月来慰贫，亦如东坡诗所谓"饥人忽梦饭甑溢"者，则想入非非矣。

细花覆甬通厅事，残醅沿沟出酒家。张拂潮句也。"覆"字佳绝，句亦鲜妍。酒家残醅沿沟而出，倘令嗜饮者过之，不待逢醅车而流涎矣。

人处湖山无定论，花时门巷似通都。黄桂芳句也。"论"字轻，"都"字重，以"通都"对"定论"，着一"似"字，铢两方能相称，造句亦工稳。余入托社未久，桂芳即谢世，仅记得此联，亟录之。其子抑秀亦能诗。

一惜娉婷归彼客，生憎儗伱至吾山。陈聿睢句也。在昔风月场中，有情钟彼美而为豪家所夺者，此杜牧之"狂风落尽猩红色"所以作也。山林清景，只容雅人幽赏，若使痴呆子澜迹其间，兴趣索然矣。一则惜，一则憎，情见乎词。

　　挟书著裤出见客，反鞬靸履来寻山。吴樵笑句也。此联全仿古体高山流水之音，独奏则可，录备一格，不必效之。

　　坐久一星飞过海，归迟黄叶下平门。张鹤廉句也。非静夜独坐，不知有此景。对句所云，秋已尽而客归，黄叶深处不知门矣。

　　问余家事当沧海，见子平生有寝门。林范屋句也。家事问诸沧海，其人必为海上狎鸥，真能忘机者，何等超尘绝俗！寝门，为独夜省心之地，愧衾愧影足瞻修己工，夫作者其有寡过、未能之思欤！

　　献花除夕邻无祭，听雨金阊客不才。林葆生句也。除夕献花，犹有买花钱也。金阊何等繁华，独来听雨，其写穷旅生涯，可谓笔妙直到秋毫颠。

　　明日太平如望雨，毕生忧患仅昌诗。陈伯冶句也。伯冶苦吟，拈字后，辄将纸屑捻成小团，尽十数团，句乃就，所为古近体亦成功，近益锐意著述，不以穷老自馁，余甚望伯冶能昌其诗，勿厄其遇也。

　　心寂犹虞难遣夜，眼明所憾只观人。陈咏雩句也。静以摄心，明于察己，人所难能，洵阅历有得之言。咏雩嗜折枝吟，祁寒暑雨无爽约，闲辄就余谈艺，间日必至。近以风疾复发，遂不起，病中语：乐至云香台，今不能至矣。余有挽章哀之，句云："七字独忘彼，风雨凄然，可有吟声留汐社；一言弥感旧，山河邈若，更无行迹过香台。"

　　急籁繁从林外作，微波静向月中流。刘斯湛句也。静中人能会静中趣，其心湛然，故所闻所见如是。

雅契九原哀不作，陈言百代怪相因。薛幼兰句也。当时全场多用"佳作""净因"，或"少作""前因"，无作活字用者，故此联独擅胜场。幼兰诗不烦绳削，自中规矩，亦不以矜奇吊诡见长，观此联可知梗概。

梦回江上雨初过，意尽楼头花又新。程召祁句也。信手拈来，不假雕琢，却饶有情味。召祁，天遗之甥，诗颇似之。

诗案是非喧一士，史家褒贬惑千秋。梁伯恒句也。李长源咏柳，刘梦得咏桃，苏东坡咏桧，刘后村咏梅花，皆以被诬而名转盛。用"喧"字，已见是非纷吨，公论自在，史家褒贬，不尽可凭，或铺张失实，或矫诬希旨，甚有蒙秽史之讥者，用"惑"字，足以发作史之覆、破读史之疑。

## 折枝评论第八

自钟嵘《诗品》出后之为诗话者，乃接踵而起，顾独无折枝诗话，则以折枝仅盛行于福州，他省人偶或为之，如湖南易实甫顺鼎、湖北樊樊山增祥，曾在北京与吾乡严几道、陈沧趣、郭匏庐诸先辈为折枝吟，有《寒山社诗钟》之刻。其风尚与闽派折枝不同。然闽派折枝亦随时而演变，最初喜隶事、镕经、铸史，出语必有来历，间或参以议论，此为重用典之一派，其弊也，或失之板滞，或流于穿凿。乃有异军突起，专用白描，如王渔洋所谓"五字清晨登陇首，羌无故实使人思"者，不事琢雕而自中规矩，不假涂抹而自饶风致，此为重作意之一派，其弊也，或故为艰深，以女固陋，不免为人所訾。于是有谓：意当求新而锻句炼字亦不可少，务以"言中有物，言外有意"为贵，此为重作意而并重修辞之一派，然往往过求工整而真意转失者有之。折枝演变之大略如是焉耳。夫文字者，应社会之需要，亦随时代为转移，即以古今体言之，汉魏六朝之诗，不能不变而为唐宋之诗，唐宋之诗又不能不变而为明诗，以至于今日，运会所趋，有必然者。折枝亦何莫不然？言为今日之言，字皆古人之字，惟其善用古人之字，以能善成今日之言，化腐朽为神奇，扬菁华而弃糟粕。折枝虽小道，足以表达个人之思想、社会之意态、时事之观感，为用至巨，此折枝诗话之所以作也。至若择不精而语不详，匡正之，增益之，是在大雅君子。

（原文刊于陈海瀛著《希微室折枝诗话》，1958年油印本）

# 诗钟之格律

萨伯森　郑丽生

诗钟之体制不一，自各有其格律。格律者，其体制之法度也，为众所共循之准则。晚近诗钟，嵌字独盛，分咏已不甚行，其他诸格，无形坐废。用是之故，嵌字之格律，特为讲究，本文论述，亦侧重于此。夫诗钟之格律，本为一种不成文之法，荀子所谓约定俗成者，在某一时期中，某一地区中，造成一定约束力，亦视时地之推移，随之嬗变，而风气则为左右格律之一要素。如上所例举，道、咸、同、光间诗钟之名作，以今尺度绳之，或转有未合者，盖即前后风气有所异同也。

嵌字格诗钟之格律，《诗畸》中已有详述，足以说明其时所已形成之风气，重为法式者，今备录之。

一、用典，不可一句有典，一句无典。所嵌二字，尤不可一字有典，一字无典。至典内必须确有所嵌之字，方可引用。但往往嵌字有典矣，而上下又难于足成，切忌一句用典中之字足成，一句自凑，便有强弱。倘两句难全用典中之字足成，则不如两不用而自加字。惟自加字须善于熨帖，勿著痕迹，切忌好为涂泽，转致杂凑。

一、所嵌用古人姓名，不可一句有姓，一句有名。因其易于成对，不能制胜。如以杜甫对昌龄，截去王字，不可也。非嵌字处，尚不甚忌。

一、女名禁对男名，必不得已，如仙、佛、优、妓、奴婢及杂艺家事迹相类者，可偶用之。或男名之典属闺阁事，亦间对女名，然究非正轨。

一、时代忌相离太远。大概春秋以上故实，对以元明便嫌太远。

一、不用典，专作空句，较易成联。以用典每窘于觅对。近来作者，辄避实而就空，非前辈典型矣。惟空句最宜曲折、新颖，论做到佳处，较典句为难。盖虽空句，亦由书卷及古人名句、平生阅历，酝酿而出，若一味滑腔习见，则生厌。

一、无论典句、空句，两句情事以相类为佳。如一句政治，一句浏览；一句文学，一句花木，便嫌不类，余可类推。然往往为嵌字所窘，恰难一类。是在造句善于牵合，于不类而求其类。

一、本游戏笔墨，偶用俗书、俗事，借以解颐，在所不忌。然两句必求相近，勿太不伦。

一、二字往往虚实不对，必将虚字做实，方能对实字，实字做虚，方能对虚字。若听其一虚一实，各自成句，便门外汉。

上所论述，作者视为窾要，至今犹不能逾其轨范，且加严焉。

何刚德《平斋诗存》自注中，亦论及嵌字格诗钟之格律云：诗钟作法，以题为眼字，与眼字上下之字，必有典。然均是典也，必以属对匀整为上。如以动字对静字，以动静字对形容字，谓之内外科。或一句有典，一句无典，谓之独眼龙。或以"黄巾"对"白下"，谓之广东对。而经不对史，经与子史不能对诗句，且新不对旧，雄不对雌，名不对姓，禁律极细，无非注重眼字匀整而已。若不匀整，其余五字，虽珠玉秕糠也，所以然者，意在温典亦斗博也。然用典亦必以烹炼为工，若用典不知剪裁，易涉呆相，甚至有文无义，如鸡杀茅容、牛骑老子之类，亦属笑话。前辈格律明白固易晓也，所云如内外科、独眼龙、广东对诸称，皆福州方言。至言何者合，何者不合，虽主要就用典而言，然亦可见五六十年以前嵌字格诗钟，一般所必具之内容与形式。年前陈无竞先生（海瀛）撰《希微室折枝诗话》，为论述诗钟之唯一专著。老手斫轮，精当无比。其所列举法式，尤为详明，有前人所未及者，则又五六十年嵌字格诗钟，进一步更为广泛严密之要求也。

陈先生举折枝不可犯之法式，综为十二例，今参照其说，转述于下：

一、动静无别。谓动字宜对动字，静字宜对静字。犯此者，即谓之内外科。而同为动字，尚有轻重之别，必求其铢两悉均。按动字即今所谓动词，静字即今所谓形容词。

二、虚实难称。谓虚对虚，实对实。此一定之例，引而申之，字之虚实，视所用而定。有时虚字作实字解，则可对实字；实字作虚字解，则可对虚字。

三、畸形不整。谓两句中有三字用同一类之字，即俗称三跂蟾者（闽方言谓足曰跂）。

四、同音相犯。谓两句中有同音之字者，如"星、声、心"三字同音应避。同韵相犯者，如"成、城"同在"庚"韵，"新、辛"同在"真"韵，皆于吟诵时声调不谐，亦应避。按，此本沈约所指诗之八病者。

五、字异义同。谓同一义之字，不能相对。如"似"不宜对"如"例是。

六、意同词异。谓上下句词异而意实同者。此谓之合掌。按,字异义同,亦称为合掌。

七、左右相撞。谓上句所用词类,下句非与之相对,而又别出同一词类者。

八、子母相失。谓排比字有子母,有非子母者,应各自为对。按,此即指对立之排比词,与同义之排比词不能相对。

九、属人属物。谓两句中语气及动作,属人则同属人,属物则同属物。

十、联上联下。谓两句中不得一句联上,一句联下。如上句用倒装法,下句不能用顺序法。按此即要求语法之一致。

十一、总称别称。谓凡一事皆有总称、别称之分,应各自为对。如"花、鸟"为总称,"菊、鸡"则为别称也。

十二、通用专用。谓通用名词不能与专用名词相对。如"塞北"可对"江南"但不可对"江西"。

总而言之,诗钟诸格,多为偶句,其内容与形式等于联对。上下句既须表现各有独立之概念,又要彼此配合照应。故选词造语,必求意义平行,性质相称,以浑成工整为极则。从限字或命题中,就其范围,循其规矩,竭才思克尽斗博、斗巧、斗捷之能事。而诗钟之格律,严于古近体诗者,盖古近体诗之工拙,以全篇而定。诗钟之工拙,但以一联而定,一联十四字中,不容一字稍有不安。

风气为左右格律之一要素,前已提及之。何刚德又谓:闽中嵌字格诗钟,前辈均重典实,格律极严。今则群趋声调而蹈空者多矣(亦见《平斋诗存》自注)。此言光、宣间风气之转变也。辛亥革命以后,推演愈甚。林孝颖《速成折枝诗录》弁言云:"折枝游戏之作,闽人酷好之。好之深故其技亦特精。

他省人效颦,鲜有能胜之者。"然其风气亦随时而变。前辈传诵佳句,后人或加揶揄,谓其如古董家,搜罗古物,羌无生气,无当雅裁。于是变本加厉,专事白战,胸无点墨者便之,而其弊又失之荒。予生咸丰初年,今年(公元一九二七)七十有四。少年结习,里中有吟坛,一笺飞来,辄橐笔以赴,前后数千百战,金戈铁马之场,疮痍被体,皮骨仅存,而锐气不衰,虽强敌当前,曾不少却。今则不畏前贤畏后生,非前勇后怯也。我之所能,彼或不能,彼之所能者,我亦或不能。盖有一种不可思议之魔术,予固谢不敏焉。二人皆为当时诗钟之老作家,而于风气之转变,皆有微辞。然重用典与尚白描,各有其胜,亦各有其弊。就诗论诗,不以己之好恶为好恶,不以人之是非为是非,庶得其平耳。

(节选自萨伯森、郑丽生《诗钟史话》,1964年郑丽生手写本)

# 诗钟之轶闻

萨伯森　郑丽生

《屏麓草堂诗话》所载诗钟分咏之格，亦属嵌字范围，与后来所作者异。又有一条，记当时有诗牌组织为诗钟者云："予曾见诗牌之戏。其法一牌一字，百字一盘，十盘一箱。梨枣必致，真草必工。每平仄各五十字，字以朱蓝两色为别。诗以五七绝句为准，或分咏中存两字，凑足十四字两句，限香、限题、限韵。其韵或盘中所无及用叠字之次字，不妨虚一格以意会之，得句亦无不佳者。俞生曰璋有"画里云山妨小米，镜中眉黛胜无盐"两句，盖分咏"丹青、丑女"，限"山黛"两字七四一联。俞美姿容，工绘事，人以为自己写照也。所举之例，亦分咏兼嵌字者。此格本不易为，而诗牌字数无多，组之尤难。按，今作嵌字格诗钟，社集联吟所拈眼字，皆当场临时任取诗集一本，指定要第几行第几字，随手翻阅而得，其字或有奥僻晦涩不适于用。闻旧时系用诗牌阄出较为利便，盖诗牌所选之字，多常用者，且不重复，又可分别平仄拈取，或以诗牌之字，制成竹签，纳诸筒中掣之。

《停云阁诗话》载宜黄陈偕灿，咸丰初游宦来闽，有笔记一则,自述少时客吴门,时与友人斗酒行令。主之者,凡置牙签数十,分贮两筒,而宣令曰:"此签依座分掣,如丙掣乙筒,即乙掣丙筒,掣得者照所注何事,各赋七言一句,须对偶和谐,然后以签示人,考验贴切与否,不工者罚。"如一人掣得"报马"句云:"铃声急雨三更铎";一人掣得"粪桶"句云:"担影斜阳十亩田。"又一人掣得"眼镜"句云:"老将至矣怜我目";又一人掣得"妇人哺乳"句云:"少者怀之恃此胸。"金武祥《粟香随笔》曾转录之。按,此亦诗钟之分咏格也。而掣签拈题、两人联句,亦大不易为也。

昔者,闽人作分咏格诗钟,每喜以方言俚语为题,尤见风趣。如"椅条(小凳之长者)、猴圣王(孙行者之别称)"云:"幻术成龙惊坠地,威风骑犬笑齐天。""乡下嫂(村妇也)、雷公(雷神之称)"云:"陇上携锄姑是伴,岭南过雨伯先行。""缠脚(旧时妇女缠小脚)、乞食仔(童丐)"云:"丝萝系处莲双瓣,衣钵传来竹一枝。""看新人(婚夕戏妇)、矮八鬼(土神,其像貌丑而身短,别有一身长者曰高哥,俗并祝之)"云:"秉烛客呼娘请出,迎神哥让弟先行。""喝水岩(鼓山名胜)、月桌(几之形圆者)"云:"难许波臣参一偈,也教座客证前身。""做普度(荐幽道场)、和尚讨亲(俗谚讨亲,娶妻也)"云:"三界斋坛喧鼓磬,两行花烛照袈裟。""伴房妈(喜娘别称)、观音兰(花名)"云:"芙蓉帐里扶红粉,杨柳枝头现素心。"此上下联之题,皆用土谚也。亦有一雅一俗之题者,如"退笔冢、粪坑头苋菜(俗谚讥女娃之贱者)"云:"横扫也须归净土,参差安敢比河洲。""出海(设傩禳瘟)、茗战"云:"金鼓争喧驱疫鬼,旗枪高竖策汤勋。"所咏之事物,有今已不存者,或其俗已革,或其语罕闻,略作谈征,亦齐谐志怪之意。

同治间，沈葆桢创船政于马尾，幕中多才隽之士，时与同僚拈题分韵，限时鏖战，如乡先辈击钵吟之例，其诗后刻为《船词空雅集录》一卷。亦常作诗钟，一日，以"三七渡厅"四字，限作嵌字双钩格，爇香后，各自静坐构思。小顷，有杨仲愈者，忽朗诵其句云："三请周瑜来下渡（福州地名），七擒孟获到花厅（俗称仕宦家会宾客之所曰花厅）。"众不觉哄堂喧笑不已。无何香烬，皆草草缴卷。迨录取宣唱时，仲愈竟获冠军。其名句云："三篙水涨桃花渡，七宝栏围芍药厅。"瑰丽可喜，盖仲愈故做谐谑，以打断人之吟思，彼乃独得擅场，亦大狡狯矣！

光绪间，唐景崧、丘逢甲等，在台湾为诗钟之会，闽人多与焉。亦偶作七律。一日，以"钞诗吏"为题，限庚、支韵，题注云：诗钟仿易书之法，向于截句后分钞，主人辄以吏为之，是谓"钞书吏"。景崧诗云："铿然一响报钟鸣，堂上官惊吏亦惊。每到匆忙呼代草，不分优劣与誊清。退衙唤作风骚事，搁笔私窥月旦评。更拟诗房添一座，六科而外署新名。"闽县林有赓诗云："骚坛鏖战日哦诗，小吏传钞笔砚随。得句让他先睹快，苦吟笑我后来迟。辛勤偶获兼金赏，涂改还称一字师。佳节放衙闲不得，忽闻罢唱喜扬眉。"此在诗钟吟集中咏诗钟事，亦诗钟之一段掌故也。

林纾以翻译域外小说名，工词章，善画，时亦作嵌字格诗钟，性好讥骂。在北京时与同乡联吟，人识其所撰句，故意不取，以激其怒。某次，拈得"港琴"第六唱，中有一联云："过午黄螺来港北，满天绿帽罩琴南。"闽谚讥妻有外遇者曰"戴绿帽"，有"绿帽满天飞，罩着莫奈何"之语。琴南，林纾之别号也。黄螺，海物，相传以长乐县之北港者佳，但要赶鲜，过午则味变矣。众以为此必他人戏之，全场遍取。及宣唱，始知自嘲也，竟大获胜。又一次，"南、老"第二唱，林纾句云"琴南有子才三岁，弢老无须只七条"，亦全场遍取。陈宝琛号弢庵，人称为弢老，时亦在座，故调谑及之。"黄河冰块兼天下，白岳云绵夹马飞"，此"天马"嵌第六字句也，浑雄奇伟，脍炙人口，相传为林纾作，实则为闽县陈汜莪所撰，纾评取为元卷者。闻是次为上元吟集，纾并以精制七巧图灯赠之，唐瀚波曾为文记其事。

陈宝琛之嵌字格诗钟，以"残碧殿秋犹有恋，老鸡知曙奈无声"（"碧、鸡"第二唱）最为人传诵。而何刚德谓其自鸣得意之句，为"健役巷头差胜妇，老餐人乳亦如婴"（"巷、人"第三唱），抒写老境在于文字语言之外，对句尤真。见《平斋诗存》。

侯官林启字迪臣，清末知杭州，有善政，今人推为近代教育家。当逝世前数月，集郡人作嵌字格诗钟，得句云："为我名山留一席，看人宦海度风帆。"（"风、一"第六唱）未几卒，葬西湖孤山。

清易顺鼎（哭庵）《诗钟说梦》，昔在《庸言》杂志登载，兹摘录其有关闽人者数则如下：

诗钟一事，自国初闽人记载后，至今近数十年，乃有传作。余所见所闻，诗钟有刻本者，京师则盛伯希祭酒诸君，山东则赵菁衫年丈诸君，苏州则李宪之方伯诸君，江南则陈幼莲、郑苏龛诸君，湖北、安徽则李筸仙丈诸君，粤西则唐薇卿诸君，而余则一刻于成都，再刻于苏州，而最先者，莫如前湖北巡抚郭远堂太年丈，其传作有"连白"限第五字云："海水琴边连竟去，凉风天末白如何。"可谓虚实兼至，情文并茂，诗钟之正宗，闽派之盛轨也。

沈爱苍尝为余言，其先德文肃公，为船政大臣时，署中宾客及署外各局厂委员,皆用文士。每公事毕,即拈题限字,夜刻烛若干长为度。一夕,拈"白南"二字,雁足为题,得一联云:"一声天为晨鸡白,万里秋随朔雁南。"爱苍所诵文肃佳联甚多,惜余不能记忆。

甲辰冬游闽,橐笔依人,佣书多暇,乃得与陈伯潜阁学推襟送抱,酬唱往还。闽固诗钟国,而阁学实执牛耳。每数日必有会,每会必十余人,或二十余人,皆其邦之名宿也。余欣然往观,阁学遂邀留入社。社中非闽人者惟余而已。时所发题,为"巷流"二字,雁足。余成数联,有一联云:"秦淮秋禊乌衣巷,晋水春祠碧玉流。"适阁学阅卷,果以此联取置第一。而其他阅卷者皆不取此,亦足见闽派之别有赏心矣。

弢老与余谈,王又点"楚牙"三唱句云:"云归楚岫曾无梦,水冷牙台不再弦。""笑浑"七唱卷云:"名场恣哭何如笑,心境从枯不遣浑。"意以为此最上乘之作。又谓"不遣浑",先本作"不肯浑""不使浑""不许浑",最后乃改"遣"字,下字之难如此。余亦颇赏此两句,而同社非闽派者,皆不以为然,即闽派之陈石遗不谓然也。而石遗称诵闽人"月诗"七唱一卷云:"花片叠高平地月,竹尖镌满一庭诗",致以为佳。同社皆谓此童子初学对偶所为,而石遗诵之,殊不可解。

闽派中,沈文肃及弢老,皆能以大笔为诗钟。文肃"雪平"一唱卷云:"雪天裘被思朋辈,平地楼台待子孙。""天我"五唱卷云:"海到无边天作岸,山登绝顶我为峰。"弢老"瘦生"四唱卷云:"梅花虽瘦无寒相,松子初生有大才。"大而不廓,空而不疏,所以佳也。

闽派颇隘,他派多难羼入。陈石遗自武昌乞假回闽,石遗虽闽人,而客游在外久,亦不纯于闽派。余阅"木安"卷,得一联云:"鹦鹉问安天宝恨,鹪鸱巢木永嘉哀。"赏其用典之工，取列第一。比揭晓，乃石遗作，然他人皆不取也。

易哭庵之《诗钟说梦》，距今六七十载矣。哭庵当年诗名噪海内，而所作嵌字诗钟远逊吾乡诸先辈，故有"诗钟国""闽派"各种名称。亦可见吾闽人诗钟，确具专长，惟风气已随时代而变，不断推陈出新矣。

福州诗钟诗社，先后有二三十，皆无社所。吟集则假人斋馆为之。清末，志社林开襟、王醒才、林枫丹等倡议集资筑诗楼于大庙山，其有汉闽越王庙，又名钓龙山，相传为无诸钓龙处。楼成，林纾题额，立碑记三：一陈衍撰，洪亮书；一林苍撰，萧梦馥书；一唐瀚波撰，陈谦撝书。皆载入新修《福建通志·名胜志》。旋毁于火，复由林开襟、林笔邻等募金重建，结构迈于前模，迄今历六十余年矣。因诗钟而筑楼为固定吟集之所者，宇内惟此岿然而已。又宋乡贤郑侠《西塘集》，传本甚罕，志社重印其书，以广流通，亦艺林美事。

林思律，工诗钟，为托社健将之一。尝云：昔有同里郑某，年少好折枝吟，颇饶隽句，顾多凄怆之音。其"欢此"第四唱云："不知过此伊胡底，无以为欢可奈何。"最为吟侣所叹服，盖十四字中，纯用虚字，无一着实，亦别具匠心也。又某君有"长老"第六唱云"近犹不继安长此，壮已如斯况老来"，亦全用虚字。

三十年前，何尔赓、陈天尺、陈祖光等在福州倡为诗原之会，依诗钟联吟之例而变其体制。所谓诗原者，其法至简，即随拈二字为眼字，别以二字缀之，便成一句。以古诗之原，本多为四字一句也。其社曰华社，常集三四十人为之。时志社、源社、托社诸君亦多与焉。如以"华社诗原"四字起例云："华灯社酒，治诗讨原。"眼字施之，上下不拘，惟不得作为连词，此似易实难，盖字少句促，时感棘手也。

抗日战争期间，福建省治移往永安。永安别称燕溪，时有以此二字冠顶征诗者，马光桢句云："燕雀吞声残粒下，溪山敛影劫灰中。"写乱离情景，无限感慨。盖当年风鹤频惊，粮食恐慌，民生疾苦，纪实之作，人所同情。而当局怒其讥刺，欲加之罪，几罹于祸云。

曩日福州人家为祝嘏而作诗钟吟集者颇多，惟参加者限于所知亲友而已。公元一九四八年二月，萨镇冰先生九十生日，闽省各界人士，以"高远"第六唱征诗寿之，作者数百人，得卷万余本（诗钟一联称为一卷，卷又以本计），凡二十门评选，不分正取、捐取，每门词宗两人，分别阅卷，所取元、殿、眼、花、胪，均倍其额。在吉祥山大厦发唱，历二日一夜始毕。萨老亦亲自登台朗诵诗句，盛况空前。诗坛之旁悬一寿联云："山本吉祥，诗人高会；堂称仁寿，将军远名。"句中亦嵌"高远"二字，妥帖浑雄，陈海瀛所撰也。萨老燕居之所曰"仁寿堂"，为其八十生朝，乡人士献寿所鼎建者。

闽人作诗钟流地于吟坛之词，如"内外科、独眼龙、广东对、三跤蟾"诸名，各有所指，已见前录。又谓吟集所作之句，终局无一人选取者曰"坐禅"，讥其如坐枯禅也。句中抄袭前人现成对偶者曰"宣纸"，以宣纸有二三重，字画佳句，旧时装匠狡黠，往往揭其下重以牟利，虽可乱真，究为赝品，此皆雅谑。或互通关节，选取不公，谓之"割草"，或作"葛蚤"（跳蚤之俗称），略如此音，未详其义，不知如何写法为是。

《诗钟史话》为萨爽庵、郑恬斋二君旧作，比年稿已散佚，独剩本省图书馆庋藏一部，殊不足以餍阅者之欲，乃由原著人稍加衰益，付诸剞劂，以公同好。是书摭拾搜遗，镕今铸古，征引雅当，尺埵勺泉，靡不引人入胜，洵可与陈无竞前辈之《希微室折枝诗话》交相辉映，亦吾州近代有关折枝吟著述所仅见，无怪乎咸欲人手一篇，以资观摩。两君咸渊博，但犹以为匆卒观成，远未臻于完善，其谦抑如此。然其于诗道扬扢之功，邦献勾稽之力，诚大有足多者。又奚啻文章辞采为侪辈所推重已哉。岁在己未花朝，三山董岳如谨识。

（节选自萨伯森、郑丽生《诗钟史话》，1964 年郑丽生手写本）

# 折枝法式

陈涓音

对仗要工整还必须注意以下十五点要求：

一、明虚实。虚字在折枝诗中起着关键性的作用，它能承上接下，把词句圆活起来。如古诗有一联："盘飧市远无兼味，樽酒家贫只旧醅"，其中"无"字和"只"字，就起了承上接下的作用。"无"字对"只"字，都是虚字相对，是工整的。但在另一个词句里，"无"字也可以对"一"字，然而"一"字既是数词又是属于实词，怎么对得？例如，有一首折枝诗句："寄有深情珠赠一，讴多善政禄縻无"，由于"珠、禄"是眼字，组成词句刚好用上"一"与"无"，这里的"无"字可当零字用，也属于数词，已经变为实字了。而"无"与"一"是对立，所以可以对上。由此可见虚实虽然不相对，但只要将虚字作实字解，就可以对实字。反之，实字作虚字解时，也可以对虚字。否则一虚一实是不相称的。如："大有"的"有"字、"难无"的"无"字、"能事"的"能"字、"可人"的"可"字等等，都是虚字作成实字。又如："不一"的"一"字、"无多"的"多"字、"匪易"的"匪"字、"弥艰"的

"弥"字等等，都是实字做成虚字。又如折枝名句："老喜儿孙长在侧，贵看朋友一如前"，其中"长"字可做"常"字解，"一"字可作"亦"字解，这也是实字做成虚字的一个例子。

二、分宾主。在每句词组中有"主语"和"宾语"之分，出句宾语必须与对句宾语相对。若出句的宾语，对句以不相称的主语对之，在格律上是不允许的。例如，晚唐诗人韦庄所作的七律《夜雪放舟游南溪》的中间两句："因寻野度逢渔舍，更泊前湾上酒家"，其中"因寻"和"更泊"都是"主语"，而"逢渔舍"和"上酒家"都是"动宾语"，对得很工整。假若把对句中的动词变动一下，改为"更上前湾泊酒家"，从表面看只对换一个动词，在字面上也说得过去，可是整个词意已经变了。宾主语也颠倒过来，已变成不能相对了。

三、辨死活。死活字在折枝诗句中必须辨别清楚，否则会弄成错对，于格律是不合的。例如"流弊"对"通才"是工整的。因为"流、通"虽然都是动词，也都是活字，可是"弊"与"才"都是名词，把"流弊"和"通才"组成词组后，"流、通"两字均已变成死字了。但是如果把"流弊"对"通情"，则成错对了，因为"通情"的"通"字是活字，词意是通情达理，正因"通"字是活的，而对句"流弊"的"流"字是死的，所以不能相对。

四、识动静。词性有动静之别，动就是动词，静就是形容词，二者是不能相对的，否则会形成内外科。但有的动字与静字放在名词上面，动字可作静字用，如"来路"的"来"字、"去路"的"去"字、"归路"的"归"字，虽然都是动词，但用在这里却变成静字了。与此相反，静字也可作动字用，如"败家"的"败"字、"兴家"的"兴"字、"破家"的"破"字，虽然都是形容词，但用在这里却变成动词了。

五、划上下。在七字句的各个词组之间,有粘上粘下之别。例如,杜甫吟《小至》诗中有"岸容待腊将舒柳,山意冲寒欲放梅",这一联对得天衣无缝,非常工整。假使把"冲寒"改为"迎寒",成为"山意迎寒欲放梅",在表面上对仗与词组也算可以,可是格律错了。因为对句的"迎寒"词组是粘上的,应读为"山意迎寒/欲放梅",而出句的"待腊"词组是粘下的,应读为"岸容/待腊将舒柳",是不相称的。因此粘上粘下是要划分清楚的。

六、别有无。在两句中出句有人,对句就不能无人。例如,"湖中泛月明逾镜"对"岩上悬泉白似帘",是一边有人一边无人。因为"泛月"是人泛月,而"悬泉"则是泉自悬,是不合律的。若将出句"泛月"改为"浸月",则"浸月"对"悬泉",便是无人对无人了。或者,将对句"悬泉"改为"观泉",则"泛月"对"观泉",便是有人对有人了。

七、判异同。词性中有字异义同、词异意同之别。例如,"如"字不能对"似"字,以其字异而义实同。又如,"能诗"不能对"善吟",以其词异而意实同。因此凡是意义相同之词字,不能并列于上下句,即俗所谓合掌之意。在词性中还有字同义异,即同一个字包含两个词性的对仗。如"关"对"寓"、"矢"对"绳",既是宫室和器具名词,又可作动词用。"丹"对"墨"、"玉"对"银",既是物品名词,又可作形容词用。这些都是一个字两个词性,在不同词组中起不同作用。又如"肩承"对"孕育"、"胸怀"对"掌握",既是身体字名词,又是排比字动词。"草创"对"株连"、"鱼贯"对"蝉联",既是动植物名词和动词,又是形容词。这些出句和对句,都是词性相同,而词意也相同的对仗。如果把词意相同而词性不相同的字句作为对仗,如"肩承"对"化育"、"交流"对"掌握",

当然也可以，但总觉得对仗不够工整。

八、析繁简。事物有总称和别称，名词有通用和专用，繁与简是不相称的。例如花、鸟是总称，菊、鸡是别称；山、水是总称，岩、瀑是别称。总称与别称是不相对的。又如"塞北"对"江南"，但不能对"江西"。因为"江西"是专用名词，而"塞北""江南"都是通用名词。

九、用叠字。在折枝诗词组中，经常采用叠字。前面已举过例子，如"溶溶"对"淡淡"，这都是叠字，形容词对形容词，如果换对"一一"或"行行"，便不相称了。因为"一一"是数词，"行行"是动词，它们与形容词是不相对的。

十、认排比。排比字有三种：一种是相同的排比，一种是相反的排比，另一种是相粘的排比（又称子母排比）。例如："继承""忠贤""荡漾""光明""招摇"，均是相同的排比；又如"生死""是非""贫富""断续""晦明"，均是相反的排比；再如"掌握""进取""思量""胸怀"均是相粘的排比。如果把"光明"对"断续"，"忠贤"对"生死"，"荡漾"对"晦明"，"进取"对"招摇"，这些都是不相称的对仗。虽然词性相同，形容词对形容词，动词对动词，名词对名词，但词组不同，三种排比不能随便乱对。因此排比种类必须认清，对仗方算合律。

十一、引成语。成语在折枝诗中起一定作用。如"五世其昌"对"三生有幸"，"抛砖引玉"对"点石成金"，"枪林弹雨"对"火海刀山"，两边都是成语，对得十分工整。如果一边是成语，另一边又不是成语，纵使字面上也对得很工整，但在格律上是不行的，俗称之为"广东对"。一般说来成语不能多用，因为折枝诗仅有十四字，成语引用太多，词意受到局限，就无法钩深。

十二、搬典故。典故是用以借题发挥,把诗中含意衬托出来。但必须上下联同用典故。若一边用典故,另一边又是自撰,是不相称的。搬用典故要与主题思想能够符合,否则各不相干,引用反而不当。

十三、点人名。古人名字对仗入诗的也不少见,如孔北海对谢东山,孟明对仲达,羊祜对马援,季孙对孟子,玉环对金钏,红线对黄衫等,这都是绝妙的对仗。但也有人名不相对的,如李白对杨朱,字面上对得很工整,可是李白是一个人,而杨朱是两个人(编者按:杨朱实为一人),所以点人名要注意词意和对仗。再者,用古人姓名,不可一句有姓,一句有名。如杜甫对昌龄,就是一个缺姓,没有用上王昌龄的王字是不行的。

十四、整畸形。是指两句中有三个相同一类的字,即俗称"三足蟾"。例如"色皎月从云罅出,声清风自树间来",句中的"风月云"三字均属天文类,而"树"则属草木类,因而成为畸形不整。但若把对句"风"字改为"秋"字,或在出句把"云"字改为"峰"字,那就不会"三足蟾"了。

十五、避同音。是指两句有同音的字,如:星、声、心三字同音,应尽量避免用在一联之内。因吟诵时声调不谐,缺乏艺术性。如"老雨声如催入梦,孤星影不引开心",即有声调混淆不清的感觉。

(节选自陈涓音《折枝诗入门》,1988年铅印本)

# 折枝诗名句录

陈涓音

吾州折枝诗具有独特风格,而且精益求精,这符合事物发展规律。在近代折枝诗刊中发现不少名句,其内容随着时间的推移,虽有一定的局限性,但在艺术性和创造性方面有许多长处。兹摘录一些折枝诗名句简介如下,以供读者研读和参考。

## 马江第六唱

颇忧网罟搜江尽,谁恤鞭挞杀马多
名纸骄多乘马客,钓竿阅尽过江人
欲追逝景回江上,不放闲山过马前
刍豆微恩骄马监,纶竿伪意笑江神
拗指射帷成马影,纳头吹瓮作江声
夺我股肱良马死,还君涕泪大江枯
双泪英雄收马汗,一腔忠孝作江声
苔巷长年无马迹,松厅彻夜有江声
人多充隐沧江贱,世尚佳兵老马危
暂蹶未为名马病,长潦亦算大江劳

消沉耆旧沧江尽，弃置英雄老马同

（摘自一九二六年《马江诗社诗刊》）

### 日山第六唱

来迟已满青山位，见少还留后日缘
推恩岂有焚山事，负诺恒为誓日人
种竹好逢今日怒，补梅欲化此山顽
荒苔鹿迹寒山静，疏蓼鱼标落日明
等依慈母青山在，逾失佳人白日过
自认本元长日坐，多遗风景半山归
雪意尽容三日卧，叶声如在万山行
九陛与人过日等，一门为母在山终
门多白下青山色，句有黄河落日声
茉丽未花成日忆，少微如月隔山望
太液人如初日丽，建康士比乱山多
王城左近青山俗，宰树前头白日忙

（摘自一九二六年《南琼诗刊》）

### 青高第三唱

泉乱青山闲自若，云消高月洁依然
舞筵高烛江山暗，节府青樽郡县寒
续命青苔初雨后，戒心高树未风前
死为青史无名者，贫欠高堂满意时
岩霏青翠如流叶，海月高寒欲动禽
甚为高鸟忧将晚，未忍青林看到秋
各有高堂长在意，谁非青史未来名
敢从青史求微眚，莫被高堂识早衰

未应高羽还争粒，尽有青条已作薪
适才青眼旋相忌，固是高怀却太浑
且饶青草终当腐，莫妒高枝已自危
好从青笠盟田水，不许高轩犯巷苔
递传高足千秋统，仅胜青盲一隙明
可凉高树偏妨月，自瘦青山不在秋
簪袍青史翻无位，棰楚高堂总是恩
来早青山当不拒，归迟高月若相规

（摘自一九三〇年《青高诗刊》）

## 微寒第一唱

寒月自流非在水，微云易散不如烟
寒宵坐似沧浪里，微曙看同混沌初
寒月芦花千百顷，微风桐子两三声
微虫沟恤犹争长，寒鸟江湖不乱群
寒月西湖蒙被想，微霜昨夜卖浆知
微谴赐庄原一意，寒号喝道各高声
寒交晚岁珍相聚，微命中流奋一过
寒乞草鞋还踏实，微官纱帽亦张威
寒夜火笼儿店集，微晴衣桁女墙齐
微月露倪从一指，寒冰入抱本同心
微吹忍禁蝉信病，寒芳死守蝶非痴

（摘自一九三〇年《散寒诗刊》）

## 明远第六唱

擿埴笑难行远及，辟门恐尚蔽明多
室家别后无明月，官府看来似远山

人言市虎须明察，儿厌家鸡漫远求
刑印一官羁远道，杀灯百事待明朝
多花门巷皆明世，一月关河即远人
坐温钓石逢明主，归烂樵柯见远孙
仅隔银屏天远似，才终玉笛月明非
四檐花影中明月，双板松阴外远山
马儿行李客明发，蟢子流苏郎远归
取充一客来明月，看作诸郎列远峰

（摘自一九三六年《明远诗刊》）

**家道第六唱**

终皆地下还家似，仅一人间失道多
流水出山中道悔，闲花倚树自家怜
此非死所还家好，彼亦行人问道虚
玉食箸头皆道瘽，红妆镜里有家奴
昔亦骂官当道者，今如临敌一家人
鸡声云际山家午，燕影波间海道春
归马色寒交道见，病蚕心苦作家知
鲁论烧薪哀道丧，颜书乞米叹家贫
生前一啄强家祭，事后千訾逊道谋

（摘自一九三六年《家道诗刊》）

**中后第六唱**

何曾春好贫中外，却似天寒老后先
物可胜天霜后见，人无负我雨中知
所行未必皆中道，可畏何曾只后生
所谓是非须后世，可为善恶盖中人

长安客苦南中谪，六月人贪午后眠
今夕十觞为后约，吾生一枕与中分
初开佛说犹中土，一落儿啼已后天
脂井下埋陈后主，脐灯旁泣蔡中郎
极天嵩岳居中峻，伴月长庚到后明
儿叶犹留秋后爽，高沙自作夜中明
未能养浩将中馁，稍自持盈或后亡

（摘自一九三六年《中后诗刊》）

### 随忆附录一九四八年以前折枝诗大唱名句

天亦伤仁秋气降，人能弃智古风还（风气第六唱）
百先自则端风可，两不相能任气非（风气第六唱）
道在好还春气见，事能忍受北风知（风气第六唱）
史略功勋先气节，诗原情性次风裁（风气第六唱）
大凶杀一闻风服，天下归谁望气知（风气第六唱）
满山叶动天风绿，夹岸花流水气香（风气第六唱）
蝼蚁勺波如海隔，蜉蝣寸晷比年长（海年第六唱）
南戒莫轻江绝险，黄昏且忍月将明（南黄第一唱）
南风太过将狂雨，黄叶当初亦好春（南黄第一唱）
南菊不惊霜有刺，黄梅最爱雨如毛（南黄第一唱）
南斗有光遗老在，黄金无力好官来（南黄第一唱）
闲云作雨才归岫，远月携星正渡江（远闲第一唱）
闲云余事能为雨，远水初心亦在山（远闲第一唱）
恐或杀人言下谑，惜非奉母食前奢（前下第六唱）
天上船来江过屋，夜间灯现路交村（交过第六唱）
南朝树与僧同蜕，二月花如女及笄（二南第一唱）
六合厕身如雨点，百年过眼尽春痕（春雨第六唱）

梦餐花气无春有,坐读江声是雨非(春雨第六唱)
应无蔂斐加林下,乃有天秾逗路人(林路第六唱)

(节选自陈涓音《折枝诗入门》,1988年铅印本)

# 处理折枝疑难字之各种运用手法

杨文继

　　折枝造句，首先要注意与眼字同门类字不宜用，尤其名词，庶免犯忌碍眼。遇有诗眼两字差异性较大，不易拢合或承接之处，便当善用手法妥为处理。所常见者略举几例，以窥一斑。

　　一、排比法。排比有近义、反义、连词共三种，若眼字差异较大，便需想着找一相适应之排比予以对好。例如"雅客**胸**怀寒石契，萧娘**风**韵冶花俦"，黄明清句也，用近义排比把眼字对上。余亦有句"**乘**除示与无为等，**表**里求能一致难"，以反义排比把眼字对上，又"周**章**所事翻无济，唐**突**于情或可原"，以连词排比把眼字对上，眼字难题一解决，则造句顺利得多，故眼字觅对之工拙，手法是关键，应运用得体。

　　二、适性法。每个字中，含义不一，有动有静，亦有既可动又可静，词性之变异，全看手法之灵巧如何运用，不变则难于相称，一变则词性均等，造句便易流利。例如七二"幽守"诗眼两字，内外异向，幽字变成动词比守字变成静词较易。余于此着遂将清幽含义之形容词幽字变作禁闭含义之动词来用，

"天**幽**隽逸才难骋，我**守**荒寒竟自潜"。使偶句词性相适，所造之句，便可稳健。此是静作动用之例。反之，动亦可作静来用。例如，七六"破碑"，碑字是名词，词性静不易动，故欲两边眼字靠拢，就宜从破字下工夫。破字词性可动可静，以之用于静，与对句碑字，便可相称。罗明祥有句云"阳谷曦升明**破**曙，金陵烟锁委**碑**林"。两边词性对整，造句自亦有力。破曙之"破"字，在此含义作"初"或"新"字解释。

三、倒吊法。眼字之两字配搭有承上及接下两种成例。一般来说，第二、四唱多为承上顺，第一、三、五唱多为接下顺，第六唱上下均顺，第一唱只有接下，第七唱只有承上，否则成顿。若遇两眼字差异性大，不易对好，手法有则把承上倒转为接下，或且把接下倒吊为承上，如此逆处理才会将两字差距消除，克服了困难。承上倒为接下之例，如"慎为**邻**择分良莠，懒把**眉**描斗浅深"。江枫句也。"暂亦**闲**偷来赌酒，一如**魔**着起鏖诗。"张能坚句也。余亦有句"觞飞中或非诚意，笔**奋**前曾是罪名"。接下吊为承上之例，如"山皆影**倒**其前水，雨渐声**无**以后晴"。谢义耕句也，各臻佳胜。

四、拗承接法。眼字在第二唱，本来以承上为顺适，但亦有以拗接下以处理之。例如"觅**云**横处栖身稳，告**幸**存时得句新"。第五唱原以接下为顺，但亦可用拗承上以适应之，例如"古鼎属商**珍**有几，奇书束邺**架**何多"。又"含默如寒**蝉**乍噤，惹愁莫旧**事**重提"。在连环吟唱中，经常遇到不伦不类眼字，则不得不别找窍门，以救眉急，所以拗承拗接，遂乃被迫而成，亦坎坷吟程经验之一。拗体在前人七律中已有先例，如"为他人作嫁衣裳"，"他人"就是拗接下，"作嫁"就是拗承上，并非始创。

五、虚词承接法。有承上及接下两种，同样为眼字差异性大及可粘合之字太少者而设。承上虚之例，如"不**慧**儿还庸福有，未**升**高岂巨才无"。如"终亦**还**难东去水，间犹**童**未古来山"。两首都是罗明祥所作。明祥对疑难眼字，善用手法弥缝之，而无斧凿痕迹，确属尖叉能手。

六、躲用姓名法。眼字若觉得左支或右吾很难承接粘合，不易相称，有时恰好觅从古人姓名中可躲者，亦可躲用姓名手法安置之，例如李可蕃所作"**推**死绵山留冷节，**珠**藏金谷播芳名"。以介之推、绿珠分别造句，润而不涩，用典能化，且绵山、金谷，属对精工，以衬托眼字，使其更加明显。郑丽生所作"仗胆赵**云**夸虎将，折肱董**奉**誉神医"。亦为姓名妙对。

七、聚类相提法。有时所拈眼字两字门类相差太大，无法牵合，用手法亦只好每句各自为政，相提并叙。例如七二"鸾巧"有句云："弄**巧**却偏成拙显，勾**鸾**终亦嫁鸡随。"此上下联，单以"弄巧"对"勾鸾"，牵合尚嫌不够明显，乃用同义门类子午排比，在所隶之一句中各自成章，然后相提并叙。如上面出句用"拙"字，对句用"鸡"字，巧与拙、鸾与鸡都成了子午排比。因鸾为禽类上品，鸡则属低品，故鸾鸡对比，亦成子午，出句整句与对句整句相提并论，各显神通，其匠心亦属不凡。此法俗称"四子推"。又七五"神鹊"，诗眼内外异向太大，亦采用相提并叙手法挽回之。有句云："兴废漫凭**神**鬼问，吉凶岂听**鹊**鸦知。"但同样与上句均用排比，唯上句是子午，此句是近义，虽有差异，而所完成目标则一也。遇此两不相容之眼字，有若僵持成见，一直争执，作为一个居中和事者，自必煞费一番调停工夫者也。

八、间隔承接法。遇有既难承上又难接下不易粘合之眼字，便当另想办法用间隔承接手法以适应之。此项手法，有四种常见措施，兹逐一举例，以资阐明。

1. 间隔顺承法。刘斯湛有句云："扼且如**喉**关绝险，攻终不**破**垒何坚。"

2. 间隔顺接法。有句云："争先所**触**何非忌，媚上于**怀**未必惭。"

3. 间隔承上倒接法。余有句云："檐侠能**飞**奇技习，阈宾不**履**古风存。"取意于宾"立不中门，行不履阈"之古礼，及侠有飞檐走壁之能而作此。

4. 间隔接下吊承法。陈涓音有句云："伯牙调绝**音**谁赏，子建才高**洛**自吟。"洛指洛神赋也，用典能化亦佳。杨伯祥之"相飘犹絮**颠**频放，不绝如丝**命**尚悬"。所用手法亦同。

总之，折枝所用手法千变万化，种类繁多，不胜枚举。以上只就稍有代表性几项姑为一提，以供参考。组句之手法，主要应久经锻炼，才有体会，善于运用者如调奝粉，搓之可圆，压之可扁，而信手自如；不善用者严宽交错，纰漏层出，左支右吾，顾此失彼，很难得到完满。亦惟识趣无穷，方足爬梳剩义，领悟真诠，非一蹴可就耳。

（节选自杨文继《七竹折枝摭谈》，1994 年）

# 有时代代表性之正社折枝名句追录

杨文继

正社是于一九四六年间,刘斯湛、叶轩孙在福州所组织之折枝吟社。居多是采取月唱宿构方式,从事吟咏。抚今追昔,当此年代是折枝在闽都最旺盛时期,诗才济济,诗作如林,又是革故创新,已跨进标准化定型之时代。从其作品可以看出过去所主张非用典故无所作为之老一套论调,已濒破除殆尽,用典之字句绝少,换来是推陈出新、生气勃勃,适应现代化之杰作,立帜上风,高标飘展,为今之示范,并足黾勉吾人若不急起直追,则必望尘莫及瞠乎后矣。故特追录该社从第一唱至第七唱若干名句,以供共赏,并借加勉。

## "远、闲"第一唱

闲云余事犹为雨　　远水初心亦在山(陈翼才)
远水已无山上性　　闲云犹有雨中心(吴犹龙)
闲情枕藉从三古　　远略鞭笞及八荒(陈无竞)
远虑故非求速效　　闲评亦自具微权(刘幼衡)
远于秋水人何似　　闲及春山世更非(黄抑秀)

远客此身如不有　闲人所事即无为（林屏侯）
闲地不春花怒发　远天有路月孤行（林允铭）
闲蕤敛气依空谷　远吹回音答晚潮（魏道涵）
远忧嗤有逾千载　闲趣疑非在两间（陈子础）
远水迫天同下走　闲云让月自前行（叶轩孙）
闲遣莫留心上事　远搜转失眼前人（陈　玉）
远流余势犹千里　闲月全神恰四更（刘斯湛）
闲月无人能意造　远山如友但神交（吴些因）
远天可即非人外　闲夜无为等古初（叶轩孙）
远岫无烟如量霁　闲汀一月尽情明（魏道涵）
闲事一家中勿问　远名百岁后难知（陈无竞）
闲云作雨才归岫　远月摘星正渡河（佚　名）
闲人睡醒思无那　远客谈酣数所经（佚　名）

"远、闲"第一唱中所列眼字用远水、闲云之名句有三，应推陈翼才之"余事能为雨、初心亦在山"为首屈一指。此句最精辟是用"余事""初心"把闲与远突出，且接以犹为雨、亦在山，更见贴切，以景舒情，恰到好处，曲折有致，无懈可击。吴犹龙之"已无山上性、犹有雨中心"构思同出一辙，但蕴藉委婉比前句稍逊。至于叶轩孙之"迫天同下走""让月自前行"，出句从"黄河之水天上来"之转化，唱此联对句时应注意至"闲云让"宜稍小顿，接下"月自前行"，因前行是指月，并不是云，否则与诗眼"闲"字不切当。其句法之奇警与同眼字各句不相轩轾。陈无竞之"闲情、远略"句，主要是用枕萨对鞭答，器用类名词化为动词穿插、衔接使整句生动起来，"枕萨"乃枕经萨史，用此有勾稽之意，鞭答则作策勉用之，相当精警，继以"从三古""及八荒"，把闲与远衬托无遗。至于刘幼衡之远虑、闲评句，工在尾脚用速效与微权，匠心独到，自臻妙境。

## "古、春"第二唱

青春究亦难长假　太古从何更上追（陈无竞）
花春中造非常世　月古前更不尽人（叶轩孙）
千古最明惟史眼　一春独淡是诗心（萨伯森）
初春群植皆争气　终古繁流不改声（陈南曾）
初春物性将先伐　下古天机殆毕宣（刘幼衡）
山古何尝花不色　江春岂止月能声（叶轩孙）
自春未敢忘天下　不古非徒责一人（陈翼才）
轩春樱幔霏脂屑　庵古松扃剥黛痕（魏道涵）
既古月犹明自励　即春山亦穆相持（刘斯湛）
太古不知人世薄　浅春无济我家寒（吴些因）
论古敢如名辈狭　讨春却复少年狂（马斡侯）
一春皆蕴如焚意　万古难移自溺情（叶轩孙）
一春积压皆花事　万古流传仅酒名（陈无竞）
山古道倪犹自闼　江春霸气已全销（刘斯湛）

"古、春"第二唱名句以陈无竞之青春、太古工力最遒劲。出句青春总难长假，韶华不再，示人莫蹉跎岁月，错过芳时；对句亦告诫世人，功名毕竟尽是短暂，所谓永垂不朽，纯属虚浮谀语，盘古氏之前还有数不尽人物，至今无一留下痕迹，的确太古从何上追，语含充沛哲理，渗透人生意味，允称妙品。叶轩孙之花春、月古句，亦不逊色，在繁花簇锦之好春中，当然会装点藻饰出世之非常繁荣，月古依然如新，而不知人世沧桑前此历经多少变迁，景物仍昔，人事全非，读之能毋令人有瞬息万千之慨，言简意赅。至于萨伯森句中之"史眼"最明，诗心独淡，魏道涵之以"樱幔霏脂""松扃剥黛"描出轩之春与庵之古，写景十分流丽别致，叶轩孙之"如焚意""自溺情"，陈无竞之"积压"对"流传"，各有千秋，着着入胜。刘斯湛之古月明自励、春山穆相持，以景喻人，可作箴范，亦佳。

### "清、明"第三唱

淆难清沘干奚若　韬可明晖缺未宜（潘主兰）
初亦清泉江海乱　终仍明月雨云过（陈子础）
偶成清夜怀湘句　预办明年谒岳装（潘主兰）
道如明月何从晦　心亦清江不遣浑（陈无竞）
归于清境如无物　售与明时亦此才（刘斯湛）
蕴酿明曦残夜瀣　周旋清籁浅秋旻（叶轩孙）
茗思清风常勒住　诗魂明水欲飞过（田谷士）
侯门明烛流亡影　帅府清樽杀伐声（陈无竞）
一元清气销中古　万汇明形赋下方（潘主兰）
剪尽明漪春后桨　裂为清吹月中箫（陈南曾）

"清、明"第三唱名句，潘主兰之"淆难清沘干奚若，韬可明晖缺未宜"，洵足压卷。句首用一字顿接以虚词，气味清新，免淆就干，宁韬勿缺，以有代表性之高致，作为规箴，心地倍见纯洁；句末以倒置虚实手法，把"奚若干"及"未宜缺"倒装表达，亦耐人寻思，句法别有顿挫，深得折枝三昧。又清夜怀湘偶成吟句，明年谒岳预办行装，"清、明"两眼字不知不觉穿插其间，句子既顺适复流畅，悦目成趣，真不可多得之上品也。其次陈子础之"初亦清泉""终仍明月"，用字平易，叙事平铺，出句与人有损清混浊之戒，对句与人有去翳复昭之勖，亦属佳作。

## "云、草"第四唱

| | |
|---|---|
| 秋高幽草方生色 | 旱大闲云亦动心（叶轩孙） |
| 头上有云将白我 | 眼前皆草欲青谁（吴哲庵） |
| 倩影成云湖亦暖 | 明姿化草冢犹香（魏道涵） |
| 花将问草归何许 | 月欲商云让几分（魏道涵） |
| 起除乱草防当路 | 归对闲云悔出山（林屏侯） |
| 香黏郊草鸳鸯舄 | 影漾湖云翡翠钗（魏道涵） |
| 只与山云言道味 | 乃从春草见天机（魏道涵） |
| 尽是疑云官里事 | 殆同幸草劫余身（吴哲庵） |
| 倘尽闲云天下旱 | 或犹衰草一时春（叶轩孙） |
| 以半住云山上屋 | 欲全没草水边亭（陈南曾） |
| 丰栽劲草如相示 | 时会闲云本不干（陈无竞） |
| 难画烟云当夜半 | 可诗花草在江南（马斡侯） |

"云、草"第四唱叶轩孙之"秋高幽草方生色，旱大闲云亦动心"，以自然景物喻人喻事，恰到好处。出句譬如被幽禁废置之才俊，经得起风霜芒刺之考验，显示出不屈不挠颜色；对句譬如在劫难临危时刻，虽归休退养之士，也不忍坐视不救，乃疾风知劲草，急难见人情之再版，造句既工整又贴切。其次魏道涵之"倩影成云、明姿化草"之句，以情寓影，配搭适当，就是指出游侣成群，湖亦作暖，丽人归土，冢尚留香，整句结构用"湖"与"冢"两字概括无遗，绝妙。至于"花问草、月商云"一联，把景物人事化，指凡同类项之间，应该互相关心、互相让步，遇有矛盾用调停方式处理，近情近理，扣

人心弦。出句"归"字应作归属解释。此一唱品评似以魏道涵句占优势。陈无竞之"丰裁、时会"句别出匠心,亦妙。

### "初、小"第五唱

闭于浑敦初无世　发自勾萌小亦春（陈南曾）
稍一徘徊初日晚　略无依倚小山孤（许　韶）
死生各是初经地　寿夭何非小住人（陈劲恒）
出公天下初生月　来主山中小住云（陈翼才）
颇有持盈初月意　亦无示弱小星形（陈子础）
得天所性初皆恶　并世无才小亦骄（叶轩孙）
老夫登岱小天下　名士过江初一人（陈南曾）
岩泉夺路初争霸　洲树依村小附庸（林轩筠）
两间将革初霜警　四野无讴小雨惭（陈子础）
万里但凭初发轫　百年只算小停骖（高茶禅）
似无善恶初生性　犹有悲欢小住身（叶轩孙）
群山尽瘦初秋后　一月犹明小雨中（陈慧屏）

"初、小"第五唱名句,陈南曾所撰"浑敦初无世、勾萌小亦春"之句十分出色。出句"浑敦"见《山海经》,"敦"字应作仄声读,义与混沌同,当未开天辟地之初,闭于混沌,当然无世；对句物在萌芽阶段,虽小也都是春气之发迹,语意气魄奇伟含有哲理在焉,味洵隽永。许韶之"初日晚、小山孤"句,功夫在于承上一徘徊、无依倚,忠告人们,若一任蹉跎,好日子便易错过,苟大势去矣,子身只有孤立。上下联工力乃出自"初日"与"晚"反义对照,遂使"孤"字连得上"小山",紧紧扣着眼字,倍见熨帖,非老于此道者难诣。陈翼才之"出公天下初生月,来主山中小住云",把"公"及"主"

来活用固妙,但微嫌"小住"与"主"字有些差池,因要为山中之主,便要长住,并非小住,故妨及眼字不够贴切些,当否待正。

## "大、寒"第六唱

| | |
|---|---|
| 所足与言惟大雅 | 较为可恃是寒交（郭云翔） |
| 入不山林宁大隐 | 来犹风雨殆寒交（翁醉亭） |
| 可为物试天寒好 | 更启人争地大非（叶轩孙） |
| 燕子过春都大了 | 梅花临水较寒些（林屏侯） |
| 雅乞亦杯知大稔 | 老渔不网叹寒流（陈南曾） |
| 难谐当世同寒月 | 可质平生有大江（李文波） |
| 一善当旌于大更 | 吾真不凿以寒全（陈南曾） |
| 终不同凋完大榦 | 原非易折敛寒铓（潘主兰） |
| 不灯举世皆寒夜 | 可棹平生尽大江（陈翼才） |
| 后凋自保宁寒相 | 旁弃堪伤况大材（许　韶） |
| 事比尘多栖大地 | 身为雨有坐寒宵（魏道涵） |
| 巨翎始亦栖寒谷 | 微介终当出大川（陈翼才） |
| 止水何曾思大海 | 归云犹是恋寒山（陈翼才） |
| 流尘所至非寒谷 | 聚沫如归可大江（翁醉亭） |
| 南趋山翠无寒色 | 东折河流渐大声（甘仲酉） |
| 百嗫无取才寒意 | 一蹶难胜岂大才（魏道涵） |

"大、寒"第六唱名句以郭云翔之"大雅、寒交"与翁醉亭之"大隐、寒交"相伯仲。云翔之出句惟大雅方足与言,未免过于自居、自命些,但对句对寒交之评价,较为可恃乃不轻不重,恰如其分,特别可爱。而醉亭之句,出对句之比重均匀,稳切眼字,亦非易觏。林屏侯之"燕子、梅花"两联通俗

平白，不事雕饰，而诗意盎然，堪称妙品。叶轩孙之句"天寒、地大"，承以"物试、人争"，磊落大方，气度不凡，自非袅娜细腻所足比。至于陈南曾用器具名词"杯、网、旌、凿"化为动词造句，非常生动，但有些流于小巧而已。

### "人、夜"第七唱

各有所过天下夜　初非相识一家人（叶轩孙）
还元意各趋深夜　造极功难语浅人（刘斯湛）
心寂犹虞难遣夜　眼明所憾只观人（陈咏雩）
栏杆无月虚今夜　池苑犹春少一人（王少彦）
尚有月支垂尽夜　或为山拒后来人（郑振麟）
忧乐乃分长短夜　死生只换古今人（陈南曾）
孤意所过无好夜　大才不售亦常人（杨月英）
吹灯以后才闲夜　捐扇之初尚美人（郭云翔）
世能如月甘长夜　家在何天苦远人（王远甫）
春秋殊赏皆良夜　南北相望各远人（孙叶轩）
芙月吹霏江不夜　萝烟凝霂径无人（杨月英）
月古外残无数夜　花新中老几分人（杨月英）
忘我方为无事夜　怨天不是有才人（陈南曾）
心肝自咎惟深夜　骨肉无恩况远人（陈子础）

"人、夜"第七唱名句，叶轩孙之夜于天下，各有所过，人虽一家，初非相识，该列第一。上下句直叙平铺，毫无矫揉造作，似乎不费一些力气，而吸引性相当强，引人入胜，不尽低回。虽一家人，只能言及配偶，但重点突出，不失其为奇警。刘斯湛之"还元、造极"对仗极工，深夜各趋还元之意，浅人焉解造极之功，扣住眼字造句，无比贴切，非不善于手法者所能做到。陈咏雯之"心寂、眼明"句,于心能寂,于眼能明,本来都是好现象,但最只恐心固寂而夜未宁静,又将焉遣?所憾眼虽明而只在观人,对自己之毛病些微也不看,自沦昏昧。话入二重,言外有无尽含意,耐人细嚼,妙就在此。王少彦之"无月虚今夜、犹春少一人",对句却有针对性之作,必定丧偶读者方有深刻领会。作此句殆自身有所感触,而嘤求同病相怜者欤?传阅到余,确如恰中要害,默诵至再。兹答以名刺作自我介绍,余乃前岁刚歌鼓盆之老鳏,否则追录名句,尊作或未必会拔列前茅之地。

回顾折枝从发萌以来,经过不断尝试、修整,取精去滓,删赘拾英,老一套之陈词滥调,渐得不到好评,换来以新鲜优美,适应于现时代胃口之珍馐佳馔,跃居上赏。前之所谓非典莫属、惟古是宗,今已失去据点地盘,势将销声匿迹。多年迄今在吟场中,前仆后继,冲锋陷阵,战术锻炼而皮骨仅存之一辈瘾家、爱好者,积累了丰富之尖叉经验,重定了适今之法式规格,接替树立超新型之技巧典范,在近四五十年中,已经逐步完备,呈现出一派欣欣向荣之景象。特别是在正社联吟阶段,允称达到高潮及全盛。细看各能手之纵横驰骋,无一不吐秀出奇,各作品之结构高超,无一不通情尽致,古典缩脚,创见抬头,代谢以新,诚堪艳羡。其奈好景不长在,曾几何时而示范者凋零,接踵者稀乏,不惟能手之数量日减,而且作品之质量日低。怅望来兹,与人有此道濒绝之感,恐虽大声疾呼,但远水近火,亦将无济于事。满翼"野火烧不尽,春风吹又生"此咏草之预言,还有日得以实现,后秀赓馨其可再乎?故上列名句之追录,在意义上说有十分必要。

(节选自杨文继《七竹折枝摭谈》,1994 年)

# 诗钟考源

王鹤龄

诗钟是从清代中叶兴起的一种高雅文字游戏。到清末明初曾经风行于包括各大城市在内的文化发达地区。很多诗词名家及其他知名人士,如林则徐、张之洞、陈宝琛、王闿运、严复、朱古微、樊增祥、易顺鼎、陈三立、林纾、梁启超、章士钊、张伯驹等,都参加过咏作。诗钟是写七言律诗的对偶诗联,但是在体式上很奇特。它究竟如何繁衍发展而来,值得作一番探讨。

## 一、诗钟的体式

诗钟有各种体式和格目,来源不一,需先作简单介绍,才好考述。

诗钟是限时写作的文字游戏。以前的限时方法是点燃线香,在线香上以细线悬一枚铜钱,到时钱落盘响。这是得名的由来。这种作法称为现拈(指拈题,拈要嵌的字)。发题后过若干日交卷的称为"宿构"。现在能作"现拈"的人很少,主要分布在福建。其他各地新出现的爱好者基本上都作"宿构"。

1. 分咏体

要求用七言的对偶诗联（律诗中的"颔联""颈联"），把题目中不伦不类的两种事物对在一起，不许用题目中的字（不犯题面）。如清末民初著名诗人樊增祥，让下海演戏的汪笑侬作《八股、东三省》分咏（此题又传《八股、杜鹃》）。汪当面作出"能使英雄皆入彀，可怜帝子已无家"。化用唐太宗谈科举的话，对上清廷覆灭失去发祥地，巧妙表达题义。

2. 嵌字体

正格。把两个字相对嵌于七言对偶诗联的同一位置。福建称嵌在第一字位置为一唱，往下类推，嵌在第七字称七唱。各地对此七格，又有凤顶、燕颔、鸢肩、蜂腰、鹤膝、凫胫、雁足等雅称，后来多改用福建所用的称呼。作品如林则徐作《"世、人"一唱》"世事浑如牛转磨，人情几见雀衔环"。先把"世、人"二字配成"世事"和"人情"两对眼字，然后写成对句。福建主要作这种诗钟，称为"折枝"。

别格。把两个字或几个字错综嵌在上下联中，随着嵌字位置的规定不同而有不同的格目。如两字分嵌在上联尾和下联首称蝉联格。别格中还有魁斗、双钩、鼎峙、鸿爪、碎联、五杂俎等格，常用的有十几种。五杂俎格是把五个字散嵌在上下联中。如济南湘烟阁诗钟社出题《王小玉生日》五杂俎格，王以慜（梦湘，湖南常德人）得句："小莺啼日花王寿，远翠生春玉女眉。"王小玉是《老残游记》中描绘的善于唱曲的白妞，该书提到唱曲时在场的"梦湘先生"是本联作者。别格中有两种不必写成对偶句的，一为碎流格，分嵌三个以上的字；一为押尾格，把三个字连用于下联之尾。

合咏格也列为别格，但另有特色，是按题目作一对偶诗联，为防止用旧句，命题时附带要求嵌上某一个字。如题目咏《马》要求嵌"嫁"字。清末台湾爱国诗人丘逢甲作"驮出王嫦悲远嫁，堕来孙寿挽新妆"。此格也适用于对联比赛出题。

笼纱格一般也列入别格，有的社又把它当做分咏来作。是用上下联分别表现出两个字来，又不许用这两个字。早期的要求是连典故也不能用，只用缩写前人诗的方法写出。保留着"改诗"的痕迹。（下详）

**二、分咏体的来源**

关于分咏体的来源，在诗话和笔记中见到的说法，有说原来是嵌字体中的一格的，有说是仿照科举考试出截搭题的方法而来的，也有说源于酒令的。以酒令之说最切实有据。

童叶庚（字松君，江苏崇明人），著有《睫巢镜影》一书（清朝光绪十六年出版），记述他自撰的各种文字游戏作品。其中有"雕玉双联"一卷，记分咏作品。其在该卷小序中说："是格原名诗钟，亦觞政也。乙亥（按：光绪元年）需次虎林（按：指杭州），同人启消寒之会，闲作诗钟社。即席阄题，或以雅对俗，或以人对物，拈不相蒙之题目，撰十四字联合之，以语工而成速者为上。优者赏以醇醪，劣者罚以苦茗。争奇斗胜以为笑乐。"

遍查各种酒令书，从俞敦培（字芝怡，江苏无锡人）所编的《酒令丛钞》（光绪四年印行于江西）卷二"雅令"部分找到有关条目。

大小对令　又名无情对令

坐客各自议题作阄分置两器，随手各拈二题作诗一联，公评第一者为试官，殿军者为誊录。随后再作，付誊录缮之。闭试官于别室阅卷。凡分题之人限烧纸媒二寸交卷。

皇帝老子　　　　南内月明谁侍寝

船　　　　　　　西湖波暖好浮家

| 杨贵妃 | 钿盒寄将犹有恨 |
| 醉翁椅 | 三山倾倒不须扶 |

| 戏台 | 华屋喧阗将进酒 |
| 叫化的儿子 | 穷途小生学吹箫 |

该书所录的以上三联酒令作品，与分咏体诗钟的体例和趣味完全相同，阅卷的方法和竞赛的气氛也与诗钟相似。需要进一步考察，是诗钟传入酒令，还是酒令传入诗钟。

又找到行这种酒令的实况记载。在李家瑞所著的《停云阁诗话》卷八中，收有他的老师陈偕灿记述的在苏州参加酒会的文字。陈偕灿中举后参加会试屡试不第，在苏州当幕僚（从他的诗集中可以考证为道光七八年时），与八九朋友在酒会上行过这种令。题目原写在牙签上，分置两筒，轮流抽签，按题目咏七言一句，第二人按题目咏一句并与前一人出句相对。题目中有不少偏于鄙俗的事物，引起众人在行令中互相戏谑，一边评论作品，一边罚酒，十分热闹。也有一人把两题作成一联的情况。共记载了15题的作品。值得注意的是，记载诗钟作品时间早而且数量多的《闽杂记》一书中，有"分曹偶句"条目，记分咏作品40联，其中有被称为福州诗社作品的18联，著者自作的22联。在诗社的18联中可以核对出11联竟然是上述酒会中的作品。我认为分咏体诗钟出自酒令的可能性很大。

《闽杂记》作者施鸿保，杭州人，自清朝道光二十五年去福建当幕僚，搜集福建风土人物写成此书，于咸丰八年最后编定。著《停云阁诗话》的李家瑞是福州人，与施鸿保同一时期。写苏州酒会的陈偕灿（字少香，江西宜黄人），在福建当过县知事，后来留寓于福州，著有《鸥汀渔隐诗集》，与林则徐、施鸿保都有交往。

同时代的福州人梁恭辰续写他父亲梁章钜的《巧对录》，照抄了《闽杂记》"分曹偶句"和"嵌字偶句"两个条目，改称"分曹巧对"和"嵌字巧对"，在文字上只有些许口气上的变动。虽然没有增加内容，但是他以对联世家的身份参与介绍早期的诗钟，也有参考价值。二人的书中最后说"余谓一人自作尚易，若两人对联尤费剪裁，酒阑灯灺，仓促间更不易办"。可见他们知道在酒会中行令的情况。此外，从所述可以了解在道光、咸丰年间，在福建还没有折枝和诗钟的称呼，仍属于诗钟的早期。

据现有资料，早期分咏体活动多在江浙一带。上文谈到有道光七至八年的苏州酒会。记载这种酒令的俞敦培是无锡人。《睫巢镜影》的作者童叶庚是崇明人，他在光绪元年在杭州参加过诗钟分咏活动。专作分咏体的《啸园诗钟》，出版于光绪三年（在上海或杭州）。分咏体在福州始终不是很流行。

福州萨伯森、郑丽生先生所著《诗钟史话》（1964年成书）为研究诗钟的重要著作。书中引莫友堂所著《屏麓草堂诗话》（道光二十八年成书），所录吟秋诗社诗钟作品31联，都是嵌两个字的，符合福建作折枝的传统。其中分咏体两联也嵌两字。据此《诗钟史话》认为"诗钟之始，以嵌字为主，分咏亦嵌字中之一格。后以一联中受两种限制，大不易为，分咏与嵌字乃分为两途……"我认为出现这种情况，也可能是习惯作折枝的人仿作分咏，开始时也嵌上两个字。上文施鸿保在福建仿作22联，就未曾嵌字。他的撰述与莫友堂的引录大体上同时。我认为分咏体可能是从外地传入福建的。

**三、嵌字体的来源**

在前人笔记和诗钟集的序言中，偶尔有涉及嵌字体起源的文字。最值得注意的是关于福建塾学作碎的记载和"改诗为诗钟之祖"的说法。

1. 诗钟最接近福建塾学的作碎

旧时各地塾学都是先教学童作对，然后教作诗。教作对采取由浅入深的各种方法。福州诗人李家瑞在所著《停云阁诗话》中有一段关于他在道光年间入学作碎的记载："予年六岁，入塾读书即学作对偶，自一字至七字止。后更作五七言偶句，拈限数字嵌入中间，上下字不得相黏，谓之五七碎。"

著名诗人、善于作诗钟的易顺鼎，在光绪三十年时去过福建参加过当地的钟聚。在民国二年梁启超办的《庸报》上，连续发表了《诗钟说梦》一文，对于作碎有更明白的介绍。

闽人又有五碎七碎之名。小儿未学作诗，先学作对，作对之后又学作碎。对者，对他人五字七字之句。碎者，自作一五字七字之句。其题，则先生命两字，使分嵌于两句之中，亦限于第几字。但五七碎所嵌之字皆相对者。

从这段叙述中可以知道，作碎时先生让嵌的是一平一仄有对偶关系的两个字。如果增加一点难度，嵌上一平一仄没有对偶关系的两个字，就是福建的折枝，亦即诗钟的正格。作碎也有嵌多字的，如碎联、碎流等作法，后来直接用于诗钟，成为碎联、碎流等别格。可以说诗钟来自作碎。

作碎有一套严格的程序，是仿照"击钵吟诗课"的程序建立起来的。《诗钟史话》对此有详细的考述。所依据的主要是李家瑞《停云阁诗话》一段记述。道光年间福建人在京做官的杨庆琛、曾元澄、郭柏荫等人，组织过限题、限时作七言绝句的"击钵吟诗课"。又为他们的子弟组织了"清晨诗课"，选出词宗和誊录，出题限韵，限时四刻，钟鸣截止。采取闭卷评阅的办法。宣唱作品和发奖方法也都有规定。后来福建塾学仿用了这套办法，使作碎更为规范化，形成了折枝活动。此后又适应社会性活动的需要，发展出大赛等活动方式。《停云阁诗话》有谢邦屏写于咸丰五年的序言，书中却有其后直到同治元年的诗文，可知成书于同治二年之后。我所见到的此书缺少有关上述情节的记述，可能版本不同。

  福建折枝传到省外才称为诗钟。清末福建居京官员、诗人曾伯谦（伯厚）为北京寒山诗钟社题诗中有"诗钟创格推吾闽，诗钟命名非闽人"说到了这一点。诗钟之称，据我所知，最早见于《雪鸿吟社诗钟》。这是内阁中书袁保龄组织在京的河南籍官员成立的诗钟社。袁保龄同治十一年为此集所写的自序中有"主持钟聚"的话（书名中的"诗钟"一词有时是后来编印时加上的，不足为凭），此集收于《项城袁氏家集》中。

  2. 作碎和诗钟的各种嵌字方法，是在改诗中形成的

  在《辞源》等书中一再见到诗钟始于清初改诗的说法，一般只是略提一句，不举实例，令人莫名其妙。大体上有两种说法。

  一种说法见于光绪七年在福州出版的《雪鸿初集》卷八。我见到的是该书重印本，缺卷八、九、十。《诗钟史话》对卷八的内容有简单介绍。近年见到 1975 年出版的张作梅编的《诗钟集粹六种》，其中收录《诗钟别录》一文内有"七言杂体"一节，能看出与《雪鸿初集》卷八内容相同。终于看明白——改诗是为了写好诗联，学习造句和对仗基本功，进行各种针对性训练的方法。后来演化成简便易行、寓教于乐的练笔活动，也就是诗钟。

  这一资料的说明文字很简单，但是有实例 31 联，十分可贵。前八例是写七言律诗对偶联（颔联、颈联）和非对偶联（首联、尾联），从前人诗句中选出一句，当作上联或下联，要

求另写出一句对上，似乎与产生诗钟没有直接关系。

另外的 23 例都是从前人诗句中摘字，要求写对偶或不对偶诗联，把所摘的字用于指定的部位。例如：

竹深留客处，荷静纳凉时。鹤膝：开瓮松花留客夜，洒窗荔雨纳凉天。

这是以杜甫诗为原句，要求摘"留客""纳凉"四字，写成对偶诗联。"鹤膝"是规定要嵌用于第五、六字位置。在其他例子中限定位置的还有"折腰""腰次""坐脚"等语。从《雪鸿初集》所收的折枝作品可以看到，限位置的用语是"七一""七二"……七是作七言诗联，下面的数字是指定第几个字的位置。因为最早期有作五言诗联的情况，所以还需要一个七字。后来连七字也不必标出了，只要"一唱""二唱"……此例摘字出题的方法在诗钟活动中有了发展变化。仍以此为例，作诗钟的正格，可以出题《客、凉》六唱，作者要把所限的两个字自己搭配成"留客""纳凉"一对眼字（或其他一对眼字），然后铺写成联。这样一来，写作难度加大，却让作者有自己发挥的余地，出题也不必先找诗句。后来的折枝远比诗句中的对仗为严，用"纳凉"对"留客"已经不能允许，从诗句中摘字也难以用上了。

地分北楚怀丰沛，水治西咖避吕梁。不拘位扭入：天上有星皆北拱，地中无水不西流。

这是要求把原诗中标出的四个字摘出，用在对偶联中，不限位置。后来诗钟的"碎联格"嵌字方法与此相同。从这一资料中还可以看到"切碎"一词，是指要嵌的几个字可以拆散使用。诗钟格目的碎字就是沿用了这个意思。从碎联格中又按嵌字的字数（和位置）不同分立鸿爪、鼎峙、五杂俎等别格。

风吹马尾千条线，日照龙鳞万点金。留顶脚四字：风摇绿柳千条线，日映黄花万点金。

原句传为明太祖出上句，明成祖对下句的对联。"留顶脚四字"，当然句式不变，是要求写对偶句的。此题实际上是摘八个字。塾学中对联作业有作"实腹对"的方法，先生说出四个字来，要求用于上联下联的首尾，学生把中间的字充实起来，与改诗的留顶脚四字意思相合。改诗和塾学的各式对联作业以及社会上的对联比赛，都是互为表里、互相交流的，有些"联格"进入了诗钟格。

盘飧市远无兼味，樽酒家贫只旧醅。拈"远、无、家"为流水碎：万里家山悲远隔，几回无计梦中归。

这是练写不对偶句的。在这一资料中，标明流水的有七例，都是要求写不对偶句，并保持摘用的几个字的原来位置。加上碎字就可以打破原来几个字的字序，嵌在任意位置。诗钟承袭为碎流格，要求把几个字分散嵌入非对偶句中（此格应用较少）。

从这篇资料所载的例子看，不光是从诗句中，也从对联的名句中摘字。可知所谓改诗，着眼点并非要把诗改出什么名堂。主要是摘字和嵌字，设计出多种方式是为写各种诗联进行各种针对性训练。写作日久，于是有了只嵌两个字的作碎、折枝，着重于选配眼字铺写全句的训练。这是删繁就简、追求实效的演化过程。这种体式广泛流行，被公认为正格。《雪鸿初集》收录这篇资料，说是"尝于冷肆中偶得诗钟钞本"。可见在光绪初年时，这些内容就已经不大为人所知。民国初年的《清稗类钞》中谈到改诗，说"改字，意同截句之截字"已经流为皮相之谈。不过，改诗的名气比较大，在很多地方一直是诗钟的代称。直到民国十几年，住在北京的福建人去参加诗钟活动，还会说："改诗去！"

关于改诗的方法，还有《辞源》注释诗钟条目时所持的另一种说法："改律句绝句之诗，而为两句也。今此体不经见。"此说以王毓菁（字贡南，福州人，台湾最后一任巡抚唐景崧的僚属）所写《诗钟话》一文叙述较详。是作嵌两个字的诗钟时，缩写前人的两首诗写成上下联，要用上题目的两个字，自己不许添一个字。该文没有举出实例，从王毓菁自己的作品中，以及更早期的《雪鸿初集》中没有辨识出此种写法。只是在民国初年陈灏所著的《新语林》中见到林纾出题《两、空》六唱，亲友家十二岁学童当场作出"不住猿声啼两岸，但闻人语响空山"完全符合条件。早期的笼纱格要求最好缩写前人诗句写成。王毓菁的同僚林友赓作《春、手》笼纱格"急潮带雨无人渡，流水听松为我挥"用缩写前人两首诗的方法表示出春、手二字，也符合条件。我认为，作嵌两个字的诗钟时，既然可以用集前人诗句的方法写成，也可以用缩写两首诗的方法写成。有的社约定过用这种方式写作，但并未广泛流行。这种作法似乎不会对诗钟形成决定性的影响。

**四、诗钟在古典文学中的渊源**

诗钟以七言律诗为基础，它的渊源自然与律诗大致相同，从格律、对仗到风格神韵，都从传统诗文中吸取丰富的营养。作为文字游戏，它又特别受中国文学中"谐"与"隐"的传统影响。清末学者震钧为《榆社诗钟》作序说："考斯戏虽始于近代，然楚人大言、小言，晋人危语、了语实肇始之。"俞樾为《诗梦钟声录》作序说："昔鲍明远集中，有数诗，有建除诗。而《北史》崔光传又有所谓八音诗、十二次诗者。文人游戏自古有之。"（按：崔光传中没有提到"八音诗"，但提到了"五韵诗"）酒令中称分咏体为"大小对令"，诗钟集中称嵌字体为建除体，都是追溯到这些本源。汉字有单音独体的特点，适合组成格律和巧妙属对，为我国古典文学增加了绚丽色彩。苏轼说"世间事无为无对，第人思之不至也"，认为没有写不成对偶的东西。诗钟仿佛为此语作证，把任意指定的二事、二物、二字联合成对偶，成为专为写趣联奇联而设计的体式。诗钟与其他文字游戏的不同之处是其专门在对偶和格律上下功夫，找乐趣。新文化运动中提出"文必废骈，诗必废律"，诗钟虽非"首凶"，却正中要害，从此一蹶不振。近些年传统文学走上复兴，诗钟也重萌生机。诗钟在汉民族的文学艺术中有深厚基础，在社会文化生活中发挥过重要影响。我们不能数典忘祖，应该对它有所了解，并引导它适应现代社会生活的需要发展起来。

（原文刊于《中国典籍与文化》1999.2）

# 纪台湾诗钟源流

陈子波

诗钟闽人谓之改诗,即改七律一联而为两句也。改诗之戏,盛于闽而莫考其始,拈题刻烛,各运巧思,非万卷罗胸,往往为之搁笔。考诗钟之义,于拈题时缀钱于缕,焚香寸许,承以铜盘,香尽缕断,钱落盘鸣,以为构思之限,亦击钵之遗意也。

台湾诗钟,创自唐景崧观察,有《斐亭诗畸》之辑。光绪十三年,唐景崧就任台湾兵备道时,在台南署内倡诗钟之会,台人之能诗者,悉礼致之。唐自题斐亭一联云:"铁马金戈,万里归来真腊梓;锦袍红烛,千秋高会斐亭钟。"

斐亭,在署内之右,康熙三十二年高拱乾建,景崧葺而新之,时于该处作文酒之会,《斐亭诗畸》实开台湾诗钟之先河。后景崧升任布政使,驻台北,复组牡丹诗社,除诗外,并作诗钟。

彰化蔡醒再、张纲、吴立轩等,亦于斯时创荔谱吟社。未几醒再卒,而钟声亦歇。光绪十七年,贡生黄如许、林鹏霄、吴逢清等偶寓彰化,每日斗诗为戏,文士闻风踵至,虽一时蔚为盛况，惟尚无钟社之组织。

日据时期，台人之能诗者，辄托兴篇章，以泄爱国情绪。光绪二十八年，雾峰林痴仙创设栎社，民国初期兼倡诗钟。民国二十年，为纪念栎社创立三十周年，俦造诗钟三个，钟上刻有钟铭："小叩小鸣，大扣大鸣。愿我多士，雅韵同赓。振聋发聩，勿坠清声。"该社社长傅鹤亭及社友庄太岳等十六人，集于吴小鲁之东山别墅，举行隆重"诗钟初撞典礼"，赞礼员于撞钟时赞曰："首撞中，中部文风丕振；次撞左，左道邪说从此息；三撞右，右文恢儒期再见。"赞毕，社友依齿各撞三杵，钟声嘹亮，响彻东山别墅，至今尚传为佳话。

民国十二年，板桥林叔庄之公子景仁返台，于闲日聚吟侣作诗钟之会，得钟百数十题，辑为《东海钟声》，前年余友张君作梅汇刻《诗钟集粹》，曾录其稿，虽寥数页，各体俱备。

光复后台湾电力公司闽籍同仁于民国三十七年倡设寄社，专作诗钟。后台湾省文献委员会同人亦成立心社，知名诗人钱逸尘、张相等合组春人社，何武公继组六六社、玉岑社，各该社均以诗钟为主，间亦并作诗词。近春人、六六、玉岑三社合并成立瀛州诗社，于台中、嘉义、台南、高屏各设分社。台湾铁路局同仁亦于1954年成立台铁诗社，社员均为福建籍，其中名手极多，好句叠出。其余台湾诗坛包括诗文之友社、中华诗苑、鲲南诗苑等诗刊，均辟专栏，征载诗钟。目前台湾诗钟之盛，为历来所未有。

余自来台，时与钟会，兹将历年拙作各体钟句各列一首于下。古梅（蝉联格）："柏树虽苍还近古，梅花元瘦不关寒。"高雄（魁斗格）："高蹈心原轻一世，冷观眼已薄群雄。"石榴红（汤网格）："石室琴弹秋月白，榴房珠擘晚霞红。"浪淘沙（鼎峙格）："淘残泪竹湘江浪，咽痛怀沙楚水潮。"花雨（晦明格):"洗竹刚逢三日霁,养花不碍几天阴。"元旦(比翼格):"生意纷乘平旦顷,玄机默运一元初。"一江山(碎锦格):"江海飘零三尺剑,河山底定一戎衣。"风月(云泥格):"揽镜人疑居月里,迎风花似舞庭前。"菊、重阳(分咏格):"水仙庙里寒泉荐,戏马台前祖烟斟。"田单(合咏格):"践阼君资支柱力,涉淄叟感解袍恩。"心香(凤顶格):"心苦剧怜莲子甚,香清独恨海棠无。"镜花(燕颔格):"借镜移来邻舍月,乞花分得别家春。"云海(鸢肩格):"颠如海岳工书法,迂若云林得画禅。"更始(蜂腰格):"不妨今始方迁善,何事年终尚送穷。"屈平(鹤膝格)"几经磨砺平棱角,宁为钩钳屈舌锋。"秋水(凫胫格):"亲前不敢看秋叶,官里何曾悟水沤。"上春(雁足格):"小犊戏牛如犯上,残花泣雨欲留春。"闲中赌句,以遣寂寥,录以殿《台湾古今谈》之后,并就正于大雅。

(原文刊于《中国韵文学刊》2001.12)

# 诗钟:中国古典诗学的盛大狂欢

黄乃江

王国维《宋元戏曲考·自序》云:"凡一代有一代之文学:楚之骚,汉之赋,六代之骈语,唐之诗,宋之词,元之曲,皆所谓一代之文学,而后世莫能继焉者也。独元人之曲,为时既近,托体稍卑,故两朝史志与《四库》集部,均不著于录;后世儒硕,皆鄙弃不复道……遂使一代文献,郁堙沈晦者,且数百年,愚甚惑焉。"① 与元曲一样,诗钟也存在类似的情形。

诗钟自从清代嘉庆、道光年间在闽地产生以来,即由福建宦京之士携至京城,再由京城播及全国各地,"不数十年,风行薄海内外。名联佳句,亦由好事者之流传,而脍炙人口。盖骎骎乎附庸风雅,割据词场矣"②,成为继唐诗、宋词、元曲之后中国古典诗学的又一次狂欢,在文学史上具有典型的意义。然而,历代史家乃至诗钟作手都把诗钟看作"小道",往往随作随弃,不加珍惜。以笔者管见所及,仅连横所著《台湾通史》"艺文志"有录"《诗畸》四卷,善化唐赞衮辑"③一目,成为诗钟载入历史著述和艺文志略的一个"孤例"④。此外,钱基博所著《现代中国文学史》有载:"(易)顺鼎诗才绮绝,自少至壮,所作将万首。尤工裁对,与樊增祥称两雄。惟增祥不喜用眼前习见故实,而顺鼎则必用人人所知之典。"⑤所说"裁对"亦即诗钟,也可算一例。

**一、诗钟之起源**

关于诗钟之起源,历代诗钟话、笔记、书录莫衷一是。舒菊厂所辑《如庐诗钟丛话初编》有录:"诗钟体虽始近代,然楚人大言小言,晋人了语危语,实肇始之,则不得谓古人所无。"⑥又录:"诗钟之作未知昉诸何代,而其源则自中唐人角句拟题出也。后《郴州旧闻》,谓唐章碣、李载辈,联吟虽工,殊不成篇什。今其诗无传,而揣厥体制,当与诗钟近似。《续艺苑卮言》,载南宋董王,及其弟仲仪,尝拈取《汉书》人名,各赋以二语,然乃四六文,非诗也,而其意实同。又《升庵外集》,载明李西涯,斋中偶集湘湖士人,席间以荔枝、奶酥为题,各赋五言对句二,不工者罚三爵。有嘉鱼进士某句曰:'甘宜妃子笑,香入长公诗。'一座皆服,是真诗钟矣。而近制却鲜五言。或谓实始清初,为闽人所创,名曰改诗。释者谓其改律绝而为两句也。"⑦

近代张作梅则谓:"南朝鲍明远取十二辰字,分嵌于句首作诗,命曰建除体。宋黄庭坚山谷效其体为定交诗赠晁无咎,自是争相传仿,竟衍为八音、二十八宿等歌。八音歌始于宋沈炯,二十八宿歌则山谷首创也。此类嵌字诗,原为杂体诗之一种。言诗钟者,广征其义,乃以此等作,为诗钟嵌字格之开端,似未足采信。盖诗钟实近百年间创始于闽人,由所谓'改诗'蜕变而成。初与嵌字诗无涉,然厥后钟体大备,有分咏、嵌字诸体,而尤以嵌字格为最多且工,则比类合义,要为同出一源。筚路之功,固非明远、山谷诸人莫属也。"⑧要之,把楚人"大言小言"、晋人"了语危语"、中唐人"角句拟题"、南宋董王拈《汉书》人名"赋语"、明代李西涯斋中"赋对",以及南朝鲍明远作"建除体"、北宋黄庭坚为"定交诗"等,当作诗钟的渊源或遗传因子是可以的,但如果说那就是诗钟,就未免太牵强了。

二、嘉庆、道光年间诗钟之生成

目前诗钟界有关诗钟生成时间的论断,主要有两种:一是陈海瀛先生的"嘉道之际"说,其所著《希微室折枝诗话》有述:"《雪鸿初集》中刊有前辈林少穆先生折枝诗句,是嘉庆时已有折枝吟矣。先生嘉庆进士,道光间历任疆圻,则其作折枝也,当是未任以前里居之日。以其时考之,折枝始盛其在嘉道之际欤。"⑨二是王鹤龄先生的"道光十四年之前"说,其所著《风雅的诗钟》有载:"陈寿祺(1771—1834)是能查知姓名的最早的折枝作者。作品是《足·三》七唱:'亭馆春深花睡足,池塘烟重柳眠三。'上联用东坡诗意;下联用汉宫人柳典故。很典雅,但是用'睡'与'眠'相对,在后来的折枝写作中是不能允许的。他逝世于道光十四年,可证明在此之前已有折枝作品。"⑩

笔者检读李家瑞所著《停云阁诗话》,卷七有载:"予年六岁入塾读书,即学作对偶,自一字至七字止,后更作五、七言偶句,拈限数字,嵌入中间,上下字不得相粘,谓之五、七碎。翁玉樵先生计偕北上,舟泊太平宝带桥,适近元夕,客思无聊,友人戏以'金银元宝箔'五字,限成七言偶句。先生即景口占云:'银筝元夜金闾渡,珠箔春风宝带桥。'造句工丽,友为叹服。'金银元宝箔'本属闽谚,即冥镪之类,以祀鬼神者。余少从塾归,舅氏以'淑女求贤配'命对,余应声曰:'良禽择木栖。'不过一时口捷而已,及念寄食侯门,佐人撰述,若为之兆者,可慨也夫。"⑪李家瑞(1825—?),字香苹,号清臣，福建侯官（今福建省福州市）人。十四岁入凤池书院读书；参加乡试，屡试不中；纳捐候补，一度代理浙江嘉兴县丞、上虞典史，后改官广东，主持潮州韩山书院。曾与林则徐、张际亮等为诗友，往返唱和。著有《蕉雨山房诗集》十卷、《停云阁诗话》十卷等。李家瑞幼时所作"五、七言偶句"或"五、七碎"，在福建早期诗钟总集《雪鸿初集》中被称为"五言杂体"或"七碎联"，是与"七一""七二""七三""七四""七五""七六""七七""集句""魁斗""蝉联""押尾""杂体""流水碎""分咏""单咏""骈体分咏"等相提并论的一种诗钟格目。从李家瑞生平行迹推知，其所言"予年六岁入塾读书，即学作对偶，自一字至七字止，后更作五、七言偶句"，是清道光十年前后的事情。这是目前能够查证到的、比较确切的早期诗钟活动记载。

《停云阁诗话》卷十五，又载："予幼与郭升甫、秀农、合亭、蒹秋兄弟联吟。《"里、帆"两字，押第六》，予句云：'游子心驰千里月，才人天赐一帆风。'对句暗用王子安事，而出句无故实，虽获抢元，究嫌偏胜。嗣与王直夫、吴小林诸子在筼心社联句。《"香、上"两字，押第五》，予句云：'三生已负香衾债，一第先探上苑花。'阅者以为风流名贵，又取元。自是以后，仙舟叔父每与同人联吟，必挈予往，颇负竹林之誉。"⑫《礼记·曲礼上》云："人生十年曰幼，学。"⑬这说明，李家瑞从十岁（清道光十四年）开始，就长期参与福州地区的诗钟创作活动，乐此不疲。

连横主编之《台湾诗荟》第二号"余墨"，有述："闽人士较好诗钟，亦多能手。闻林文忠公少时，曾与诸友小集，偶拈'以'、'之'二字为雁足格，众以虚字，颇难下笔。文忠先成一联云：'苟利国家生死以，岂因祸福避趋之！'见者大惊，以为有大臣风度。其后文忠出历封圻三十载,事业功勋,震耀中外。"⑭"林文忠公"即林则徐(1785—1850),字元抚,又字少穆、石麟,晚号俟村老人、俟村退叟、七十二峰退叟、瓶泉居士、栎社散人等,谥文忠,福建侯官（今福建省福州市）人。古时男子二十岁要行冠礼,象征成年,之前统称为少年。可见,林则徐"少时,曾与诸友小集,偶拈'以''之'二字为雁足格",是他二十岁（清嘉庆九年）以前的事情。

此外,施鸿保所著《闽杂记》,有记:"徐铁孙太守荣《怀古田舍诗》自注:'少时与诸友作嵌字联句。'太守广东驻防汉军,则广东先已有之矣。"⑮徐荣(1792—1855),原名鉴,字铁孙,一作铁生,先世湖北监利（今湖北省监利市）人,家辽东,隶汉军正黄旗,驻防广州。如是,徐荣"少时与诸友作嵌字联句",则发生在清嘉庆十六年（1811）以前。

以上数则有关早期诗钟活动的记载,共同表明诗钟在嘉庆年间（1796—1820）,最迟在道光年间（1821—1850）就已经生成,而且不是孤例。

### 三、道光初年诗钟文体的成熟与定型

《停云阁诗话》卷十五,又载:

吾乡先达在京,有击钵吟课。日清晨早集,以粉牌依次列名签,掣左右词宗各一,左右誊录各一。左词宗命题,右词宗拈韵。题定后,词宗入左右室,诸生各就座次构思。以时钟四刻为限,各成七绝一首,才捷者多多益善,钟鸣截止。各按卷数投缴卷资,列粉牌中本名之下。首卷全额,其二减半。词宗卷资,亦视诸生之半。司课者统核全数若干,左右均分,报明存记。左右誊录照稿分抄两簿,呈送两词宗校阅。词宗于自拟之篇扣除,其余逐卷下笔,标取元、眼、花、录各一,余卷酌选,即以所报卷资,分别标赏。出至大堂,将入选之卷,左右

更迭吟诵。先由榜末开头，以元卷为压尾，诸生听唱受赏，是为一唱。一唱所取左元，即为二唱之左词宗；右亦如之。左右同元，则以左眼升补。穷日之力，可得六、七唱。左右同元有贺，连中三元有贺，鼎甲归门有贺。贺视卷资之半，卷资随时酌定。后进在家塾中，亦有仿而为之者，惟不拘定作全首。左右词宗各命一题，绝不相类。限香一寸，吟成七言及八言一联。对偶工整，赋物切当为妙。如上联咏诸葛武侯、下联咏猫儿云："胸中早定三分鼎，眼底能知十二时。"上联咏放榜前一日、下联咏杨太真云："桂子秋风，明朝得意；梨花春雨，绝代承恩。"是也。或司课者，手执一卷，分请于左右词宗曰："用第几行第几字？"如命翻看。所指两字，平仄相叶，不准更换。首唱即用此两字冠顶联句；次唱如法拈字，挨次递降，至坐脚止。如阄得"人、白"二字，押第一字，联句云："人海归来空有梦，白门游后恨无诗。""童、秀"二字，押第二字，联句云："山童解曲全天籁，闺秀能诗亦国风。""贫、四"两字，押第三字，联句云："月来贫巷犬争吠，雪满四山僧独归。""飞、数"两字，押第四字，联句云："去棹如飞移岸走，青山无数渡江来。""飞、水"两字，押第五字，联句云："风吹帆叶飞何处，月浸楼栏水不如。""墨、长"两字，押第六字，联句云："古堞乌啼如墨夜，秋窗人坐最长更。""碧、归"两字，押第七字，联句云："芳草送春无限碧，杜鹃劝客不如归。"是也。⑯

这段文字，对于让我们了解诗钟文体的发展衍变过程来说至关重要。

萨伯森与郑丽生合撰《诗钟史话》，对《停云阁诗话》所载上段文字作过补述。谓：

（《停云阁诗话》）所云乡先达在京之击钵吟课，当指道光初年,曾元澄、杨庆琛等所组织之荔香吟社。其诗课《击钵吟》,初刻于道光十一年辛卯(1831年),但录命题限韵之七言绝句。至于分咏嵌字诗钟之作,据云为其时福州家塾中仿而为之者,而所举分咏有作八言一联之例,即所谓骈体分咏也。按林鸿年《击钵吟》二集序云:"曾少坡前辈有《击钵吟》之刻。余初未见其书,岁壬辰罢春官试,铜盘寄食,暇得从诸先达游。范亭族弟旋亦观政农曹,约同重修风雅,始犹偶句,继乃兼作七截。"此序作于道光二十年庚子(1840年),所云壬辰,则道光十二年(1832年)也,观其"始犹偶句,继乃兼作七截"之语,是荔香吟社固亦曾作嵌字或分咏之诗钟也。何刚德诗事数往诗云:"前辈有社名荔香,联吟击钵俱同乡。我年弱冠始学步,始自白纸城南坊。折枝斗捷未三稔,旋以绝句罄所长。"亦溯源诗钟于击钵吟课。所云折枝,即今之通称诗钟嵌字格。折枝一词,亦始见于何氏集中。[17]

从李家瑞《停云阁诗话》,以及萨伯森与郑丽生所作补述中,可以看到:道光初年,诗钟在仿效击钵吟创作中"命题""拈韵""限时""构思""投卷""纳资""誊录""校阅""标取""唱卷""赏贺"等一系列活动程式,作为其外部表现形式以后,其体裁形态才最终成熟、定型下来。

  因此,诗钟的确切定义,应当为:诗钟是在汲取中国传统律诗、绝句、对联、酒令、谜语等多种文艺类型的艺术养分基础上发展起来的,运用传统对偶艺术,限时、限题、限格、限字写作五言、六言、七言及骈体对句,并且采用了封建科举取士的一系列制度和程式作为其外部表现形式的一种综合性文艺类型。换言之,只有当诗钟借鉴了击钵吟创作中的一系列活动程式作为其外部表现形式,被赋予竞技的特性和表演的功能以后,才真正实现从原来"改诗"或"对对子"向"诗钟"的蜕变。它让诗钟最终走出书斋，从最初的书塾"课艺"，摇身一变为文人雅士间竞技斗捷的"游戏"工具。这是诗钟文体发展过程中一次质的飞跃。

**四、道光年间以来诗钟在海内外的传播**

诗钟自从清代嘉庆、道光年间在闽地产生以后，即由福建宦京之士携至京城，再由京城播及全国各地。这是诗钟传播的一条主线，也是诗钟文体从闽海一隅走向全国，进而"割据词场"的必由之路。

从前文所引萨伯森与郑丽生对《停云阁诗话》的补述中，还可以看到北京荔香吟社创立之初专课击钵吟，道光十二年一度专课诗钟，嗣后兼作击钵吟，再后来则在诗钟与击钵吟这两种诗歌体裁之间此消彼长，反反复复，这种状况一直延续到光绪三年前后。这说明诗钟文体在福州成熟、定型以后，随即被福建宦京之士携至京城，成为北京荔香吟社创作活动的主要内容之一。

关于荔香吟社，有一点非常值得关注。荔香吟社的活动地点虽然在北京城南的白纸坊（今北京市西城区白纸坊街一带），但是该社成员悉为福建宦京之士，在清廷各部院馆阁分别担任职务。例如，魏敬中（字治原，号和字）系嘉庆二十四年己卯恩科进士，选翰林院庶吉士，散馆授编修，后任国史馆总纂；叶敬昌（字懋勤，号芸卿）系嘉庆二十四年己卯恩科进士，历任吏部考功郎等职；郑瑞麒（字莹圃）系嘉庆二十四年己卯恩科进士，历任内阁中书等职；杨庆琛（字廷元，号雪椒）系嘉庆二十五年庚辰科进士，历任刑部主事、光禄寺卿等职；龚文龄（字祝卿，号西园，又号蔗汀）系嘉庆二十五年庚辰科进士，历任户部主事、都察院左副都御史、工部右侍郎等职；曾元海（字少坡）系道光二年壬午恩科进士，选翰林院庶吉士，散馆授编修；何大经（字左卿）系道光三年癸未科进士，历任吏部郎中等职；王有树（字乃滋，号植庭）系道光三年癸未科进士，历任吏部主事、郎中等职；李彦彬（字兰屏，号苏楼）系道光三年癸未科进士，选翰林院庶吉士，散馆授武英殿纂修，后改任刑部；林士傅（字可舟）系道光三年癸未科进士，选翰林院庶吉士，散馆授检讨，累充国史馆纂修、翻书房行走、文渊阁校理等职；江鸿升（字翙云）系道光九年己丑科进士，历任工部主事等职；郭柏荫（字远堂）系道光十二年壬辰恩科进士，选翰林院庶吉士，散馆授编修，后升刑部给事中；林鸿年（字孝荫，号笏邨）系道光十六年丙申恩科状元，授翰林院修撰；等等。因此，诗钟活动很快在清廷上下流传开来。

道光七年前后，诗钟开始在清朝皇族内部兴起。伊拉里氏·庆（号仲景，行四）所撰《伊拉里氏棣萼诗钟·弁言》，有记："呜呼！此我昆季五人共研时作也。昔人诗云：'青灯有味似儿时。'当其时不及觉耳，迄今思之而不可得。灯，犹灯也。向之成童者，今既壮矣。壮而不复幼，抑渐将老矣。白驹白驹，胡不过隙，而为我少留乎！此卷虽乏新词，要之为既翕之乐。今于败箧中得之，爰重书而存之，以示我后世孙子可也。壬寅（1842）春二月下浣之吉仲景识。"⑱伊拉里氏·庆撰述该"弁言"，时已"既壮"，而所记昆季五人共研诗钟，则为其"成童"之事。《礼记》云："三十曰壮，有室。"又云："十有三年，学乐，诵诗，舞《勺》。成童，舞《象》，学射、御。"其中，"成童，指十五岁以上。《象》是一种武舞。"⑲这表明，《伊拉里氏棣萼诗钟》是伊拉里氏·庆与伊拉里氏·昌（号介祉，行三）、伊拉里氏·寿（号介眉，行五）、伊拉里氏·秀（号介春，行六）、伊拉里氏·祥（号季和，行七）等昆季五人，在童蒙时代（道光七年）前后一起研习创作的，道光二十二年二月经伊拉里氏·庆重新抄录,于道光二十四年秋由榭华启秀馆刊刻印行。该集共收录分咏格诗钟 78 题 157 联,是目前能够查考到的、最早刊行的诗钟作品总集。由于清朝上层统治者的喜好,流风所及,上行下效,迄咸丰年间诗钟活动已经普遍流行于清廷各馆阁部院。施鸿保所撰、清咸丰八年成书之《闽杂记》,在谈论闽地诗钟时曾经述及:"闻今馆阁诸公,亦多为之。"[20]

嗣后,诗钟再由京城外放地方的官员传播到全国各地。例如,同治三年冬,直隶丰润(今河北省丰润县)人、同治二年恩科进士赵国华(字菁衫)外放充任山东候补道,由于尚未遇到空缺,整天待在济南的鹊华行馆,"枯坐无憀"[21],乃招邀张锡华、王荫昌、于调元等,凡 30 人,创为诗钟之会,所作辑为《鹊华行馆诗钟》;光绪三年,湖南望城(今湖南省长沙市)人、咸丰六年科进士李篁仙(字梦莹),"以候补道主讲(湖北)经心书院,意不自聊,乃以诗钟自遣。每会必假四川会馆,集者尝数十人。周子谦、吴社园、徐璧臣数君,尤为能手"[22],所作辑为《鹤楼吟社诗钟》;光绪十一年春,河南光州(今河南省光州市)人、同治二年恩科进士李嘉乐就任江苏按察使,在苏州使署创设修梅社,社员 12 名,所作辑为《诗梦钟声录》;光绪十二年夏,广西灌阳(今广西省灌阳县)人、同治四年科进士唐景崧就任分巡台湾兵备道,在台南道署创立斐亭吟社,嗣后升任台湾布政使,又在台北布政使署创立牡丹诗社,所作辑为《诗畸》十卷;光绪十五年,直隶南皮(今河北省南皮县)人、同治二年恩科探花、湖广总督张之洞在湖北武昌创设南皮诗钟会,"莲幕中名流,若梁鼎芬,易顺鼎,郑孝胥,皆南皮抱冰堂门生。政务余闲,师若弟流连诗酒,萧斋清谈,一时传为佳话"[23];等等。

其中，又以"钟王"易顺鼎的诗钟活动最为活跃，对诗钟在近代诗坛的传播贡献甚巨。易顺鼎早年曾入李篁仙在武汉创设之鹤楼吟社，与周子谦、吴社园、徐璧臣等共打诗钟。光绪三年，易顺鼎随侍其父易佩绅就任贵东兵备道，与"幕中文士如蒋次香、张子蕃、阮敦甫、胡孟存、张逯泉诸君，极游览唱和之盛"，"刻《丁戊行卷》三巨册及《摩围阁诗词》两册"[24]。光绪十一年初，又随侍其父就任四川布政使，"趋庭之暇，与弟由甫、妹香畹及妹婿黄玉宗开诗钟社。时张子苾、曾季硕夫妇居署中，而蜀中群彦有顾印伯、范玉宾、刘健卿、江叔海诸人，簪裾毕集，同作诗钟，往往酒阑烛烬，夜分不休。刻成四册，玉宾题签曰《仿建除体诗》"[25]。同年冬，又随侍其父就任江苏布政使，"由蜀入吴，此会更盛。弟、妹、妹婿而外，子苾、季硕夫妇，及江叔海、梅石卿、朱曼君辈俱在署中。亡姊真一子在蜀降乩，在吴仍降乩，时于沙盘中发诗钟题，评定甲乙，极人天唱和之乐。而吴门又多寓公，如俞曲园先生、戴洗蕉夫人，恽季文昆弟，文小坡同年，诗筒往还几无虚日"[26]，所作辑为《吴社集》四卷、《吴社诗钟》一卷。光绪二十一年前后，入湖北张之洞幕府，"南皮师为海内龙门，怜才爱士，过于毕沅。幕府人才极盛，而四方人才辐辏"，乃"与伯严追逐其间，文酒流连，殆无虚日。其与诗钟之会者，幕府则杨叔峤、屠竟山、毕若溪、杨范甫、宋芸子、汪穰卿、范仲林、秋门兄弟辈。过客则文芸阁、曾重伯、缪小山、王子裳诸君。而闽派如郑肖彭、沈爱苍，亦同会集，洵一时之盛已"[27]。民国元年，易顺鼎加入北京寒山诗钟社，成为该社中心人物。此外，易顺鼎还曾于光绪二十七年春，在西安与樊增祥、顾瑗等拈题数次；"比甲辰（1904）冬游闽，橐笔依人，佣书多暇，乃得与陈伯潜阁学推襟送抱，酬唱往还"[28]；以及丙戌（1886）

会试钟聚、乃园诗钟会、京汉铁路同人诗钟会、著涒吟社、戊申（1908）六郎庄张宅钟聚、遗老消闲会、癸丑（1913）陈太傅宅诗钟雅集、北京艺社、梯园诗社、蛰园诗社等。

此外，道光二十六年，林则徐在陕西巡抚任上曾在抚署开展诗钟聚作，从而把诗钟传播到西部地区。同治年间（1862—1874），李崧臣、沈桐士、沈葆桢寓居台湾，分别在台湾府儒学官署、台湾县儒学官署、台南幕府开设钟局；光绪十三年前后，蔡德辉又在彰化创立荔谱吟社，诸社后先辉映，共同促进了诗钟在台湾的传播。光绪十六年，福建侯官（今福建省福州市）人、时任中国驻法国公使陈季同所撰法文著作《中国人的快乐》在法国出版，书中详细介绍了当时国内诗钟流行的盛况。

**五、同治、光绪年间诗钟社团的快速发展**

自从诗钟借鉴了击钵吟创作中的一系列制度和程式作为其外部表现形式，被赋予竞技的特性和表演的功能后，可谓如虎添翼。它甚至超越击钵吟，一跃成为清代士人开展竞技斗捷活动的首选，进而促进了诗钟社团的快速发展。

从嘉庆年间（1796—1820）诗钟文体最初生成，迄道光年间（1821—1850）诗钟文体最终成熟与定型，其间创设的诗钟社团及类似组织有 9 个。分别为：林则徐诗钟小集（1804 年以前，福州）；徐铁孙诗钟联吟（1811 年以前，广州）；荔香吟社（1823 年，北京）；伊拉里氏棣萼诗钟会（1827 年前后，北京）；陈少香吴门酒会（1827 年前后，苏州）；李家瑞诗钟联吟（1834 年前后，福州）；吟秋诗社（1845 年以前，福州）；林则徐抚署钟聚（1846，西安）；筠心社（道光年间，福州）。

咸丰（1851—1861）、同治（1862—1874）年间，诗钟在各地渐次兴起，所创设的诗钟社团及类似组织有 10 个。分别为：黄乐之衙署夹句雅集（1852，杭州）；鹊华行馆诗钟社（1864，济南）；冶春后社（1865年前后创立，1908年前后开始诗钟创作，扬州）；李崧臣"鸡黍会"（1865，台南）；沈桐士"郡斋钟局"（1865，台南）；虎林诗钟社（1865，杭州）；船司空雅集（1867年前后，福州）；雪鸿吟社（1871，北京）；沈葆桢"幕府钟局"（1874，台南）；可社（同治、光绪年间，福州）。

光绪年间（1875—1908），诗钟社团数量呈现爆发式增长，总计达56个（含台湾诗钟社团3个），籍地遍及浙江、湖北、贵州、台湾、北京、四川、江苏、山东、广西、湖南、福建、上海、河南、陕西、广东等15个省市，乃至新加坡，尤以北京、台湾、上海、福建、江苏、湖北等地为多。分别为：啸园诗钟社（1877，杭州）；鹤楼吟社（1877，武汉）；贵东道署吟社（1877，贵州）；崇正社（1878，台南）；三矫堂诗钟会（1882年以前，北京）；乃园诗钟会（1884年前后，武汉）；蜀社（1885，成都）；修梅社（1885，苏州）；吴社（1885，苏州）；围炉诗钟会（1885，南京）；湘烟阁诗钟社（1885，济南）；秦云与秦敏树诗钟联吟（1885，杭州）；丙戌会试钟聚（1886，北京）；榆社（1886，北京）；斐亭吟社（1886，台南）；荔谱吟社（1887，彰化）；味蓼轩诗钟会（1888，桂林）；南皮诗钟会（1889，武汉）；牡丹诗社（1891，台北）；湘社（1891，长沙）；海东吟社（1892，台北）；酒国长春社（1892，籍地未详）；冷红吟局（1895，北京）；丽泽社（1896，新加坡）；蜕庐诗钟会（1897，夏津、清平）；志社（1897，福州）；城南文社（1897，上海）；《台湾日日新报》汉文部（1898，台北）；栎社（1898，台中）；京师诗钟湘集（1899年以前，北京）；秋心社（1900年前后，开封）；海上文社（1900，上海）；鲸华社（1901，常州）；辛丑西安钟聚（1901，西安）；春江花月社（1901，上海）；惠园诗钟社（1903，北京）；梁社（1903，开封）；南园诗钟会（1904年前后，广州）；闽社（1904年前后，福州）；白下诗钟会（1904，南京）；月月小说社（1906，上海）；黄仲弢与黄叔庸昆弟诗钟会（1906，武汉）；南社（1906，台南）；李孟符诗钟会（1907，广州）；陶情社（1907，北京）；京汉铁路同人诗钟会（1908年前后，北京）；惜余春社（1908年以前，扬州）；洁园诗钟社（1908年前后，上海）；著涒吟社（1908，北京）；戊申六郎庄张宅钟聚（1908，北京）；汉上消闲社（1908，武汉）；琼社（光绪年间，福州）；西社（光绪末年，福州）；源社（光绪末年，福州）；惜余吟社（光绪末年，广州）；丽则吟社（光绪、宣统年间，上海）。

宣统年间（1909—1911），诗钟延续此前的发展态势，共创立14个诗钟社团及类似组织（含日据下台湾诗钟社团5个）。分别为：上海萍社（前）（1909，上海）；瀛社（1909，台北）；虞山诗钟社（1910年以前，常熟）；适园诗钟会（1910年前后，江阴）；小说月报社（1910，上海）；寄社（1910，开封）；罗山吟社（1910，嘉义）；竹社（1910，新竹）；西瀛吟社（1910，澎湖）；瞻园诗钟会（1911年以前，南京）；竹西后社（1911年以前，扬州）；春明社（1911年以前，福州）；遗老消闲会（1911年前后，上海）；凤岗吟社（1911，高雄）。其中，台北瀛社与台中栎社、台南南社，号称为日据时期台湾诗坛的三大"重镇"[20]。

**六、民国时期诗钟之极盛**

民国时期（1912—1949），诗钟的发展达于极盛。诗钟社团林立、参与人数众多、活动声势浩大、区域互动频繁，是民国诗坛（尤其是日据下台湾诗坛）的突出现象。

据笔者考录，民国期间创立的诗钟社团及类似组织达320个。其中，台湾诗钟社团及类似组织174个（日据时期170个、光复初期4个）。包括：①诗钟社团128个，分别为白鸥吟社（初名屿江吟会、芦溪吟社，后名琅环诗社，1912，台南）；桃园吟社（1912，桃园）；淡社（1914年以前，台北）；星社（初名研社，1915，台北）；玉峰吟社（1915，嘉义）；稻江诗钟会（1916，台北）；青年吟社（1916，嘉义）；芸香吟会（1917，台北）；斗山吟社（1917，云林）；大冶吟社（1917，彰化）；台湾文社（1918，台中）；新莺吟会（1918，澎湖）；鸥社（初名寻鸥吟社，1919，嘉义）；酉山吟社（1920，台南）；旗津吟社（1920，高雄）；砺社（1920，屏东）；天籁吟社（1921，台北）；香草吟社（后名香草艺文社，1921，彰化）；以文吟社（1921，桃园）；剑楼吟会（1921，台北）；小鸣吟会（后名网珊吟社，1921，基隆）；宝桑吟社（1921，台东）；竹音吟社（1922，嘉义）；淡北吟社（1922，台北）；桐侣吟社（1922，台南）；月津吟社（1922，台南）；朴雅吟社（1922，嘉义）；高山文社（后名大观诗社，1922，台北）；鼓山吟社（1922，高雄）；鷇音吟社（1922，嘉义）；大成吟社（1922，彰化）；萃英吟社（1922，台北）；道东书院诗社（1923，彰化）；樗社（1923，台中）；聚奎吟社（1923，台北）；东海钟声社（1923，台北）；留青吟社（1924，台南）；衡社（1924，台中）；青莲吟社（1924，新竹）；石津吟社（1924，籍地未详）；陶社（1924，新竹）；崁津吟社（后名南雅吟社，1924，桃园）；砺石吟会（1925，籍地未详）；云峰吟社（1925，云林）；篁声吟社（1925，苗栗）；南陔吟社（1925，南投）；登瀛吟社（1926，宜兰）；苓洲吟社（1926，高雄）；兴贤吟社（1926，彰化）；滩音吟社（1927，台北）；栗社（1927，苗栗）；南洲吟社（1927，苗栗）；锦文吟社（1927，台南）；虎溪吟社（1928，台南）；松社（1928，台北）；绿社（1928，台南）；大新吟社（1928，新竹）；旗峰诗社（1929，高雄）；钟亭（1929，基隆）；东墩吟社（1929，台中）；钟楼（1929，彰化）；西江吟会（1929，籍地未详）；瑳玉吟社（1930，桃园）；红毛港青年研究会（1930，高雄）；大林埔青年研究会（1930，高雄）；连玉诗钟会（1930，嘉义）；淡如吟社（后名光文吟社，1931，台南）；鹿秀吟会（1931，籍地未详）；竹林吟社（1931，新竹）；安顺汉文研究会（后名安顺诗学研究会，1931，台南）；新莺吟社（1931，桃园）；大同吟社（1931，基隆）；高岗吟社（1931，高雄）；淡交吟社（1931，嘉义）；仰山吟社（1931，宜兰）；华侨同乡吟社（1931，台中）；集鹤吟社（1932，彰化）；樱社（1932，南投）；碧山吟社（1932，籍地未详）；蓬山吟社（1932，苗栗）；正声吟社（1932，籍地未详）；鄞江吟社（1932，基隆）；雄州吟社（1932，高雄）；嵌南诗学研究会（1932，台南）；同励吟社（1932，基隆）；切磋吟社（1932，新竹）；乡励吟社（1933，云林）；学甲吟社（1933，台南）；林园诗学研究会（后名林园诗社，1933，高雄）；读我书吟会（1933，屏东）；碧峰吟社（1933，南投）；卿英吟社（1933，新竹）；登云吟社（1934，台南）；文峰吟社（1934，澎湖）；瀬南吟社（1934，高雄）；溪山汉文研究会（后名溪山吟社，1934，屏东）；文澳诗学研究会（1934，澎湖）；东明吟社（1934，宜兰）；巧社（1934，台北）；鸡林诗社（1934，台南）；鹭洲吟社（1934，台北）；螺溪吟社（1934，彰化）；永隆发诗学研究会（1935，台南）；松鹤吟社（1935，台北）；桐城诗钟会（1935，台南）；

马麟厝汉文研究部（1936，籍地未详）；丽泽吟社（1936，嘉义）；富春吟社（1936，台中）；稻艋诗钟会（1936，台北）；番薯庄汉学研究会（1937，云林）；竹南汉诗研究会（亦名竹南诗社等，1937，苗栗）；薰洲吟社（1937，苗栗）；妈祖宫诗学会（1938，籍地未详）；赬桐吟社（1939，籍地未详）；晓钟吟社（1939，基隆）；潮声吟社（1939，屏东）；兴亚吟社（1940，屏东）；柏社同意吟会（1940，新竹）；在山吟社（1941，高雄）；冈山吟社（1942，高雄）；竹风吟社（亦名竹风吟会，1942，新竹）；朔望吟会（1942，新竹）；蕉香吟室（亦名蕉香吟馆，1943，屏东）；桐城吟会（亦名桐城吟社，1943，台南）；决胜吟社（1944，台中）；中州吟社（1945，台中）；寄社（1948，台北）；心社（1949，台北）。②诗钟联吟组织16个，分别为瀛桃竹联合吟会（1915）；"砺、研、萍"联合吟会（1921）；全台诗社大会（亦名全台诗社联吟大会、全岛诗人大会等，1921）；嘉社（后名嘉义县联吟会，1923）；"淡北、萃英、聚奎"等社联吟会（1924）；台北联吟会（后名台北市联吟会，1924）；"钟亭、松社"联合吟会（1931）；"红毛港、大林埔"联吟会（后名凤毛吟社，1933）；南投郡联吟会（1934年4月以前）；高雄市诗会（初名高雄州下联吟大会，后名高雄市联吟会、高雄市诗人联谊会，1934年6月以前）；中部联吟大会（亦名中州联吟会或中部五县市诗人联吟大会，1934年6月以前）；"陶社、来仪吟社"联吟会（1935年6月以前）；鼎社（1936）；新竹州下八社联吟会（1939年2月以前）；屏东联吟会（后名屏东诗社联吟会、屏东县诗人联谊会等，1941年5月以前）；"全国"诗人联吟大会（亦称"全国"诗人大会，1946）。③私人诗钟吟会24个，分别为陋园（1914，基隆）；斯园（1924，台北）；巢睫居（1924，台北）；怡园与东山别墅（1928，台中）；芸香室（1931年2月以前，彰化）；寄庐（1931年10月以前，台北）；曜升堂（1932年6月以前，彰化）；行素轩（1932年6月以前，高雄）；琳琅山阁（1932年7月以前，嘉义）；静寄书斋（1932年12月以前，基隆）；砺心斋（1933年1月以前，台北）；君山书室（亦称君山轩，1933年2月以前，高雄）；笑山楼（1933年7月以前，基隆）；丽明斋（1933年7月以前，台南）；静远楼（1935年7月以前，彰化）；三孝人家（1935，新竹）；振丰斋（1936年5月以前，籍地未详）；培文书阁（1936，台北）；种竹斋（1938年8月以前，台北）；仰乔轩（1938年11月以前，台北）；读古山庄（1939，基隆）；静观斋（1940年1月以前，台北）；晓阁斋（1940年10月以前，台北）；师元楼（1942，台北）。④以报纸和期刊为核心的"泛诗钟社团"6个，分别为台湾诗荟社（1924，台北）；台湾诗报社（1924，台北）；三六九小报社（1930，台南）；诗报社（1930，桃园）；风月报社（1935，台北）；崇圣道德报社（1939，台北）。其中，社际性、区域性、全台性联吟组织，参与成员往往多达几百甚至几千人，它们将原先散点分布的诗社钟会，连结成多方位、多层次、立体交叉的联吟网络。

民国期间大陆创立的诗钟社团及类似组织142个。包括：①福建46个，分别为托社（民国初）、还社（民国初）、马江侗社（民国初）、鞠社（民国初）、菽庄吟社（1913）、观社（1916年前后）、漳南钟社（1917年前后）、退闲吟社（1920年以前）、补闲吟社（1920年以前）、补残吟社（1920年以前）、晓社（1921年前后）、余闲吟社（后改组为余社，1922）、秋园诗社（1923）、亦社（1924）、简社（1924年前后）、鹤场诗社（1925年以前）、留社（1925年春）、琯江吟社

（1925年前后）、南琼吟社（1926年前后）、澄社（1926年前后）、凤山吟社（后名凤山诗社，1927）；榴峰诗社（20世纪20年代）、榕社（1930年6月以前）、韬社（1931年前后）、则社（1933年前后）、夕社（1933年前后）、厦门剑社（1933年前后）、补余吟社（1933年前后）、谈何容易社（1933年前后）、湖山诗社（1935年前后）、澂社（1936年10月以前）、罕社（1938）、抗社（后名声社，1938）；曦社（1938）、福清陶社（20世纪30年代）、萍社（1940年前后）、福州余社（1943年前后）、岭南吟社（1943年前后）、燕溪吟社（1943年前后）、超社（1943年前后）、石社（1946）、南平剑社（1946年前后）、后乐吟社（1946年前后）、正社（1947年春）、镜社（1948）、武安吟社（1949年以前）。②广东5个，分别为如庐诗钟社（1913）、与社（1917）、诗梦钟声社（1918）、离合社（1935年孟冬）、广州诗钟社（1937年以前）。③北京11个，分别为寒山诗钟社（1912）、兰吟社（1913）、潇鸣社（1913）、癸丑陈太傅宅诗钟雅集（1913）、艺社（1914年闰五月以前）、稊园诗社（1915）、灯社（1916年以前）、蛰园诗社（1920）、篸社（1925年前后）、北京余社（1927年以前）、月众社（1930年前后）。④江苏14个，分别为秋声社（1913）、娱红社（1913）、洁漪园诗钟社（1914年以前）、琴心社（1914年5月以前）、熙春社（1915年4月以前）、东园诗钟会（1919年1月以前）、饭后钟社（1921）、具拜社（1924年以前）、江阴陶社（1925）、三九诗钟社（1926）、彩云吟社（1926年前后）、滨社（1927年前后）、法社（1927年以后）、戊己诗钟会（1945年前后）。⑤陕西1个，为软脚诗钟社（初名软脚会，1918）。⑥浙江9个，分别为饭后社（1917年前后）、南园诗钟社（1923年以前）、陶情诗钟社

（1923年以前）、醉吟集诗钟社（1923）、课余诗钟社（1924年季冬以前）、含咀诗钟社（1924年季冬以前）、戊社（1928）、星社（1928年以后）、辛社（1928年以后）。⑦山东3个，分别为曼殊宝利斋诗钟社（1916年以前）、来复社（1917年前后）、历山诗钟社（1933年以前）。⑧贵州1个，为贵州省修志局同人诗钟社（1923）。⑨四川2个，为芙蓉秋社（1913年5月以前）、岁寒社（1914年5月以前）。⑩上海22个，分别为樊园诗钟会（1913）、袖海楼吟社（1914）、小说丛报社（1914）、滑稽诗钟会（1914）、雏伏室诗钟会（1915年4月以前）、话雨轩诗钟会（1915年7月以前）、剧吟社（1916年5月以前）、惜余吟社（1916年6月以前）、个影庐诗钟会（1916年7月以前）、城江诗钟社（1916年7月以前）、娱萱室诗钟会（1917年前后）、枕亚诗钟会（1918年8月以前）、纸帐铜瓶室诗钟会（1919年3月以前）、炼雕社（1920）、废物诗钟会（1921年前后）、莲社（1922）、江南吟社（1927年前后）、杨了公奉贤县署钟局（1927年前后）、聊社（1928）、哭社（1933）、上海萍社（后）（1939）、淞社（1940年以前）。⑪河南2个，为夷门诗社（1918）、衡门诗钟社（1919）。⑫辽宁2个，分别为沈阳诗钟社（1912年前后）、辽宁萍社（1930年前后）。⑬云南3个，分别为竹映诗钟会（1918）、采云社（1931年以前）、望云轩诗钟会（1937年以前）。⑭天津2个，为城南诗社（1921）、不易社（1940）。⑮安徽1个，为淮北鹾署消闲会（1930年以前）。⑯黑龙江1个，为稼庵诗钟会（1930）。其中，"宣南三社"之寒山诗钟社与梯园诗钟社、北京的潇鸣社、厦门的菽庄吟社、江阴的陶社、天津的城南诗社等，都是成员在百人以上的泱泱大社。此外，尚有未详籍地的诗钟社团17个，分别为澄庐诗钟会（1913）、江上残钟集

（1913年前后）、**佛影诗钟会**（1914年9月以前）、**孤灯聆雁楼诗钟会**（1914年10月以前）、**月行窗诗钟会**（1914年11月以前）、**琴香阁诗钟会**（1915年2月以前）、**听秋馆诗钟会**（1915年6月以前）、**古梅仙馆诗钟会**（1915年7月以前）、**林庵诗钟会**（1915年10月以前）、**爱吾庐诗钟会**（1915年10月以前）、**衡庐诗钟会**（1915）、**仁庵诗钟会**（1916年3月以前）、**书隐楼诗钟会**（1916年5月以前）、**樾庵诗钟会**（1917年11月以前）、**蕉园诗钟会**（1918年6月以前）、**浣花溪诗钟会**（1918年10月以前）、**逸庵诗钟会**（1918年10月以前）等。

民国期间，香港创立的诗钟社团2个，分别为正声吟社（1931）、硕果诗社（1945）。菲律宾创立的诗钟社团1个，为寄社（1917）。泰国创立的诗钟社团1个，为南萍社（1918年以前）。

民国时期诗钟发展之所以能鼎盛至极，大致有两方面原因：一方面，晚清以来，中国社会先后经历了乙未割台、戊戌变法、科考废止、辛亥革命等一系列重大变故，新学之士得到重用，旧学之士被弃诸草野，他们"或困于资，或狃于习……歧路徘徊，不得已诗酒自娱，消磨岁月"[③]。例如，"辛亥革命军兴，清大僚多避居沪渎，视为世外桃源，乐不思蜀。素负文名，如樊云门、沈子培、朱古微、易实甫、杨味春、味霞、杏城昆仲、陈伯严、梁节庵、沈爱苍、郑苏戡、李梅庵等数十人，各于其私寓轮值设筵，不时欢会，每次以吟哦诗钟为唯一之消遣品"[⑩]，遂有上海"遗老消闲会"之设；民国初年，福州人士高冠杰、王允皙等在当地组织还社，"社员多其时自外地返里者，故以还名"[⑫]；等等。尤其是乙未割台后，日本殖民统治者在台湾实行所谓的"同化政策"，大肆普及日语。为挽救汉学于式微，台湾有识之士纷纷组织诗社钟会，大力倡导诗钟写作，发出"小叩小鸣，大叩大鸣。愿我多士，雅韵同赓。振聋发聩，勿坠清声"③的号召，一时之间诗钟社团如雨后春笋般遍布全岛，掀起一股股反抗日本殖民统治、保存和延续中华传统文化的民族文化浪潮。

另一方面，随着近代报刊业的发展，清末民初，上海等地先后涌现出一大批报纸杂志。诗钟作为一种雅俗共赏的诗歌体裁，经由清代中叶以来近百年的传播普及，已经成为人们喜闻乐见的文化娱乐形式。为了吸引读者的关注，众多报刊杂志纷纷登载诗钟征求讯息，刊录诗钟名句佳作，以此来增加刊物的销量。而从诗钟组织者的角度来看，报刊杂志的兴起，也使得原先必须通过现场拈题击钵才能得以进行的诗钟活动，通过一则广告，就能够发动海内外钟手为之效力，创建社团的成本大幅降低。例如，光绪二十六年，李伯元在上海大马路亿鑫里创设海上文社，发行《海上文社日报》，"月分诗钟等三课，应课者每卷缴二十文。海内才人，一时毕集，远如香港潘兰史、厦门林菽庄，皆与其盛焉"。㉞随后，《春江花月报》《月月小说》《小说时报》《小说月报》《国风报》《文艺俱乐部》《雅言》《游戏杂志》《小说丛报》《眉语》《民权素》《中华小说界》《七天》《香艳杂志》《新剧杂志》《小说新报》《女子世界》《小说大观》《大中华》《妇女杂志》《小说海》《青声周刊》《文艺杂志》《小说季报》《友声杂志》《游戏世界》《红杂志》《快活》《心声》《紫罗兰》《青鹤》等纷纷效仿其做法，共同推动了诗钟的繁荣。

### 七、20 世纪下半叶以来诗钟之式微及重兴

20 世纪 50 至 70 年代，诗钟在大陆一度式微。直到 1980 年代，诗钟活动才重新在福建兴起，先后创设有铁佛因缘吟会

(1981);鼓山诗社（1981）；海滨诗社（1981）；周末吟社（1982）；旗山诗社（前身榕西吟社，民国初年创立，1984年重振）；三山诗社（1984）；樵川诗社（1985）；长溪诗社（前身为1926以前创立之长溪消夏吟社，1985）；青芝诗社（1986）；法海诗会（1987年前后）；八闽诗社联合会筹备会（1987）；紫阳诗社（1987）；富春诗社（1987年8月以前）；福建逸仙诗社（后名福建省逸仙诗词学会，1987）；红旗诗社（1988）；鹤鸣诗社（1988）；太姥诗社（1988）；百六峰诗社（曾名陶江诗社、七濑诗社，1989年重振）；耄耋诗会（2000年前后）等。20世纪90年代，辽宁营口诗钟社（后名采社，1992）创刊《诗钟报》，先后举办十四届全国诗钟擂台赛；中国俗文学学会诗钟研究委员会（1996年11月设立）在北京创刊《燕山钟韵》，每月出题向海内外钟友征求诗钟作品，二社先后辉映，一度兴起一股"诗钟热"。2004年5月，陕西诗友在西安创立长安诗钟社，经过十余年的努力，已经发展成为具有全国性影响的诗钟社团。2017年8月20日，中华诗钟社（后名中国楹联学会诗钟文化研究院、中国楹联学会诗钟社）在天津成立，该社依托中国楹联学会的组织优势，吸纳各地诗钟社团作为会员诗钟社，对诗钟资源进行有效整合，人才队伍逐步壮大，初步形成了一个全国性、层级式的诗钟组织构架体系。此外，尚有一些零星的诗钟社团，如北京的饭后诗钟集（1955）、晚香诗书画印研究社（1990年前后）、北京青年诗社（1994）、东城书协诗词组（1996年以前）、北京市总工会诗钟组（1996年以前）、杏园钟聚（2002），广东的嘤求吟社（1963），天津的七二钟声社（1968）、天津诗钟社（2017）、步莲诗钟社（2018），辽宁的华夏诗钟社（1996），河南的应天诗社（1996年12月以前），河北的乐寿诗钟社（1999），陕西的电花诗钟社（2012）、府谷诗钟社（2018），以及近年新兴的网络诗钟社团——九成诗钟社（2007），等等。

在台湾，1949 年前后，随着一大批大陆钟手，尤其是闽地钟手相继赴台，他们不仅为光复初期的台湾诗坛注入了新鲜血液，而且还把"大唱""套题"等新型诗钟活动形式带到台湾，从而一度把台湾诗钟的发展推到顶点和极致。据笔者考录，1949 年以来台湾新创立的诗钟社团及类似组织 72 个，包括：①诗钟社团 42 个，分别为同意吟社（1950，新竹）；江滨吟社（1951，嘉义）；玉岑诗社（1951，嘉义）；延平诗社（1951，台南）；春人诗社（1952，台北）；北鸥吟社（1952，台北）；六六诗社（1952，台北）；庚宁朋社（1952，台北）；寿峰诗社（1953，高雄）；台铁诗社（1954，台北）；角力吟社（1955，台南）；竹声诗钟社（1955，新竹）；庸社（1956，台北）；莲社（后名诗学莲社、洄澜诗社，1956，花莲）；半闲吟社（1959，彰化）；瀛洲诗社（1960，台北）；芦墩吟社（1962，台中）；中社（1962，台中）；鲲瀛诗社（1962，台南）；中兴吟社（1963，台中）；梨江吟社（1964，台中）；南庐吟社（1964，台北）；逸社（1965，台北）；醒灵寺文昌帝君吟会（1965 年 10 月以前，南投）；北港诗学研究班（1966 年 11 月以前，云林）；安南吟社（1966 年 11 月以前，台南）；宜兰县文献委员会诗人服务中心（1967 年 10 月以前，宜兰）；象山学诗会（1969 年 2 月以前，苗栗）；和社（1972，台北）；埔里孔子庙诗学班（初名埔里昭平宫育化堂诗学班，1972，南投）；"中华民国"传统诗学会（1973，台中）；春云诗社（1976，彰化）；彰化县诗学研究协会（前身春云诗社，1976，彰化）；基隆市诗学研究会（亦名基津诗学研究会，1977，基隆）；四可吟社（1984 年 10 月以前，籍地未详）；彰化县国学研究会（1984，彰化）；嘉义县诗学研究会（1986年4月以前，嘉义）；八闽诗社（1986年2月23日，台北）；庆安诗社（1988年3月以前，籍地未详）；南投县国学研究会（1990年6月以前，南投）；长青诗社（1997，台中）；文山吟社（2001，台北）。②诗钟联吟组织23个，分别为"石社、乡励、鲲水、白水、江滨"五社联吟会（亦名海鸥吟会，1951）；"春人、六六"联吟会（1952）；中北部诗人联吟大会（亦名中北部十一县市诗人大会，1952年11月以前）；北台联吟会（亦名北州联吟会，1953年10月以前）；"春人、六六、玉岑、台铁"联吟会（1954）；基隆市诗人联吟会（1954年6月以前）；"淡北、天籁、松鹤、卷籁轩"四社联吟会（1955年秋以前）；台中市诗人联吟会（1956年5月以前）；"淡北、天籁、北台、松鹤、卷籁轩"五社联吟会（1956年9月以前）；"淬励、半闲"联吟会（1959年5月以前）；"陶社、大新吟社"联吟会（1960年10月以前）；高屏三县市联吟大会（亦称鲲南三县市联吟会，1962年8月以前）；"淡北、高山、松社"三社联吟会（1962年10月以前）；"竹、莲"二社联吟会（1963年11月以前）；宜兰县联吟大会（亦名兰社，1964年9月以前）；鹿江联吟会（1964年10月以前）；云林县诗人联吟会（1965）；"台中、苗栗"联吟会（1965年11月以前）；"宜兰县八六书画会、头城登瀛吟社"联吟会（1967年6月以前）；朴子镇诗人联吟会（1969年1月以前）；"竹、淡"社联合诗吟会（1970年10月以前）；"竹、淡、莲"三社联吟会（1977年10月以前）；"和社、网溪诗社"联吟会（1979年4月以前）。③私人诗钟吟会2个，分别为卷籁轩（1956，台北）；怕雨室（1970，花莲）。④以报纸和期刊为核心的"泛诗钟社团"5个，分别为台湾诗坛社（1951，台北）；大众诗钟社（1951，台北）；诗文之友社（1952，彰化）；中华诗苑社（1955，台北）；鲲南诗苑社（1956，高雄）。此外，"每年 12 月下旬，由陈逢源先生文教基金会主办，高雄市古典诗学研究会、中国古典文学研究会协办的'中华民国'大专诗创、联吟大会，参赛诸校的中文系亦皆成立诗社"，历年皆参与比赛的学校共计 19 所大学，学生千余人，使得台湾钟坛呈现出"有日渐蓬勃的迹象"⑤。

香港创立的诗钟社团，则有香港的健社（1951）、三六诗钟社（1954）、太平诗轩（1956）、春秋诗社（1957）、香港联谜社（1984）。海外创立的诗钟社团包括马来西亚的诗潮吟社（1958 年以前）、大同诗社（1959 年以前）；菲律宾的籁社（1960 年以前）；美国的四海诗社（20 世纪 60 年代初）、晚芳诗社（1983）；加拿大的晚晴诗社（1982 年以前）；等等。

综上所述，诗钟自从清代嘉庆、道光年间在福建产生以来，迄今已有 200 年左右的发展历史，其间创立的诗钟社团及相关组织达 530 个，文体功能也由最初的书塾"课艺"，发展成文人雅士间竞技斗捷的"游戏"工具，进而衍化为反抗异族统治、保存和延续中华传统文化的"载道"之体，在近、现代社会文化生活中，尤其是"在台湾文学史上一再发生重要的影响"⑥，是继唐诗、宋词、元曲之后中国古典诗学的又一次狂欢。

（原文刊于黄乃江《诗钟社团分域考》，福建人民出版社 2025 年版）

**参考文献**

①王国维. 宋元戏曲考. 北京：中国戏剧出版社，1999：书前页.

②陈怀澄，辑. 吉光集. 嘉义：兰记书局，1934：1.

③连横. 台湾通史. 北京：商务印书馆，1983：441.

④王鹤龄. 风雅的诗钟. 北京：台海出版社，2003：58，122-123，216-227.

⑤钱基博. 现代中国文学史. 北京：中国人民大学出版社，2004：195.

⑥舒菊厂，辑. 如庐诗钟丛话初编. 1922：52，59-60.

⑦舒菊厂，辑. 如庐诗钟丛话初编. 1922：59-60.

⑧张作梅，编订. 诗钟集粹六种. 台北：中华诗苑，1957：104.

⑨陈海瀛. 希微室折枝诗话. 1958年油印本.

⑩王鹤龄. 风雅的诗钟. 北京：台海出版社，2003：122-123.

⑪李家瑞. 停云阁诗话（卷七）. 清咸丰五年孔宪瑶刻本，1855：6，8.

⑫李家瑞. 停云阁诗话（卷十五）. 清咸丰五年孔宪瑶刻本，1855：8.

⑬杨天宇. 礼记译注. 上海：上海古籍出版社，2004：4.

⑭台湾文献汇刊（第四辑第十五册、第十六册）. 九州出版社、厦门大学出版社，2004：209.

⑮施鸿保. 闽杂记（卷八）. 上海：申报馆仿聚珍版印本，1878：7-8.

⑯李家瑞. 停云阁诗话（卷七，卷十五）. 清咸丰五年孔宪瑶刻本，1855：6-7.

⑰萨伯森，郑丽生. 诗钟史话. 1964年郑丽生手写本.

⑱伊拉里氏·庆，辑. 伊拉里氏棣萼诗钟. 清道光甲辰九秋榭华启秀馆刻本，1844：1.

⑲杨天宇. 礼记译注. 上海：上海古籍出版社，2004：4、358、359.

⑳施鸿保．闽杂记（卷八）．上海：申报馆仿聚珍版印本，1878：9.

㉑沈宗畸，编．诗钟鸣盛集初编．北京：著涒吟社校印本，1908：1.

㉒王鹤龄．风雅的诗钟．北京：台海出版社，2003：216.

㉓沈中路．诗钟话．珊瑚（半月刊），1932（11）：1.

㉔王鹤龄．风雅的诗钟．北京：台海出版社，2003：226-227.

㉕徐珂，编撰．清稗类钞．北京：中华书局，1986：4015.

㉖王鹤龄．风雅的诗钟．北京：台海出版社，2003：217-218.

㉗王鹤龄．风雅的诗钟．北京：台海出版社，2003：219.

㉘王鹤龄．风雅的诗钟．北京：台海出版社，2003：221.

㉙台湾文献汇刊（第四辑第十六册）．九州出版社、厦门大学出版社，2004：429.

㉚杜召棠．惜余春轶事（与《扬州访旧录》合编）．扬州：广陵书社，2005：1.

㉛陈瀔一．睇响斋闻见录．小说大观（第七集）．上海：上海文明书局，1916：12.

㉜萨伯森，郑丽生．诗钟史话（与《希微室折枝诗话》合编）．1990年内部刊行本：27.

㉝傅锡祺．栎社沿革志略．台北：台湾银行经济研究室，1963：36.

㉞魏绍昌．李伯元研究资料．上海：上海古籍出版社，1980：14.

㉟廖一瑾．台湾古典诗社、诗刊现况．文讯（台北）第188号，2001（6）：44-45.

㊱汪毅夫．闽台区域社会研究．厦门：鹭江出版社，2004：359.

# 诗钟格目理论中的几个关键性问题

黄乃江

诗钟自从清代嘉庆、道光年间在福州产生以来，即由闽地宦京之士携至京城，再由京城播及各地，并在海峡两岸文化交流中发挥过重要的作用。然而，所谓"厥体既纤，于格尤琐"[①]，诗钟虽然在体裁形式上短小精悍，但其体系庞杂，格目繁多，而且在长期的播流迁衍过程中，其格目体系又得到不断丰富和发展，并产生诸多脱化与变异，从而造成了在格目理论的论述上矛盾与错乱之处互见的状况。本文即通过对诗钟格目理论中几个关键性问题的探讨与辨析，试图构建一个符合诗钟发展生态、反映诗钟内部肌理的诗钟结构体系。

## 一

自从诗钟产生以后，人们即开始对其表现形态、创作方法等进行总结、归纳、概括、定义，力图上升到文体学的高度，从整体上来系统地把握这一新兴的文学样式。

（一）"体""式""格""目"诸概念的提出及其意义

据考证，最早对诗钟创作类型及一般规制做出概括和介绍

的,是清同治十一年春李嘉乐所作《诗社即事柬袁子久中翰(保龄)》一诗的诗序。该序云:

> 社中法限二字,作七言诗一联,字嵌每句之首曰"凤顶",嵌第二字曰"燕颔",第三字曰"鸢肩",四曰"蜂腰",五曰"鹤膝",六曰"凫胫",七曰"雁足"。又,一嵌于上句首一嵌于下句末,曰"魁斗";或嵌上句末下句首,曰"蝉联"。限四字拆开嵌用,不论对仗曰"碎流",论对仗曰"碎联"。四字分嵌两句首尾曰"双钩"。二字错落对之,如此置上句第三字,彼置下句第四之类,曰"鹿卢";或置上句第四字,下句第三之类,曰"卷帘"。又有分咏、合咏、骈体诸目,则拈题而不限字。合咏间亦限之。构思时以寸香系缕上,缀以钱,下承盂。火焚缕断,钱落盂响,虽佳句亦不录。名曰"诗钟",都中盛行之。②

序中提出了"目"的概念,并把"凤顶""燕颔"等十四个目合起来归入"限字"一类,把"分咏""合咏""骈体"三个目合起来归入"拈题而不限字"一类。

光绪十九年,唐景崧又提出"格"的概念。其所辑《诗畸》,把诗钟作品分为嵌字、分咏、合咏、笼纱四格,嵌字格又分为凤顶、燕颔、鸢肩、蜂腰、鹤膝、凫胫与鱼尾,并撰嵌字格说明8条及分咏格、合咏格、笼纱格附注各一,对各格创作方法与一般规范做出解释。其后,人们对诗钟创作类型遂多以"格"相称。

第一次提出"体"的概念的,是江苏阳湖人吕景端。所辑《鲸华社诗钟》,收在光绪三十四年出版的《诗钟鸣盛集初编》。该辑把诗钟分为分咏、笼纱、合咏、建除四体,建除体又分为凤顶、燕颔、鸢肩、蜂腰、鹤膝、凫胫、雁足、魁斗、蝉联、鼎峙、双钩、碎锦与五杂俎。

诗钟理论中还有一个重要概念，就是"式"。1924年林景仁在其所撰《东海钟声·序》有云："嵌字格拈平仄二字平对成联。在第一字曰凤顶，第二字曰燕颔，第三字曰鸢肩，第四字曰蜂腰，第五字曰鹤膝，第六字曰凫胫，第七字曰雁足。此格为诗钟常格，其式大致论列于下。""一用典不可一句有故实，一句无故实。所嵌字用古人姓名，不可一句有姓，一句有名无姓。如以李贺对宗元，截去柳字，便不合式。"③从上下文内容理解看，所谓"式"，包括表现形态与创作规范双重含义，与后来王鹤龄、赵永生等所作论述，在内涵上有所不一。后者指诗钟创作的基本方式和第三级结构单位，它既区别于作为诗钟创作一般方法的"体"，又区别于作为诗钟主要表现形态的"格"。

上述"体""式""格""目"诸概念，尽管没有作出非常明确的范畴界定，在使用上也相当混乱。但是，它们为诗钟创立了基本的理论元素，借助这些元素，宗威、黄得时、王嵩昌、王鹤龄、赵永生等诗钟研究者，相继建构了一个更趋合理的诗钟结构体系。

（二）历来对诗钟格目的记载与论述

除了上面谈到的有关诗钟格目的记载和论述外，王树荣所撰《诗钟鸣盛集初编·序二》，首次比较明确地提出从"体""格"两个层面来把握诗钟的结构体系。该序云："至其体格，亦复伙赜。有两句各切一事者曰分咏体；有拈二字分嵌两句之首一字者曰凤顶格，嵌入第二字者曰燕颔格，以此递推，三曰鸢肩，四曰蜂腰，五曰鹤膝，六曰凫胫，七曰雁足，亦既命名尚巧，厥体攸殊矣！此外，更有魁斗格、碎锦格、双钩、碎流之类，钩心斗角，奇之又奇。"④即把诗钟首先分为分咏、嵌字两体，然后把嵌字体又分为凤顶、燕颔诸格。

可以说，民国初年以前，人们在诗钟格目体系及结构层次的理解上还是相当混乱的，没有形成一个相对统一的认识，这种状况集中反映和暴露于徐珂编撰、民国七年出版的《清稗类钞》当中。该书辑录了有关诗钟的19个条目，由于它们分别采自《闽杂记》《雪鸿初集》《百纳琴》《樊园五日战诗记》《诗钟鸣盛集初编》《春冰室野乘》《诗钟说梦》等七八个集子，只有一两条是徐珂自己的闻见，所以矛盾错乱之处互见。比如，它既称"诗钟分两体，曰嵌字，曰分咏"，又说"诗钟有笼纱嵌珠二格"；既称"分咏者，两句分咏两事，或分咏两物，或一事、一物，要以咏不伦不类之两事物见长"，又说"笼纱者，取绝不相干之两事，以上下句分咏之者也"⑤；等等。孰是孰非，令人莫衷一是。这说明编者对诗钟文体的类属概念缺乏系统的把握，对诗钟各创作类型的艺术技巧及本质特征缺乏明晰的认识。不过，《清稗类钞》是有史以来辑录诗钟理论资料最多的一部典籍，编者之所以把各家之说对举，或许正是为了引发人们的思考，从而为建立一个统一、合理的诗钟结构体系打开一条门径，特别是其中有关"正格"与"别格"的论述，基本上厘清了嵌字体诗钟的结构层次和分类基准。

江苏常熟人宗威所著《诗钟小识》，是对诗钟理论层次的一次提升。他通过对分咏、合咏等创作类型的概括，抽象出它们所共同采用的创作手法——赋物，并把诗钟分为嵌字、咏物两体。曰："诗钟体格，大概不外嵌字、咏物二体。其始，以两字对嵌于两句第几字，命名为'建除体'，即鲍照用'建满平收除危定执'等字，分嵌于诗之句首是也。又以两物或一物、一事、一人极不相类者，分咏两句，命名为'赋物体'。"⑥然后，又把建除体分为凤顶、燕颔、鸢肩、蜂腰、鹤膝、凫胫、雁足等"常格"和蝉联、魁斗、辘轳、卷帘、鸿爪、鼎峙、勾股、碎锦、碎流、双钩、五杂俎、押尾等"非常格","赋物体"分为分咏格、笼纱格、合咏格、合咏兼嵌字格及赋物兼嵌字的晦明格。不足的是,作者试图解释"笼纱",纠正以往的错误认识,但还是没有抓住其实质;此外,把晦明格解释为"赋物兼嵌字",并与合咏兼嵌字格一起归入赋物体,也是有欠妥当的。

之后,许多论者都对诗钟格目作过论述。如张伯驹所编之《素月楼联语》、陈海瀛所著之《希微室折枝诗话》、萨伯森与郑丽生合著之《诗钟史话》,以及《折枝诗入门》《七竹折枝摭谈》《诗钟津梁》等。但他们大多着眼于格目数量之多寡及创作范式之辨证,很少从宏观上对整个诗钟格目体系及结构层次进行思考和论述。

在台湾,比较值得注意的是张汉所撰之《古陶渔村人四时闲话》、陈怀澄所撰之《诗钟考》、黄得时所撰之《诗钟之起源及其格式》、吴纫秋所撰之《战诗门径》、王嵩昌所著之《诗钟格例存稿》以及许俊雅所著之《光复前台湾诗钟史话》。以《诗钟格例存稿》为例,该文把诗钟分为嵌字类与咏事物类;然后,把嵌字类分为凤顶、燕颔、鸢肩、蜂腰、鹤膝、凫胫、龙尾等正格和比翼、魁斗(又称顶踵)、蝉联、云泥、鹭拳、汤网、鼎足、鸿爪、双钩(又称四皓)、唾珠、流水、碎锦(又称杂组)、辘轳(又称卷帘)等别格,咏事物类分为分咏、合咏、单咏、嵌咏、晦明、笼纱等格。这说明,一方面,由于两岸交流并不频繁,台湾诗钟在其发展过程中与大陆诗钟产生了某些分歧;另一方面,台湾钟界在笼纱、晦明、咏物兼嵌字等体式格目的理解与认识上,同样也存在不同程度的偏颇和错误。

到目前为止,对诗钟格目体系作过深入思考与系统论述的是王鹤龄和赵永生，二人合撰之《诗钟格目考述》一文，提出了从四个层面来把握诗钟结构体系的看法。首先，把诗钟分为限字类与咏物类。其次，把限字类分为嵌字体与笼纱体，咏物类分为分咏体、合咏体与骈体。再次，把嵌字体分为正格与别格，笼纱体分为暗嵌式与明暗合嵌式，分咏体与合咏体均分为咏不嵌与咏并嵌，骈体则等同于骈体分咏。最后，把正格分为凤顶、燕颔、鸢肩、蜂腰、鹤膝、凫胫、雁足、比翼8格；别格分为魁斗、蝉联、辘轳、卷帘、鸿爪、鼎峙、汤网、碎联、碎锦、流水、碎流、五杂俎、双钩、鹭拳、勾股、押尾、睡珠、集锦18格；暗嵌式即笼纱格；明暗合嵌式即晦明格；分咏体之咏不嵌即分咏格，咏并嵌分连环格与玉乳格；合咏体之咏不嵌即合咏格，咏并嵌分嵌咏格与单咏格；骈体分咏则为体格合一形式。其突出特点：一是建立了一个类、体、式、格四个层次的诗钟结构体系，在体系设置上更为系统，在层次划分上更趋合理；二是把笼纱、晦明归入限字类，在笼纱的认识上是一个突破。但它也还存在一些缺陷，如：既然把骈体分咏纳入研究视野，却未把骈体嵌字诗钟、五言诗钟等纳入了研究范畴；既然认为限字类有明嵌与暗嵌之分，笼纱即暗嵌，却又把笼纱格解释为拈平仄二字为题字，分两句咏之；此外，对鸿爪、鼎峙、碎流、单咏等格的解释，以及对集锦、连环、玉乳等格的归属，也是不够妥帖的。

## 二

从上述分析可以看到，以往有关诗钟格目的记载和论述矛盾与错乱互见，缺乏系统性和统一性。究其原因，主要有三：一是对诗钟渊源及流变的历史过程缺乏充分了解；二是对诗钟各创作类型的艺术技巧及本质特征没有准确把握；三是对诗钟内部肌理及相互关系缺乏清楚辨析。这些都是建构一个系统而完整的诗钟结构体系必须加以考虑的问题。

（一）五言、六言、七言、骈体并存——诗钟的最初形态与基本风貌

诗钟脱胎于中国传统的律诗、绝句。与古典诗歌分类体系一样，诗钟根据单句字数，有五言、六言、七言和骈体之分。这不仅可以从早期诗钟作品集中得到反映，也体现于现代诗钟创作的实践当中。

福州凤洋人黄中编辑、清光绪七年刻本之《雪鸿初集》，被认为是最能反映诗钟形成、发展及流变过程的一部诗钟总集。该辑收录了福州早期诗钟作品1966联，其中七言诗钟1902联、五言诗钟37联、骈体诗钟27联。骈体诗钟从八言到二十言不等，最长的一联为《同泰寺、无弦琴，分咏格》："屡建无遮法会，笑经鱼此地，破许多卖妻鬻子之钱；欲翻归去来辞，问司马何朝，弹不出剩水残山之恨。"按所标刊刻时间，福州侯官人李家瑞所纂、清咸丰五年孔宪瑶刻本之《停云阁诗话》，也算是较早记载诗钟的典籍。该书第十五卷收七言诗钟8联、八言诗钟1联，还提到"击钵吟课"、诗钟命题及"赋物"等语，对于了解诗钟的起源、最初形态、命题方法、结构体系等，都是很有意义的。

从现代诗钟创作的实践来看，也不仅仅局限于七言诗钟。许俊雅《光复前台湾诗钟史话》有载："民国二十二年，台南州北门郡七股庄下山子寮龙山宫改建告竣，募集联文，定题目曰：龙山，鹤顶格，自七字至十三字，由洪铁涛先生任词宗评选之。得六百二十八联，选取五十名。民国二十五年十月大甲镇澜宫于秋季重修，竣功之前，征联文于三台，书之于楹柱，以为纪念，所定题目'大甲镇澜'四点金格，限九字至十一

字;'镇澜'二字鹤顶格,限字同前,由林幼春、施梅樵任左右词宗。当时七字以上之诗钟多见诸寺庙之联文。"⑦

另据王鹤龄先生所述,"在诗话、笔记中也记有作六言诗钟的社"⑧。可见,五言、六言、七言、骈体并存,才是诗钟的最初形态与基本风貌;相对而言,七言诗钟又发展得最为成熟和充分。

(二)从"古格"到"今格"、从分化到转化——诗钟格目的流变与推演

诗钟历史上,由于各时各地所持倡的创作风气各不相同,从而产生许多今天早已弃置不用的"古格"或"古称"。如《雪鸿初集》卷八"杂体"之续下、续上、对下、对上、留顶脚四字、改上四字对、为流水、为折腰、为腰次、为流水坐脚、为碎咏、为流水碎、留肩膝等,卷九之七碎联、流水碎,卷十"五言杂体"之删古、切碎、押尾、对下、单咏等。同时,诗钟作手在创作实践中又不断推陈出新,创制出许多前人未曾闻见的"今格"或"今称",从而丰富和发展了整个诗钟格目体系。如:《诗畸》作者们在诗钟与灯谜这两种文艺类型的长期创作实践中,借鉴灯谜的制作艺术,创新出"笼纱"一格;东海钟声社作手在此基础上,又推演出"晦明"一格;等等。

当然,古格与今格的划分并不是绝对的,诗钟最基本的格目类型如嵌字体正格、分咏格等,一直以来都是创作的主流形态。在诗钟历史上也发生过,一些曾经长期弃置不用的古格,经过脱化与创新后,又获得崭新的艺术生命,从而转化为今格,这种例子屡见不鲜。如东海钟声社在闽地早期诗钟流水碎、七碎联等古格的基础上,就分别脱化出流水、睡珠等格。不过,古格与今格,毕竟分属不同的存在时段和对应体系,在

诗钟格目的论述过程中，有必要对它们适当加以区分，否则很容易陷入难以"圆"说的理论泥潭中。

诗钟格目的推演与流变，还表现为从格向目分化，又从目向格转化的两种趋势。以鸿爪格为例，该格最初没有分目，其范围包括现在的鼎足、鼎峙、勾股、汤网四格。后来，鼎峙从鸿爪、勾股从鼎峙、汤网又从勾股中相继分离出去，发展为鸿爪、鼎峙、勾股、汤网四目。为了避免后来范围缩小的鸿爪一目与最初范围更大的鸿爪一格相混，遂以鼎足之名代替后来范围缩小的鸿爪一目，这有点类似汉字发展中的假借手法；并且，由于鸿爪原为一格，鼎足遂由目上升为格，鼎峙、勾股、汤网三目凭借其与鼎足并列的地位，也相应上升为格。这也可以从鸿爪、鼎峙、勾股、汤网、鼎足之名出现的时间及各时期作品结集中得到验证。

（三）"笼纱"的实质、创作技巧及与分咏的区别

1. 暗嵌——"笼纱"的实质

最早论述笼纱创作方法的是唐景崧，所辑《诗畸》笼纱格条下有注："随拈二字，据典成联，不露字面。"⑨《诗钟考》亦曰："用故实而隐题字，一见而知其嵌藏某字在内。随拈二字，据典成联，不露字面。曰'笼纱'。"⑩二者都把"据典成联"当作笼纱的主要特征。其实，"据典成联"即用典——运用前人已有之史实、成语、诗句等，它是古典诗歌创作中普遍采用的一种取材方法，而不是创作手法，不为诗钟所特有，更不是笼纱的艺术实质。

关于笼纱的第二种错误说法是分咏。最早见于宣统三年（1911）上海广益书局出版之李岳瑞所著《春冰室野乘》，该著谓："诗钟之作，近世极盛。有'笼纱'、'嵌珠'两格。'笼纱'者，取绝不相干之两事，以上下句分咏之者也。'嵌珠'

者，任取两字，平仄各一，分嵌于第几字者也。'笼纱'易稳而难工，'嵌珠'难稳而易工。近时多尚'嵌珠'，鄙意颇不喜之。"[11]从这段文字的语气、腔调就可以知道，作者的态度是极其鲁莽和轻率的，因而造成了把分咏当作笼纱的谬误。这种说法为《清稗类钞》《诗钟之起源及其格式》《希微室折枝诗话》等书所抄录，因承相袭，在笼纱创作方法的认识与把握上造成很大的混乱。

针对笼纱即分咏之说，最先提出异议的是宗威。其《诗钟小识》谓："赋物体以分咏格为最先。凡一事一物及人名地名，择其轻重宽狭雅俗虚实最难配置者命题，题字不可显露，与嵌字迥别。前人所作，此格最多。然由赋物而屡变其格，支流亦繁。有以两字命题，不论虚实，两句各咏一字，使人隐约可见，如歇后句者，曰笼纱者，与分咏似同而实异。有谓分咏即笼纱者，非也。盖命题仅一字，如语助词类，亦可为题，分咏无此例也。"[12]认为笼纱与分咏的差别主要在题字之多寡，而在创作方式上二者是一样的，都采用了分咏，同属赋物一体。持此观点者，还有吴纫秋、张伯驹、萨柏森、郑丽生等。赵永生虽然把笼纱格归入暗嵌式，但在具体论述笼纱创作方法时，却也说："笼纱格，拈平仄二字为题字，分两句咏之，要求避开题字，但又要把题目所限之字分别在上下句中表现出来。"[13]

关于笼纱创作方法的解释，比较接近本义的是林景仁。其《东海钟声》谓："笼纱格，此格即郑五歇后之遗，与分咏格截然不同。初习者不详其体式，每误为分咏。其法拈平仄二字为题，分笼两句。譬如拈火龙二字，不能以火及龙之故事咏之，或以空句写火及龙之意义。须用古人成语内中有火及龙之字者，剪裁成对，而隐藏火及龙之本字；句须以熨帖浑成出之，使二眼字隐而著，藏而显，始为合格。此格易牵强割裂，不成文理，非惨淡经营，不足以制胜也。"⑭通过举例，点明笼纱就是运用歇后、剪裁等创作技巧，来达到"使二眼字隐而著，藏而显"的目的。

其实，笼纱的实质就是暗嵌。其核心是"嵌"，即嵌字；手段是"暗"，即隐藏。既要嵌入题字，而又不露字面，本来是矛盾的；要解决这一矛盾，就必须借助隐藏的创作技巧了。

2. 指代、借代、歇后、剪裁——"笼纱"的四种创作技巧

总结笼纱的创作实践，其基本艺术技巧有四。

一是指代。有用指示代词代替、专用名词代替等。用指示代词代替，如《十、帝，笼纱格》云："称郎口竟呼鹦鹉，望汝心曾托杜鹃。"（郑筊）下联出自唐李商隐《锦瑟》诗"庄生晓梦迷蝴蝶，望帝春心托杜鹃"句，并用一"汝"字代替"帝"字。用人名等专用名词作同一指代，如《蓝、斗，笼纱格》云："著姓玉夸明大将，小名禅愧蜀降王。"（丘逢甲）下联讲述三国蜀汉后主刘禅，信用宦官黄皓，朝政日衰，炎兴元年（公元263年），魏军迫成都，刘禅出降，后被封为安乐公。句中用"刘禅"之名代替其小字"阿斗"。上述两例都运用了典故，但只有"指代"才是真正实现题旨——暗藏题字的手段，这很可以说明用典不是笼纱的创作方法，更不是笼纱艺术的实质，它仅仅是一种取材方法而已。

二是借代。如《西、火，笼纱格》云："诗歌共指长庚有，书较曾闻太乙然。"（郑筊）上联中的"长庚"，本指傍晚出现在西方天空的金星，这里用金星的名称"长庚"来代替其出现的方位——"西"。下联中的"太乙"，本指星官名，亦名"太一"，属紫微垣，在天龙座内，《史记·天官书》载："中宫天极星，其一明者，太一常居也。"⑮这里用星座之名"太乙"来

代替其明亮如"火"的特征。上下联均采用了借代的手法,来隐藏题字。

三是歇后。如《东、小,笼纱格》云:"春尽惜非三月大,韵平翻在二冬前。"(唐景崧)夏历计年,三月有大小之分,"非三月大"就是三月"小"的意思;古代韵律学把汉字按顺序分为东、冬、江、支、微等三十个韵部,"二冬前"即一"东"也。上下联的字面义与实际义之间,如谜面之于谜底,深得歇后之"言在此而意在彼"的妙趣。

四是剪裁。如《西、火,笼纱格》云:"星认瓜洲随渡宿,尘生柳舍出关愁。"(施沛霖)上联出自张祜《题金陵渡》一诗,作者裁取原诗中"渡""宿""星火""瓜洲"四个特征性意象,然后故意删去"火"字,拼凑成"星认瓜洲随渡宿",达到既重构原诗意境的目的,又使读者在与原诗的比较与辨析中,很容易就补充出故意缺失的"火"字,进而体味到欲"隐"更"著"、欲"藏"弥"显"的艺术趣味。下联则出自王维《渭城曲》一诗,作者裁取原诗中"尘""柳舍""西出阳关"三个词或短语,然后故意删去"西"字,凑成"尘生柳舍出关愁"。在词项的聚合中,"尘""柳舍""出关"又都成了特定时空的特定事物,从中自然就会联想到"阳关三叠"的意境,并补充出故意缺失的"西"字。这就是所谓的"据典成联""剪裁成对"。但必须明确,其中只有剪裁成对才是笼纱的创作方法,而据典成联则属于取材范畴。

3. "笼纱"与"分咏"的区别

通过笼纱创作技巧的分析,我们看到:不管是指代、借代、歇后,还是剪裁,它们有一个共同特点,即用来替代题字或暗示故意缺失的题字的内容,始终只是句子的一个成分,属于词或短语一级的语言单位。分咏则以一句话来描摹或抒写题面,其用来表达题面的内容是一整个句子,属于句一级的语言单位。所以,从语法学角度看,笼纱属于词法范畴,分咏属于句法范畴。当然,笼纱与分咏的区别,主要还在于所使用创作方法的不同——笼纱用暗嵌,分咏则用赋物,这才是二者的本质区别。

这里要特别指出,由于钟界长期对笼纱存在错误认识,因而也产生了许多名不副实的笼纱格作品。这些作品实际上是分咏诗钟,必须对它们加以品甄和鉴别,不能按照标签取样品。如《正声吟社诗钟集》有《白、饮,笼纱格》一题云:"试认书生真面目,独留酒客好名声"(履谙);"梅花如雪魁群卉,麹蘖不冰当嫩茶"(端始);"把酒对花邀月酌,漫天飞絮任风飘"(少蓬);"冰轮不解飞觞醉,雪鬓生憎对镜明"(约卿)等;全部都是在描摹或抒写题面,而不是暗嵌题字,不能算作"笼纱格"作品。

(四)"晦明格"与"咏嵌体"在诗钟结构体系中所处的坐标位置

1. "晦明格"

由于对笼纱艺术实质把握上的局限,长期以来,人们在晦明格的认识与定位上也存在不同程度的偏差和错误。例如:宗威即称"有赋物兼嵌字者,曰晦明格。如以两字命题,一明一暗,晦如笼纱,明即嵌字,但不限地位耳"[16],并把它归入赋物一体。林景仁则谓:"晦明格(亦名柳暗花明格),拈平仄二字,一字以笼纱格法,作于出句或对句,另一字则随意不拘第几字,嵌于出句或对句之内。盖一字明嵌,一字暗写也。"[17]陈怀澄亦曰:"一句写意,一句明点题字。曰'晦明'。"[18]吴纫秋索性说:"拈两字,一字显嵌,一字用分咏法。两句中,不拘何字何句,须要对峙者。曰晦明格。"[19]

概而言之，"晦明格"即在一联诗钟创作中综合运用明嵌与暗嵌两种创作方式，一句用暗嵌手法嵌入一字，另一句用明嵌手法嵌入一字。它式、格合一，在整个诗钟结构体系中，是嵌字体诗钟中与明嵌式诗钟和暗嵌式诗钟并列的三大钟式之一。

2. "咏嵌体"

在以往论述中，咏嵌体诗钟要么被含糊其辞，要么被敷衍塞责地归入分咏或合咏。《诗畸》即云："合咏格，一题作一联，禁犯题字，中嵌一字以杜宿构。"⑳宗威把"合咏嵌一字"称为"合咏格"，把"合咏嵌二字"称为"合咏兼嵌字"。赵永生把"合咏不嵌字"称为"合咏格"，把"合咏嵌一字"称为"嵌咏格"，把"合咏嵌二字以上"称为"单咏格"，并把三格一起归入"合咏体"。许俊雅则谓："林景仁、连横均以嵌一绝无相关之字于联中为合咏格，见《台湾诗荟》第一号及雅言第九三则。或谓未嵌字者为合咏格，嵌字者为嵌咏格。黄得时先生则谓分（按：应为'合'字）咏格或称单咏格，今依当时诗作实况，分立合咏格（嵌字）、单咏格二目。此二格虽皆须嵌字，然分（按：应为'合'字）咏格所嵌者为实字，单咏格所嵌者为虚字，仅暗笼其义尔，二者之别在此，不宜混为一谈。"㉑五花八门，越说越凌乱。

其实，咏嵌体诗钟很早就已经产生，它既不是单纯的嵌字，也不是单纯的咏物，而是咏物与嵌字两种创作手法的综合运用。据考，清道光二十八年成书、福州晋安人莫友棠所著之《屏麓草堂诗话》，卷十有载嵌字兼分咏 2 联、嵌字兼合咏 1 联、嵌字 28 联，可见咏嵌体还是早期诗钟的一种重要形态。从早期诗钟作品的编辑中，也可以看出人们很早就已经注意到咏嵌体与单纯嵌字或单纯咏物的区别。如《雪鸿初集》卷八有载七言诗钟《以"沈郎瘦减非缘病,宋玉愁多岂为秋",拈中"瘦、减、病、愁"四字,碎咏闺愁》1联,卷十又载五言诗钟《拈屏、幞、咏闺情》1联。编者没有简单地把它们归入嵌字、分咏或合咏,而把它列入杂体或删古,并称其为"碎咏"或"拈……咏……"从某种意义上理解,就是为了保留其创作形态的本来风貌。

具体说来,咏嵌体诗钟包括分咏兼嵌字与合咏兼嵌字两格,其中分咏兼嵌字格又分为分咏嵌二字、分咏嵌三字等目,合咏兼嵌字格分为合咏嵌一字、合咏嵌二字、合咏嵌四字等目。在整个诗钟结构体系中,咏嵌体是与咏物体和嵌字体并列的三大钟体之一。

(五)关于"集句""白解"等

1."集句"、"集锦"与"居易格"

"集句"作品,主要集中于福州和北京的早期钟集。所见《雪鸿初集》,卷八有集句一类,录福州早期之七言嵌字集句诗钟一到七唱76联;林幼泉辑、光绪十三年出版之《壶天笙鹤集》,卷下也有集句一类,录福州早期之七言嵌字集句诗钟七一至七七160联;清代北京郑王府乐泰所辑之《惠园诗钟》,录七言分咏集句诗钟2联;张伯驹所著《素月楼联语》,录七言"嵌字集句"3联、"分咏集句"8联。另据王鹤龄先生所述,顾准曾编、民国六年出版之《潇鸣社诗钟选甲集》"有较多集句作品"[②]。

以往论述中,一般都把集句看作一种钟格。如《战诗门径》即有集句格一条,并谓:"集句者,集古人之成句也。嵌字分咏皆可为之。如拈'新、秃'两字为题,集句分嵌两字云:'自把新诗教鹦鹉,喜拈秃笔归骐骝。'一为放翁句,一为杜老句。是集句嵌字格也。又如拈'李广、诸葛亮'为题云:

'霍卫铭勋徒自负，关张无命又何如。'一为弇州句，一为玉溪句。是集句分咏格也。"[23]《希微室折枝诗话》也把集句作为诗钟别格之一。王鹤龄先生则提出反对意见，认为："集句之作不是嵌字和分咏之外的另一种独立的体式。"[24]略感不足的是，究竟如何定位集句，作者没有作出更充分的阐述。

其实，所谓集句，即搜求前人的现成之句，不作任何加工，组合成联。它属于用典的范畴，也是一种取材方法，而不是创作手法，不能当作钟格来看待。但是，与一般据典成联相比，集句所集之前人诗句充当诗钟的一整个句子，属于句法范畴；而据典成联所采用的典故往往只作为诗钟句子的某个或某些成分，属于词法范畴。从诗钟作品编辑及命题方式，也可以看出集句作为取材方法的性质。例如，《壶天笙鹤集》按创作风格与题材类型，把作品分为典实、雄迈、脱胎、新巧、论古、写景、言情、香奁、集句九类，其中前面四类是从创作风格角度进行的归类，后面五类则是从题材类型角度作出的划分。这种编纂体例表明，在编者看来，集句与论古、写景、言情、香奁一样，同属题材范畴的概念。

《战诗门径》另有集锦格之名，曰："集锦者，两句中之字，各集同类之名词而成也。如一句集花名、一句集鸟名云：'合欢锦带红蝴蝶，比翼雪衣白鹭鸶。'又如一句集曲牌、一句集戏名云：'簇水暗香芳草渡，游园小宴浣花溪。'或两句皆集某书中字，亦称集锦。如集千字文句云：'当知水落鱼多税，入夜天霜雁有声。'"[25]《素月楼联语》又有"居易格"之称，曰："又有居易格，内嵌古人名，如天津寇梦碧联云：'望去荒邱为乐土，折来新柳是离枝。'嵌邱为、柳是两古人名。"[26]所谓集锦格与居易格，表面上有集物名与嵌人名之别，但本质上与集句一样，都是一种取材方法，不能作为诗钟的创作方法或钟格来看待。

2."拗体格"与"太极格"

《希微室折枝诗话》另谓:"……上述别格之外,尚有四种:曰拗体格,曰流水格,曰集句格,曰太极格。如:'幽人无事出寻乐,小鸟一声飞过溪。'(《乐、溪,第七唱》)拗体格也。如:'乞多天上长生药,医尽人间薄命花。'(《长、薄,第五唱》)流水格也。如:'青女素娥俱耐冷,名花倾城两相欢。'(《女、花,第二唱》)集句格也。如:'断续钟声山半雨,纵横帆影月中湖。'(《续、横,第二唱》)太极格也。"㉗

律诗创作中,把声调不合律式称作"拗"。诗钟源于律诗,创作上也必须符合律诗的声律规范,并把创作声调不合律式的诗钟作品称作"拗体"。可见,拗体格是从声律学角度对诗钟所作的命名。太极格则相当于回文诗,即通过精心构思与巧妙布局,创作出不管是按顺序诵读,还是倒过来诵读,都文字畅达,而且有所寄意的作品。这纯粹是文人的雕琢心思和文字的花样形式。所以,拗体格与太极格都为诗钟的变体或另类,一般也不能将其当作诗钟的创作方法或钟格来看待。

3."白解"与"影射"

《诗钟格目考述》还谈到玉乳格,并解释说:"此格特点是,把分咏的两个题目先转化为两个能表达题意的实字,再嵌于上下联第三字位上。"㉘换言之,玉乳格的创作包括三个环节:先对"分咏的两个题目"进行"转化",得出"两个能表达题意的实字";再对"分咏的两个题目"进行描摹或抒写;与此同时,嵌入经过"转化"得来的两个"实字"。其中,所谓"把分咏的两个题目先转化为两个能表达题意的实字",就是灯谜制作中的"白解",即循题意而转译的意思。可见,玉乳格是灯谜制作与诗钟创作的结合,它超出了诗钟创作中常用的咏物和嵌字范畴；最重要的是，由于该格没有在创作实践中得到推行而成为一种相对稳定的诗钟形态。所以，至少从目前来看，玉乳格还不能作为一种钟格来看待，更不应把它归入分咏或咏物兼嵌字的任何一类。

此外，《素月楼联语》另载："又有诗谜格，如限词调名：'烟花明月吹箫夜，风雨重阳落帽时。'射《梦扬州》《龙山会》。限戏名：'故人西出歌声咽，大将南征胆气豪。'射《折柳》《阳关》《北诈》。限书名：'评量玉尺群芳谱，载取珊瑚聚宝盆。'射《品花宝鉴》《书画舫》。"[23]所谓"诗谜格"，用的是诗谜制作中常见的"影射"即"含沙射影"的方法，与诗钟"咏物"中所用的描摹或抒写手法有本质区别，也不能作为诗钟之一格。

总之，只有在充分了解诗钟形成及流变的历史过程，宏观把握诗钟的一般形态及基本风貌，准确抓住诗钟各创作类型的艺术技巧及本质特征，合理确立诗钟各体式格目的结构层次与坐标位置，科学界定各诗钟术语的性质范畴等基础上，才有可能建立起一个符合诗钟发展生态、反映诗钟内部肌理的诗钟结构体系。

（原文刊于《福建师范大学学报》2008.2）

**参考文献**

[1][4]王树荣.诗钟鸣盛集·序二//张作梅.诗钟集粹六种.台北：中华诗苑，1957：107.

[2]李嘉乐.仿潜斋诗钞//"续修四库全书"编纂委员会.续修四库全书·一五五九·集部·别集类.上海：上海古籍出版社，2002：647-648.

③⑭⑰林景仁. 东海钟声//张作梅. 诗钟集粹六种. 台北：中华诗苑，1957：83-84，85.

⑤徐珂. 清稗类钞. 北京：中华书局，1986：4008-4010.

⑥⑫⑯宗威. 诗钟小识//张作梅. 诗钟集粹六种. 台北：中华诗苑，1957：289，290.

⑦㉑许俊雅. 光复前台湾诗钟史话. 台北：台湾师范大学国文学报，1989（6）：262，282.

⑧㉒㉔王鹤龄. 风雅的诗钟. 北京：台海出版社，2003：6，148，3.

⑨⑳唐景崧. 诗畸. 台北布政使署刻本，1893：5，1.

⑩⑱陈怀澄. 诗钟考//陈怀澄. 吉光集. 嘉义：兰记书局，1934：4-5，5.

⑪李岳瑞. 春冰室野乘. 北京：北京古籍出版社，1999：205.

⑬㉘赵永生. 诗钟格目考述//王鹤龄. 风雅的诗钟. 北京：台海出版社，2003：196，200.

⑮夏征农. 辞海. 上海：上海辞书出版社，1999：775.

⑲㉓㉕吴纫秋. 战诗门径//吴纫秋. 东宁钟韵. 台南：大明印刷局，1956：4，6，6.

㉖㉙张伯驹. 素月楼联语. 上海：上海古籍出版社，1991：133.

㉗陈海瀛. 希微室折枝诗话. 福州：长乐海滨吟社，1979：2.

# 诗钟与击钵吟之辨

黄乃江

由于语言转换与文学进程的关系,当今社会已经很少有人知道诗钟和击钵吟为何物,一些学者甚至诗钟作手也常把诗钟与击钵吟相混,有必要对它们作出辨析并加以区分。

## 一

诗钟与击钵吟之混,不自今日始。民国期间,福州侯官人高嵩编著的《退补轩击钵吟》之集,收录作者与同人咏作及各地一些诗钟作品,包括分咏诗钟和嵌字诗钟两类,书前有民国十七年(1928)自序和何雪楼、韩谦题签(署辛未仲夏,即1931年),铅印一册,见于国家图书馆。但该书中称诗钟为"击钵吟",并把"击钵吟"作为其诗钟集著的名称。

诗钟与击钵吟相混,大致有以下三种情形:

一以诗钟为击钵吟。除上举高嵩编著之《退补轩击钵吟》外,还有如王则修所作《〈东宁钟韵〉序》亦曰:"诗钟之设,创自道署斐亭;击钵之吟,兴于京师遗老。本骚人之韵事,作游戏之文章。名公巨卿,每藉此以为消遣;文人学士,亦藉此以寄遥吟。趣味浓深与兴高采烈,岂必关富贵、望功名而始作哉!所以于律绝而外,别树一军。或分咏,或笼纱,或蜂腰鹤膝,或凫胫鸢肩,或凤顶燕颔,以及燕尾;其余若魁斗,若碎锦,若四点金,若三鼎足。命题一定,各自斗角钩心,虽仅语七言,而文成万变。嵌字务要浑成,琢句必须工整;无一字无来历,无一语不清新。最要典赡风华,无取白描好手。诗畸之难,断无点墨者所能登峰造极也。"① 此处所言"击钵之吟",与"诗钟之设"同义,即指诗钟,是一种"于律绝而外,别树一军"的独立的诗歌体裁。

二以诗钟、律诗、绝句为击钵吟。如傅锡祺所著《栎社沿革志略》"中华民国十四年(乙丑)(1925)"条有载:"四月二十五日(古历四月初三日)下午,社友莲溪、作敬、守拙、卿淇、灌园、少舲、沁园、太岳、子材、笏山、子昭、升三、望洋、豁轩、鹤亭等十有五人,会于雾峰灌园府第。此会,初因灌园为台湾议会设置第六回请愿上京归来,鹤亭倡议为之洗尘;继因鹤亭将有山左之游,沁园更提议并开饯筵。即于翌日(二十六)午刻为之。先是,初日开会,鹤亭报告本期间收支决算。次因南强、铁生二社友曩为抵触治安警察法成为国事犯而系狱,当于五月杪或六月初出狱,社友应集而慰安之;期日于六月五日至十日之间随宜酌定。此事议决,乃作击钵吟'诗人'‘狱'分咏格;‘迅雷'七绝(‘文'韵)。"② 此处所言"击钵吟",既包括分咏格诗钟《诗人、狱》的创作,也包括七言绝句《迅雷》的创作,确切地说,应当是指它们所共同采用的"击钵联吟"的创作活动程式,但由于指示不明确,容易使人把它当作诗歌体裁来看待。这种情况相当普遍,其实质是把作为创作活动程式的"击钵联吟"等同于作为诗歌体裁的"击钵吟"。

三以律诗、绝句等为诗钟。如陈世庆所撰《台湾诗钟今昔》即曰："本省诗钟之兴起，论者多谓始自光绪十三年。时唐维卿，于是年四月莅台就任兵备道曾设诗会……吟集钟会依例时开，日久积稿甚多，台南府太守唐韡之辑而刊之，题曰'澄怀园唱和集'。"③许俊雅所撰《光复前台湾诗钟史话》亦说："盖光绪十三年，唐景崧来巡台岛，官署旧有斐亭，景崧按址葺而新之，自撰楹联悬挂亭柱，公余之暇辄作文酒之会，吟咏唱和，累月不息，自是积稿甚多，台南府太守唐韡之辑而刊之，题曰'澄怀园唱和集'。故论者多谓斐亭乃台湾诗钟之发祥地。"④二者都把《澄怀园唱和集》当作台湾诗钟之"嚆矢"。但据《重修台湾省通志》卷十"艺文志·著述篇"载："《澄怀园唱和集》，四卷，（清）唐赞衮辑，清光绪二十年（一八九四）刊。辑者事略见《台阳见闻录》。清光绪十三年（一八八七）四月，唐景崧兵备台湾，颇耽风雅，一时宦游之士，如王毓菁、郭名昌、陈凤藻、罗大佑、梁维嵩，及台士施士洁、丘逢甲等，皆以诗名，时开吟会，数年积稿盈箧。十八年（一八九二），唐赞衮继景崧权台彭道兼按察使衔，二十年（一八九四）辑而梓之，曰《澄怀园唱和集》。澄怀园者，即斐亭所在地也，花木扶疏，幽泉横出，行吟觅句佳处也。是书共分四卷，存酬唱律绝古体凡三百余首。台湾诗学之盛，澄怀雅集，实有以导之。全四卷，版藏台南松云轩，今已不存。本书见者不多，连横原藏一卷。乱后遗失。"⑤可见，唐赞衮（韡之）所辑《澄怀园唱和集》，并不是诗钟集，而是一本律诗、绝句和古体诗的合集。

## 二

诗钟与击钵吟及与律诗、绝句等诗歌体裁之间究竟是怎样一种关系，它们何以容易混淆，又如何对它们作出区分？

诗钟与击钵吟有着深厚的历史渊源，二者存在密切的联系，主要表现在三个方面。

（一）"钟""钵"同源

1."击钵吟"之源起及其流变

"击钵吟"之名源于南朝"击钵催诗"的典故。据《南史·王僧儒传》载：

> 竟陵王子良尝夜集学士，刻烛为诗，四韵者则刻一寸，以此为率。（萧）文琰曰："顿烧一寸烛，而成四韵诗，何难之有？"乃与（丘）令楷、江洪等共打铜钵立韵，响灭则诗成，皆可观览。⑥

这就是成语"刻烛联吟""击钵催诗"的由来，即指一种限时吟作的创作活动方式。

自从萧文琰"打铜钵"为诗之后，唐、宋、元、明诸代皆有"刻烛联吟""击钵催诗"的记载，所录包括律诗、绝句各体。但"击钵吟"作为一个正式名词，则首见于清道光七年丁亥（1827年）杨庆琛所撰之《〈击钵吟偶存〉序二》。

清道光三年癸未（1823），福州宦京之士在北京成立荔香诗社，岁余吟诗斗捷，藉以消寒，作品辑为《击钵吟偶存》二卷附"红楼梦戏咏一卷"。杨庆琛《〈击钵吟偶存〉序二》记曰："道光甲申（1824年）乙酉（1825年）间，诸同志聚晤都门度岁余，闲结阄诗社，燃兰花香盈寸，成七截一首，捷者得三四首。晷尽继以烛，更余为止，日可得绝句百余首，互为甲乙。或咏古，或咏事，或咏物，皆务各抒意论，不袭肤词。积既久，择其可咏者录而存之。题曰'击钵吟'，取铜钵催诗之义。软红尘中得此清课，亦晋安风雅之遗也。丁亥（1827年）立春日，雪苎杨庆琛识。"⑦这就是"击钵吟"之名的最初记载。《击钵吟偶存》二卷后被编为《击钵吟一集》，之后陆续有二集、三集……十一集之刊，另有鄂集、赣集、粤集及京集（即《钵声集》）。在所有这些"击钵吟"诗集中，除清道光十一年（1831年）刻本《击钵吟偶存》所附"红楼梦戏咏一卷"为七言律诗外，其余皆为七言绝句。可见，清代道光初年始有"击钵吟"之名，并且专指一种限时、限题、限韵吟作的七言绝句。

在台湾，自从光绪丙戌（1886年）蔡启运等在新竹"倡立竹梅吟社而为击钵之举"⑧以来，先后有《竹梅吟社击钵吟集》《环镜楼唱和集》《东宁击钵吟集》《瀛洲诗集》《击钵吟诗集》等，所录则包括五言律诗、五言绝句、七言律诗、七言绝句等类。可见，击钵吟传入台湾以后，体裁范围得到扩大，包括所有限时、限题、限韵吟作的律诗和绝句在内。

从上述分析可以看到，"击钵吟"经历了三个发展阶段：一是雏形期，即清代道光初年以前，是指一种限时吟作的诗歌活动方式，一般称"刻烛联吟"或"击钵催诗"，而不称"击钵吟"；二是成熟期，清道光初年，"击钵吟"作为诗集之名正式出现，并发展成为限时、限题、限韵吟作的七言绝句的专称；三是扩展期，清光绪初年"击钵吟"传入台湾后，体裁范围得到扩大，成为所有限时、限题、限韵吟作的律诗和绝句的总称。

这里必须强调两点：

一是"击钵吟"有广义和狭义之分。广义的"击钵吟"是指一种限时吟作诗歌的创作活动方式，与"周课""月课"相对；狭义的"击钵吟"是指一种诗歌体裁，即指限时、限题、限韵吟作的七言绝句，或限时、限题、限韵吟作的律诗和绝句。在谈到创作方式时，是指广义的击钵吟；而在谈到文学体裁时，则指狭义的击钵吟，即与诗钟并列的限时、限题、限韵吟作的七言绝句或律诗，但不包括诗钟在内。从发展时段上看，清道光初年以前，指广义上的击钵吟；清道光初年以后，则指狭义的击钵吟。从地域空间看，在大陆，一般是指狭义的击钵吟；在台湾，更多则是指广义的击钵吟。不过，就文学体裁而言，所谓"击钵吟包括诗钟、律诗、绝句等"或"诗钟亦称击钵吟"的说法，都是错误的。

二是大陆"击钵吟"与台湾"击钵吟"在体裁范畴上存在很大的分野。大陆"击钵吟"是指一种限时、限题、限韵吟作的七言绝句；台湾"击钵吟"则包括所有限时、限题、限韵吟作的律诗和绝句在内。这是台湾文学研究中很值得注意的地方。

2. 诗钟之名及其源起

据王鹤龄先生考证，诗钟之名最早见于李嘉乐（宪之）在同治十一年（1872）春写的《诗社即事柬袁子久中翰（保龄）》一诗的诗序：

> 社（按：雪鸿吟社）中法限二字，作七言诗一联，字嵌每句之首曰"凤顶"，嵌第二字曰"燕颔"，第三字曰"鸢肩"，四曰"蜂腰"，五曰"鹤膝"，六曰"凫胫"，七曰"雁足"。又，一嵌于上句首一嵌于下句末，曰"魁斗"；或嵌上句末下句首，曰"蝉联"。限四字拆开嵌用，不论对仗曰"碎流"，论对仗曰"碎联"。四字分嵌两句首尾曰"双钩"。二字错落对之，如此置上句第三字，彼置下句第四之类，曰"鹿卢"；或置上句第四字，下句第三之类，曰"卷帘"。又有分咏、合咏、骈体诸目，则拈题而不限字。合咏间亦限之。构思时以寸香系缕上，缀以钱，下承盂。火焚缕断，钱落盂响，虽佳句亦不录。名曰"诗钟"，都中盛行之。

其诗一曰：

> 一寸香然刻烛同，青钱戛击钵声终；
> 催诗略仿前人例，得句如成大将功。
> 意在陶情何计拙，词因斗捷转能工；
> 漫将雅集矜佳话，洛社相期继古风。⑨

舒穆鲁·崇芳所撰《〈惠园诗钟〉序》亦曰：

> 粤自白云黄竹，体肇骈俪；翠柳青天，句成绝特。虎啸龙吟之辈，云谲波诡之才，由是巧连匠心，别开生面，借风花为排遣，寓游戏于词章。试请双题，泾渭笑（按：当为"效"字）分流之水；言裁七字，罗浮列对峙之峰。时则仿刻烛之故事，沿击钵之遗风。俯置铜钲，高横香炷，中悬彩线，尾缀金钱，铮然听白打之声，熟矣验丹成之候。此诗钟之名所由著也。⑩

这些说明在创作活动程式上，诗钟与击钵吟一样，都是仿照前人"刻烛"联吟、"击钵"催诗之例建立起来。王树荣的《〈诗钟鸣盛集〉序二》、徐兆丰的《风月谈余录》、徐珂的《清稗类钞》、林景仁的《〈东海钟声〉序》、宗威的《诗钟小识》、陈怀澄的《诗钟考》、萨伯森与郑丽生合撰的《诗钟史话》等，皆有此说。

（二）"钟"源于"钵"

诗钟与击钵吟不但同源，而且诗钟从词宗设置、命题、计时、纳资、构思到收卷、誊录、校阅、标取、唱卷、赏贺等一系列活动程式和创作机制，都是从击钵吟中搬用过来的。福州侯官人李家瑞撰、清咸丰五年（1855）孔宪瑶刻本之《停云阁诗话》卷十五有载：

> 吾乡先达在京，有击钵吟课。日清晨早集，以粉牌依次列名签，挚左右词宗各一，左右誊录各一。左词宗命题，右词宗

拈韵。题定后，词宗入左右室，诸生各就座次构思。以时钟四刻为限，各成七绝一首，才捷者多多益善，钟鸣截止。各按卷数投缴卷资，列粉牌中本名之下。首卷全额，其二减半。词宗卷资，亦视诸生之半。司课者统核全数若干，左右均分，报明存记。左右誊录照稿分抄两簿，呈送两词宗校阅。词宗于自拟之篇扣除，其余逐卷下笔，标取元、眼、花、录各一，余卷酌选，即以所报卷资，分别标赏。出至大堂，将入选之卷，左右更迭吟诵。先由榜末开头，以元卷为压尾，诸生听唱受赏，是为一唱。一唱所取左元，即为二唱之左词宗；右亦如之。左右同元，则以左眼升补。穷日之力，可得六、七唱。左右同元有贺，连中三元有贺，鼎甲归门有贺。贺视卷资之半，卷资随时酌定。

后进在家塾中，亦有仿而为之者，惟不拘定作全首。左右词宗各命一题，绝不相类。限香一寸，吟成七言及八言一联。对偶工整，赋物切当为妙。如上联咏诸葛武侯、下联咏猫儿云："胸中早定三分鼎，眼底能知十二时。"上联咏放榜前一日、下联咏杨太真云："桂子秋风，明朝得意；梨花春雨，绝代承恩。"是也。

或司课者，手执一卷，分请于左右词宗曰："用第几行第几字？"如命翻看。所指两字，平仄相叶，不准更换。首唱即用此两字冠顶联句；次唱如法拈字，挨次递降，至坐脚止。如阄得人、白二字，押第一字联句云："人海归来空有梦，白门游后恨无诗。"童、秀二字，押第二字联句云："山童解曲全天籁，闺秀能诗亦国风。"贫、四两字，押第三字联句云："月来贫巷犬争吠，雪满四山僧独归。"飞、数两字，押第四字联句云："去棹如飞移岸走，青山无数渡江来。"飞、水两字，押第五字联句云："风吹帆叶飞何处，月浸楼栏水不如。"墨、长两字,押第六字联句云:"古堞乌啼如墨夜,秋窗人坐最长更。"碧、归两字,押第七字联句云:"芳草送春无限碧,杜鹃劝客不如归。"是也。⑪

《诗钟史话》补充解释说:"(《停云阁诗话》)所云乡先达在京之击钵吟课,当指道光初年曾元澄、杨庆琛等所组织之荔香吟社。其诗课击钵吟,初刻于道光十一年、辛卯(公元一八三一),但录命题限韵之七言绝句。至于分咏、嵌字诗钟之作,据云为其时福州家塾中仿而为之者。而作分咏有作八言一联之例,即所谓骈体分咏也。按林鸿年《〈击钵吟二集〉序》云:'曾少坡前辈有击钵吟之刻,余初未见其书。岁壬辰,罢春官试,铜盘寄食。暇得从诸先达游,范亭族弟旋亦观政农曹,约同重修风雅。始犹偶句,继乃兼作七截。'此序作于道光二十年、庚子(公元一八四〇)。所云壬辰,则道光十二年(公元一八三二)也。观其'始犹偶句,继乃兼作七截'之语,是荔香吟社固亦曾作嵌字或分咏之诗钟也。何德刚《诗事数往》诗云:'前辈有社名荔香,联吟击钵俱同乡;我年逾冠勉学步,始自白纸城南坊;折枝斗捷未三稔,旋以绝句罄所长。'亦溯源诗钟于击钵吟课。所云折枝,即诗钟嵌字格今之通称。折枝一词,亦始见于何氏集中。"⑫顺便指出,从曾元海所辑、清道光十一年(1831)广西省城九经堂唐玉田刻版本《击钵吟偶存》之"击钵吟序"与"同人姓氏录",及清道光二十五年乙巳(1845)刻本之曾元澄所作"附记"看,荔香吟社当为曾元海(少坡)、杨庆琛(雪苓)等所组织,而非曾元海之弟曾元澄。

(三)"钟""钵"相生

诗钟与击钵吟不但来源相同,活动程式与创作机制相似,而且二者在发展过程中相生相伴,共同促进了中国古典诗歌艺术的繁荣与发展，在社会文化生活中产生相当广泛而深刻的影响。主要体现在：

一是诗钟与击钵吟都经历了从形成、发展、兴盛到衰落的四个基本阶段，而且各阶段历时时间大体相当。如前所述，从活动形式看，诗钟与击钵吟的创作原型都可以追溯到南朝时期"刻烛击钵"的典故；但是，作为一种诗歌体裁，诗钟与击钵吟的真正形成和成熟，则是在清代中叶的嘉庆、道光年间。之后，诗钟经历咸丰、同治，由闽中传到北京，再由北京传到山东、浙江、江苏、上海、河南、湖北、四川等地，至光绪、民国时期而达于鼎盛；击钵吟由福建传到北京、湖北、江西、广东等地，从清道光癸未（1823年）开始兴盛，到民国二十二年（1933）何刚德辑成《击钵吟赣集续编》，先后产生偶集、鄂集、赣集、京集、粤集等辑，历一百年不衰。在台湾，诗钟与击钵吟自光绪初年传入岛内，开斐亭钟声与竹梅钵韵之响，到日据中期达到极盛，全岛诗社林立，达三百个之多，钟声钵韵，响彻瀛壖。嗣后，由于普通白话文的普及，诗钟与击钵吟在从文言向白话转换的语境中才逐渐趋于沉寂与式微。

二是各诗社在创作活动中往往"钟""钵"同开，众多作者在创作中也往往是诗钟与击钵吟双管齐下。如早期诗钟社团荔香吟社，就创作了大量的击钵吟作品，所辑《击钵吟偶存》，录七言绝句达二千余首。荔香吟社以下各诗社，也往往都是钟声与钵韵同开，如林鸿年《〈击钵吟二集〉序》就有"始犹偶句，继乃兼作七截"[13]之语；而综观诗钟与击钵吟诸集之同人名录，如郭柏荫、林鸿年、陈宝琛、张元奇、何刚德、林士雍、林际平、郭名昌、郑篯等无不都是诗钟与击钵吟双栖的作手。在日据台湾时期的三百多个诗社中，如栎社、南社、瀛社等，绝大多数诗社在开展击钵吟活动的同时都兼作诗钟，只有极少数是专作诗钟或专作击钵吟的社团;而作者如许南英、施士洁、丘逢甲、汪春源、连横、林景仁等,也都是既作击钵吟又作诗钟。

三是诗钟作为学习诗歌写作的基础,可以先"钟"后"钵",以"钟"促"钵",促进击钵吟等诗歌创作艺术的发展和提高。诗钟讲究明虚实、分宾主、辨死活、识动静、划上下、别有无、判异同、析繁简、用叠字、认排比、引成语、搬典故、点人名、整畸形、避同音,用字构思,遣辞运典,或寓巧于工,或意境深远,或哲思绵密,或情趣盎然,于十四字中,变化无穷,极具语言之张力与空间对位之美感,有其独特的艺术魅力。正因为如此,连横主张:"余谓初学作诗,先学诗钟,较有根底,将来如作七律,亦易对耦,且能工整。"[14]许多诗人通过诗钟创作,诗艺得到不断锤炼和提高,从而成就一代诗人之名,如林则徐、陈三立、陈宝琛、郭曾炘、林鸿年、许南英、施士洁、丘逢甲、汪春源、易顺鼎、樊增祥、林景仁等,其诗歌成就之高与他们热衷诗钟活动不无关联,其中陈宝琛还被尊为"钟圣",易顺鼎则有"钟王"之称。

四是诗钟与击钵吟在社会文化生活中的影响相当。关于诗钟在社会文化生活中的影响,记述颇多。林老秋《〈吉光集〉弁言》曰:"清之中叶,闽中有改诗之戏。改诗者,取古人成句,加减而点窜之谓也。顾其法简易,不为时人所称。于是嵌字分咏之诗钟,代之而兴。不数十年,风行薄海内外。名联佳句,亦由好事者之流传,而脍炙人口。盖骎骎乎附庸风雅,割据词场矣。"[15]基本反映了诗钟从清代中叶由诗余技末到清末占据诗坛词场主流的发展演化过程。

另据《薛绍徽集》载:"时闽中诗钟盛行,余好之,或诵恭人句,遂喜而媒定焉。"[16]"(1884年)入冬,颇窘涩。各社诗钟之彩多舍玩物以钱刀为等第，先妣与家严合谋，造意炼句，必以奇胜，由是日赢数百文，夜则购酒肴行乐，且得存余酒度岁。"⑰诗钟不仅成就了陈寿彭与薛绍徽的美好姻缘，而且还解决了他们一时的燃眉之急，可见诗钟在日常生活中的影响之深广。

而历来诗钟之盛，大概莫过于栎社创立三十周年纪念。傅锡祺《栎社沿革志略》"中华民国二十年（辛未）（1931年）"条有载："四月二十六日（古历三月初九日）下午，社友升三、守拙、竹山、笏山、天淘、子材、沁园、壶隐、了庵、南强、太岳、灌园、豁轩、小鲁、天弧、鹤亭等十有六人，社外有蔡逊庭、陈鲁詹、吴维岳三氏及了庵长公子鹏传氏、小鲁女公子燕生娘等，同集于小鲁之东山别墅。客冬议决铸造诗钟三架，以为三十年纪念；现已铸就，铭曰：'小叩小鸣，大叩大鸣。愿我多士，雅韵同赓。振聋发聩，勿坠清声'！别有二十四字曰：'昭和六年（岁在辛未）孟春之月，栎社创立经三十年，铸为纪念'云云。悬以木架，置于双枫坛上。三钟顷，各肃衣冠整列式场，行初撞式。赞礼员吴维岳君唱：'举式'！吴燕生女士登坛揭去钟上黄幕，社员一齐拍手。爆竹继鸣，一同鞠躬致敬。先由鹤亭执杵，赞礼员致祝曰：'首撞钟中，中部文风丕振；次撞左，左道邪说从此熄；三撞右，右文恢儒期再见。'于是社员序齿，顺次各撞三杵；逸响遥传，山谷互应。"⑱此段记述表明，日据台湾时期，诗钟为"延斯文于一脉"，所肩负传承中华文化的历史重任。

击钵吟素有"晋安风雅之继"的响誉，其发展脉络及在社会文化生活中的影响详见于《击钵吟》各集序言。黄绍芳《〈击钵吟四集〉序》曰："乡鄢诗榭之举，往陈秋坪同知、萨檀河县尹、陈恭甫太史为之职志，一时觞咏风生，众制屃屃，称盛焉。见《左海集·郑松谷诗序》及《读雅雨楼诗集》《白华楼诗稿》《左海诗钞》。卓然大家,雄视一代。虽阄韵拈题之作,散佚无存,然而文酒过从,互相师友,先辈风流,犹可想见。"[19]何刚德《〈击钵吟赣集〉序》亦记曰:"吾乡击钵吟之刻,盛于京都而间及里门,亦有京僚乞外,携都中钞本续行选刊者,其在外省临时立社者,则以郭远堂中丞所刊之鄂集为独树一帜。自道咸来,于今垂百年,虽时有作辍,而晋安风雅固延而未尝绝也。"[20]

击钵吟自光绪初年传入台湾,经蔡启运等的大力推行,日据中期风靡全岛,达到"非击钵吟无诗"的地步。连横《雅言》即曰"三十年来,台湾诗学之盛,可谓极矣。吟社之设,多以十数。每年大会,至者尝二三百人。赖悔之所谓'过江有约皆名士,入社忘年即弟兄';诚可为今日诗会赞语矣。顾其所作者,多属击钵吟",且曰"然而今之诗会非击钵吟无诗,今之诗人非作击钵吟之诗非诗"。[21]

## 三

诗钟与击钵吟虽然都脱胎于中国传统的律诗、绝句,诗钟还照搬了击钵吟创作活动的整个流程,但二者毕竟分属两种不同的诗歌体裁,在体裁形式、内部结构体系、发展情状及历代评论家对它们的态度等方面都存在明显的差别。

(一)从诗钟与击钵吟的体裁形式和内部结构体系看,"钵"早于"钟",但"钟"杂于"钵"。

如前所述,诗钟的词宗设置、命题、计时、纳资、构思、收卷、誊录、校阅、标取、唱卷、赏贺等一系列外部活动形式,都是仿照击钵吟的活动程式和创作机制建立起来的。所以,从体裁形式这个角度看,击钵吟要比诗钟成熟得更早。

但是，从内部结构体系来看，诗钟远比击钵吟要来得复杂。击钵吟在内部构成上有大陆击钵吟与台湾击钵吟之分：大陆击钵吟单指限时、限题、限韵吟作的七言绝句；台湾击钵吟则分为五言律诗、五言绝句、七言律诗、七言绝句四类。诗钟的结构体系则必须从言、体、式、格、目五个层面进行把握。从单句字数看，诗钟有五言、六言、七言和骈体之分。从创作手法看，诗钟有咏物、嵌字和咏物兼嵌字三体。从创作规范与表现方式看，嵌字体诗钟又分为明嵌、暗嵌和明暗嵌三式；咏物体诗钟分分咏和合咏两式；咏物兼嵌字体诗钟分分咏兼嵌字和合咏兼嵌字两式。各式在创作实践中，又形成各种各样的格，如七言明嵌式在实际运用中形成了七一、七二、七三、七四、七五、七六、七七、比翼、魁斗、蝉联、辘轳、卷帘、鹭拳、鼎足、小鼎足、鼎峙、勾股、汤网、双钩、唾珠、碎锦、碎联、流水、五杂俎、六逸、七贤、八龙、九老、押尾等格。有些格下还列目，如辘轳格下有一二辘轳、二三辘轳、三四辘轳、四五辘轳、五六辘轳、六七辘轳等六目。

而且，诗钟内部各体式格目的来源又各不相同。吴纫秋《战诗门径》即曰："诗钟始于清初，《闽杂记》中，名曰'改诗'。谓改律句之诗，而为两句也。其体有二：一曰分咏，两句分咏不相类之二事也；二曰嵌字，每字分嵌不相类之二事也。嵌字之诗，说者谓始于鲍明远之建除诗，故谓明远建除诗谓诗钟之祖。如是则其源远矣，且嵌字诗亦不始于明远。在陶渊明已有'春水满四泽'一诗，四句之首分春夏秋冬四字。或谓此诗非渊明作，待考。似此诗乃嵌字格诗钟之祖矣。又《续艺苑卮言》，载南宋王伯厚及弟仲仪，尝拈取汉书人名，各赋二语。惟所赋者为四六文，而非如今之七言诗耳。又明代《杨升庵外集》载，李西涯斋中，偶集湘湖士人，席间以'荔枝'

'奶酥'为题，各赋五言对句二，不工者则罚三爵。某君句云：'甘宜妃子笑，香入长公诗。'是即今分咏格诗钟矣，不过今日所通行者皆七言无五言耳。总之谓嵌字格，始于陶渊明、始于鲍明远，分咏始于王伯厚、始于李西涯，皆未免太远，不如断诗钟始清初也。"②

关于诗钟的起源，历来有"改诗说""酒令说""仿刻烛击钵说""仿建除体说""诗联说""属对说""课艺说""诗牌说""诗谜说"等等，目前比较盛行的是"改诗说"和"酒令说"。"改诗说"声称嵌字体诗钟始于古代私塾教学之"改诗"活动；"酒令说"则声称咏物体诗钟源于"酒令"之游戏。不过，单纯从一个侧面或一个角度看待诗钟，未免有"盲人摸象"之嫌。考察诗钟产生的背景，可以发现，诗钟产生于号称"乾嘉中兴"的清代中叶，是一个社会、政治、经济、文化、艺术大融合的时代。中国封建社会经历几千年的发展，到清代康熙、乾隆年间达到登峰造极，封建等级制度与等级观念根深蒂固，渗透到社会的每一个角落；科举考试制度久盛不衰，成为社会生活的中心内容；在经过清初的"康乾盛世"之后，社会经济也出现了难得的繁荣。所谓温饱思淫逸，这时期文化艺术出现空前的繁荣局面，各种文艺活动花样翻新，在京城异常活跃，单纯围绕戏曲名伶而开展的活动就有评花、咏伎、征歌、选色、出花榜、打茶围等等。各种文学艺术形式相互融合，并吸收某些政治形态、社会形态等作为其外部表现形式，从而产生出"花谱"热、击钵吟、诗钟等许多新的文艺形式。诗钟就是在吸收改诗、酒令、对联、谜语等文艺养分的基础上，采用了科举取士的一系列制度和程式作为其外部表现形式的综合性文艺类型。

（二）从诗钟与击钵吟发展过程的比较看，经历了从"钵"

盛于"钟",到"钟"盛于"钵"两个阶段。

黄濬《花随人圣盦摭忆》曰:"诗钟始于吾乡,号为折枝之戏,其始十四字行于乡里,而七言绝句击钵张于京僚,所谓榕荫堂钵集者,自道光末已盛,郭远堂先生(柏荫)尤喜之,至光绪末犹然,及宣统初,弢庵先生再起,风气始一变,钟盛于钵,以弢老最工此,号为钟圣,其所作上下风味,表里故实,五雀六燕,势均力敌,而又俨为诗中断句,可资吟讽,非南皮节庵所及,易蕡更无论矣。平斋所作不逮,而鉴别亦极精核追琢。"②所言郭远堂,名柏荫,辑有《击钵吟二集》及六、七、八、九等集,著有《郭中丞诗钟存稿》;弢庵先生,即末代皇帝溥仪的老师陈宝琛,字伯潜;平斋,即何刚德,辑有《击钵吟赣集》二卷及续集一卷,三人都是创作诗钟与击钵吟的高手。在黄濬看来,诗钟与击钵吟的发展,以宣统(1909—1911年)初年为界,之前击钵吟较诗钟为盛,之后则诗钟较击钵吟为盛。

黄濬的描述,基本反映了诗钟与击钵吟在大陆的发展状貌。以清宣统初年(1909)为界,之前击钵吟共辑录十一集,另有鄂集之刻。据台湾新竹德兴书局发行、民国壬申(1932年)初版之《击钵吟诗集》统计,从《击钵吟偶集》到八集,加上鄂集,共有诗题1552个,录诗5082首,可谓盛矣。其中仅曾元海所辑《击钵吟偶存》,先后就有清道光辛卯(1831年)初刻本、清道光乙巳(1845年)重刻本等多个版本。但清宣统初年以后,击钵吟仅有赣集、京集、粤集之辑。诗钟的发展情形正好相反,据《诗钟史话》统计,从清道光年间到宣统初年福建人主持成立的诗钟社团为10个,而从清宣统初年到1946年期间则有38个之多。

(三)从诗钟与击钵吟在大陆和台湾两地的发展看,大陆

"钟"盛于"钵",台湾则"钵"盛于"钟"。

与击钵吟相比,诗钟在大陆特别是在福建的发展,声势更浩大,场面更壮观,影响更广泛,持续的时间更久远。从大陆留存的击钵吟诗集来看,尽管击钵吟有偶、鄂、赣、京、粤等集,但击钵吟创作始终没有走出闽地文人的圈子,其主持和参加击钵吟会的成员,始终都以闽地文人为中心,并占据主体地位。相反,诗钟自闽地传入北京,再由北京传到全国各地,各地诗社林立,遍及大半个中国。在北京先后有荔香吟社、雪鸿吟社、榆社、惠园诗钟社、陶情社、著涒社、寒山社、潇鸣社、灯社,其中榆社和惠园诗钟社还是由满族上层知识分子主持或以他们为主体的诗钟社团;济南有鹊华行馆诗钟社、湘烟阁诗钟社;杭州有啸园诗钟社;苏州有修梅社、吴社;南京有滨社、法社;常州有鲸华社;上海有聊社、江南吟社;河南有衡门社;广州有与社、惜余吟社、离合社、广东诗钟社;等等。仅福建一地,先后就有吟秋诗社、笃心社、可社、琼社、西社、志社、源社、托社、还社、观社、退闲吟社、补闲吟社、补残吟社、晓社、余闲吟社、余社、亦社、简社、留社、瑄江吟社、南琼吟社、马江侗社、澄社、榕社、韬社、则社、夕社、厦门剑社、补余吟社、谈何容易社、罕社、抗社、曦社、凤山吟社、岭南吟社、燕溪吟社、超社、石社、正社、南平剑社、后乐吟社等四十余社,至今还有志社、三山诗社、旗山诗社等坚持诗钟吟聚活动。

福州诗钟大赛,往往盛况空前。陈怀澄《〈吉光集〉序言》记:"诗钟之作,始于闽人。有选刻,为《壶天笙鹤》《雪鸿初集》者。丁巳(1917年)春,余游闽,始于古榕城之东街见之,会处为浙江会馆。待发榜听唱诗者,拥挤络绎,比之各地院课,尤为兴会淋漓,可谓盛矣。"[24]另据薛绍徽年谱"(光绪五年己卯1879年）十四岁"条载："是时闽中诗钟特盛，多就庙宇结社，标二字，限以籤于第几字，成七言对偶二句，分左右两房评甲乙。所取高下，以磁器、文具、洋货、珍玩为彩，每卷卷资十余文，每唱，有多至数千卷者。"㉕由此可见福州诗钟盛会之一斑。

诗钟与击钵吟在台湾的发展则呈现"钵"盛于"钟"的态势。据陈世庆所撰《台湾诗钟今昔》和许俊雅所撰《光复前台湾诗钟史话》统计，从清末到民国三百多个台湾诗文社中，只有斐亭吟会、荔谱吟社、东海钟声社、钟楼诗钟社、钟亭诗钟会、连玉诗钟社、稻艋诗钟会、晓钟吟社等8个专作诗钟的社团，其余如栎社、南社、瀛社、嘉社等，皆以作击钵吟为主，偶而兼作诗钟。这种状况不仅反映在《台湾诗荟》《诗报》《三六九小报》等日据时期的报纸杂志上，赖子清所撰之《古今台湾诗文社》也体现了台湾"钵"盛于"钟"的发展态势。

（四）从历代评论家对诗钟与击钵吟的态度看，以扬"钟"贬"钵"为主。

诗钟与击钵吟，历来都被视为诗中"小道""雕虫小技""游戏笔墨"。黄濬《花随人圣盦摭忆》曰："旧日诗文之支流，若钵、钟、灯虎，虽玩愒丧志，无裨实用，而颇有情味，视饮博自胜，偶思为钟话，辄恐连卷不能休，因平斋丈之殁，触类记之，平生文字海中之一微澜也，然此波沫，不记即亦不留，曷任感喟。"并言："诗钟灯社两者风气至今未沫，而事迹已如过翼，更十数年，则必成广陵散，后生更瞠目结舌，不知旧人酸寒呫哔之趣矣。"㉖言语间流露出对诗钟和击钵吟命运的无限惋叹，代表了一代遗老对文言诗词的依恋和无奈。

李渔叔《渔千里斋随笔》则谓："曩时乡塾中，儿童总角，能为五七字对句，即以此道课之，其于调平仄拘对偶殆成天性，聪颖者年十五六，即能开口咏凤皇，为长者刮目视……由学作折枝两句以成七律全篇，真可谓循以渐进，胜于平空着手多矣。虽有疑钟句稍涉雕镂，耽之过甚，于诗恐伤气韵，固亦未尽然也。尝观折枝所标法度，非仅不坠苛细，抑且平正详明，尤于声调竞病，辨之邃密，足为后生示范。今人率意成吟，疵累随见，正苦于折枝一途，未肯多下工夫耳。律之为道，愈辨愈细，能者乃渐入精深，安可以雕镂伤韵病之乎？"⑦认为诗钟不仅"不坠苛细"，无伤气韵，而且"平正详明，尤于声调竞病，辨之邃密，足为后生示范"。

相对而言，连横等评论家对诗钟与击钵吟的态度较为辨证且更具代表性。其《诗荟余墨》曰："二十年前，余曾以台湾诗界革新论登诸南报，则反对击钵吟之非诗也……夫诗界何以革新？则余所反对者如击钵吟。击钵吟者，一种之游戏也，可偶为之而不可数，数则诗格自卑，虽工藻缋，仅成土苴"，"击钵吟为一种游戏笔墨，朋簪聚首，选韵阄题，斗捷争工，借资消遣，可偶为之，而不可数；数则其诗必滑，一遇大题，不能结构。而今人偏好为之，亦时会之使然欤？"并举例曰："栎社前社长蔡启运先生，风雅士也，耆年硕德，众咸敬止。启运固竹梅吟社员，惯作击钵吟诗。每出一题，辄咸数首，以诱掖后学。及栎社议刊同人集，诸友各有佳构，而启运之诗大费选择，以击钵吟外少制作也。然则欲学作诗，切不可专工此道，仅争一日之短长也。"㉘而在谈到诗钟时，连横则曰："诗钟虽小道，而造句炼字、运典构思，非读书十年者不能知其三味。"㉙并曰："诗钟亦一种游戏。然十四字中，变化无穷，而用字构思，遣辞运典，须费经营，非如击钵吟之七绝可以信手拈来也。余谓初学作诗，先学诗钟，较有根底，将来如作七律，亦易对偶，且能工整。"㉚道明了诗钟作为学诗的基础，在锤炼诗句、砥砺诗艺等方面的作用,言辞之间所流露出的贬"钵"扬"钟"的态度倾向,是非常鲜明的。

林老秋《〈吉光集〉弁言》亦曰:"友人陈君沁园,雅嗜此道(诗钟)。其平生持论,以为以诗钟较之击钵吟,厥长有三。无命题限韵之烦,一也。少触忌讳,二也。非俭腹所能从事,三也。夫为饱食终日无所用心者计,诗钟与击钵吟,固可两并而并存之。设有如沁园所言,则途之人知所择矣。"㉛作者之所以有此论,一方面是要鞭挞那些醉生梦死、"无所用心"的击钵吟作者,他们一味奴颜卑膝,为日本殖民统治者歌功颂德,而使击钵吟"诗格日卑",成为"变态之诗学";另一方面也赞扬了陈怀澄等有社会责任感和民族使命感的有识之士,他们为维系汉学,延续中华传统文化而努力提倡"振聋发聩,勿坠清声"的诗钟。这也说明,诗钟与击钵吟虽然都具有"游戏"的特性,但在日据台湾时期,诗钟承担起更多的"载道"功能,即在传承中华文化、唤醒民族意识方面,比击钵吟担负了更多责任。

历来批判击钵吟之甚,大概莫过于张我军。其《绝无仅有的击钵吟的意义》一文,痛斥击钵吟是"诗界的妖魔",揭露了开击钵吟会的目的:"也有想得赏品的,也有想显其技巧的,也有想学做诗(技巧的诗)的,也有想结识势力家的,也有想得赏品兼显扬技巧的,也有想得赏品兼显扬技巧兼结识势力家的。"在张我军等新文学运动主将看来,击钵吟绝无仅有的意义只有两个:一是"养成文学的趣味",二是"磨练表现的工夫"。因此,他们呼吁:"我们如果欲扫除刷清台湾的文学界,那末非先把这诗界的妖魔打杀,非打破这种恶习惯恶风潮不可。"㉜

这里顺便指出,吴毓琪在《南社研究》中用"汉诗"笼统涵盖所有中国传统诗歌,认为"汉诗"与"旧诗""古典诗"等"异名同实",并认为"日本官员对诗社的支持与奖励,的确是汉诗之所以于日治五十年在文坛上屹立不摇的原因之一"[③]。其实，作为"游戏"的击钵吟和诗钟，和具有"魏晋风骨"的唐诗，是有本质区别的。日本殖民统治者想要提倡的是带有明显"游戏"特性的击钵吟和诗钟，尤其是击钵吟，而不是具有"魏晋风骨"的"旧诗""古典诗"或"汉诗"。其次，日本殖民统治者提倡"游戏"的击钵吟，与其取消汉书房、禁用汉文、实行民族同化政策看似矛盾，其实有其一致的地方，其目的就是要台湾人民在"击钵吟"的"游戏"中消磨意志，最终丧失民族意识。正如江宝钗所说："日本人刻意将传统抒情言志的诗歌导向酬酢应答的功能性诗歌，目的当然看得见，文人就可以少作点思考，少发点牢骚，容易管理得多，也果真发挥它的效果……有趣的是，日本人以汉诗笼络台湾人，汉人却以汉诗寄存汉文化的命脉，这两者暗中拉锯，紧张到极点，日本政府终于全面禁止报刊汉文栏，终止汉文写作。"[㉞]从这个角度我们看到，张我军提出要合力拆下旧文学这座"败草丛中的破旧殿堂"，和连横主张的"台湾诗界革新论"，其方向和目标是一致的。台湾新旧文学阵营并不像某些研究者所想象和夸张的那样是如此那般地势同水火，因为他们必须共同抵御外来的敌人。

（原文刊于《台湾研究集刊》2005.4）

**参考文献**

①王则修. 东宁钟韵序//吴纫秋辑. 东宁钟韵. 台南：大明印刷局，1956：1.

②傅锡祺. 栎社沿革志略. 台北：台湾银行经济研究室，1963：24.

③陈世庆. 台湾诗钟今昔//台湾省文献委员会编印. 台湾文献（第

七卷第一、二期). 台北：成文出版社有限公司，1983：453-454.

④许俊雅. 光复前台湾诗钟史话. 台北：台湾师范大学国文学报，1989（6）：234.

⑤刘宁颜总纂. 重修台湾省通志（卷十）. 南投：台湾省文献委员会，1993：213.

⑥李延寿. 南史（卷五十九）//二十五史（第四册）. 上海：上海古籍出版社，上海书店，1986：2829.

⑦杨庆琛. 击钵吟偶存序二//曾元海辑. 击钵吟偶存. 广西省城九经堂唐玉田刻版，清道光十一年刻本.

⑧蔡启运. 台海击钵吟集序//"国文教学学术研讨会"论文集. 台北：台湾东南技术学院通识教育中心，2004：183.

⑨李嘉乐. 仿潜斋诗钞（卷八）//续修四库全书（一五五九·集部·别集类）. 上海：上海古籍出版社，2002：647-648.

⑩舒穆鲁·崇芳. 惠园诗钟序//张作梅编订. 诗钟集粹六种. 台北：中华诗苑，1957：115.

⑪李家瑞. 停云阁诗话（卷十五）. 清咸丰五年孔宪瑶刻本，1855：6-7.

⑫萨伯森，郑丽生. 诗钟史话. 1964年郑丽生手写本：7-8.

⑬林鸿年. 击钵吟二集序//郭柏荫辑. 击钵吟二集. 清道光乙巳刻本.

⑭连横. 雅堂文集（卷四）. 台北：文海出版社有限公司，1973：265.

⑮林老秋. 吉光集弁言//陈怀澄辑. 吉光集. 嘉义：兰记书局，1934：1.

⑯陈寿彭. 亡妻薛恭人传略//薛绍徽著，林怡点校. 薛绍徽集. 北京：方志出版社，2003.

⑰陈锵，陈莹，陈荭编. 先姚年谱//薛绍徽著、林怡点校. 薛绍徽集. 北京：方志出版社，2003.

⑱傅锡祺. 栎社沿革志略. 台北：台湾银行经济研究室，1963：

35-36.

⑲黄绍芳. 击钵吟四集序//击钵吟四集. 清道光戊申（1848）刻本.

⑳何刚德. 击钵吟赣集序//何刚德辑. 击钵吟赣集. 民国十年辛酉（1921）刻本.

㉑连横. 雅言. 台北：台湾银行经济研究室，1963：41.

㉒吴纫秋. 战诗门径//吴纫秋辑. 东宁钟韵. 台南：大明印刷局，1956：1.

㉓黄濬. 花随人圣盦摭忆. 上海：上海古籍书店，1983：309-310.

㉔陈怀澄. 吉光集序言//陈怀澄编著. 吉光集. 嘉义：兰记书局，1934：2.

㉕陈锵，陈莹，陈茝编. 先妣年谱//薛绍徽著，林怡点校. 薛绍徽集. 北京：方志出版社，2003：152.

㉖黄濬. 花随人圣盦摭忆. 上海：上海古籍书店，1983：309-310.

㉗许俊雅. 光复前台湾诗钟史话. 台湾师范大学国文学报，1989（6）：284.

㉘连横. 雅堂文集（卷四）. 台北：文海出版社有限公司，1973：294、262、265.

㉙连横. 雅言. 台北：台湾银行经济研究室，1963：42.

㉚连横. 雅堂文集（卷四）. 台北：文海出版社有限公司，1973：265.

㉛林老秋. 吉光集弁言//陈怀澄辑. 吉光集. 嘉义：兰记书局，1934：1.

㉜张我军. 绝无仅有的击钵吟的意义//张光正编. 张我军全集. 北京：台海出版社，2000：24-25.

㉝吴毓琪. 南社研究. 台南：台南市立文化中心，1999：37-38.

㉞江宝钗. 诗歌，映耀历史的变迁——台湾汉诗四百年//黄静嘉. 春帆楼下晚涛急——日本对台湾的殖民统治及其影响. 北京：商务印书馆，2003：413.

# 诗钟的艺术魅力及在台湾社会文化生活中的影响

黄乃江

周作人尝谓:"汉字这东西与天下的一切文字不同,连日本与朝鲜在内。它有所谓六书,所以有象形、会意,有偏旁;有所谓四声,所以有平仄。从这里必然发生好些文章上的花样来。这里除了重对偶的骈体,讲腔调的古文之外,还有许多雅俗不同的玩艺儿,例如对联、诗钟、灯谜,是雅的一边儿;急口令,笑话,以至拆字,要归到俗的一边去了,可是其生命同样寄托在汉字上,那是很明显的。我们自己可以不会作诗钟之类,但是不能无视他们的存在和势力……"①

诗钟正是如此,以其独特的艺术魅力和大规模的集体创作,在台湾的社会历史与文化生活中产生过极其广泛而深刻的影响。从19世纪80年代到20世纪五六十年代,诗钟在台湾盛行达八十年之久,成为台湾文学史上一道独特的文化景观。

一

诗钟产生于政治、经济、文化、艺术大融合的"乾嘉中兴"时期。它是在汲取中国传统律诗、绝句、对联、酒令、谜语等文艺类型的艺术养分基础上发展起来的,运用传统对偶艺术,限时、限题、限格、限字写作五言、六言、七言及骈体对句(其中又以七言诗钟发展得最为成熟和充分),并且采用封建科举取士的一系列制度和程式作为其外部表现形式的一种综合性文艺类型。

诗钟创作活动有三个主要特点,这也是诗钟的魅力所在。

第一,限时、限题、限格、限字写作,带有很强的竞技性。诗钟嵌字体正格,如"凤顶""燕颔""鸢肩""蜂腰""鹤膝""凫胫""雁足"等,皆拈平仄二字平对成联,要求所嵌之字浑然天成,没有任何饾饤之迹。至于"魁斗""蝉联""辘轳""卷帘""鹭拳""鼎足""鼎峙""勾股""汤网""流水""双钩""睡珠""碎锦""碎联""五杂俎""六逸""七贤""八龙""九老"等别格,所嵌之字从两个到九个不等,嵌字位置各有严格规制,则难度系数更高。如福州早期钟集《雪鸿初集》有载《一二三四天地人和,七碎联(按:诗钟古格之一,相当于今格之"碎锦格")》一题云:"四围人影三弓地,一阵和风二月天。"所嵌之字达八个之多,所作却诗中有画,句意浑成,没有任何拼凑割裂之感。诗钟格目体系中,还有"分咏兼嵌字""合咏兼嵌字"等兼类,要求在一联诗钟创作中,同时运用咏物和嵌字两种创作手法,创作技巧更加复杂。清人莫友棠所著《屏麓草堂诗话》有载《今、入,七一;专咏妇人有身》一题云:"今年梅子酸尤甚,入月桃花信不来。"描述的是,女人家怀孕后月经不来了,口味也变了,喜欢吃酸性的东西,心里面有几分惊喜,又带着几分恐慌,心态非常的复杂,富于情节性与生活化。其中"梅子"与"桃花",都是人们非常熟悉的传统审美意象,通过对比、比兴、隐喻等艺术手法的综合运用,创造出一个崭新的艺术境界,给人以隐中有谐、言尽意绵的无穷趣味；要求嵌入的"今、人"二字，也完全融入到"妇人有身"这一主题的抒写中了。

第二，雅俗并包，寓巧于工，带有很强的趣味性。诗钟历来就有"亦俗亦雅亦聪明"的说法，所指为咏物体诗钟之"分咏格"，创作上一般拈两个绝不相干的事物为题，且往往一雅一俗，通过截搭牵合，使题意妥帖，句法协调，并寓对比、讽刺、诙谐、幽默等于其间，从而产生浓烈繁富的艺术效果，富于色彩感与张力美。徐珂《清稗类钞》"诗钟之制题"条尝谓："诗钟题有咏一事一物者，有咏两物者，然总以咏一事一物且咏不伦不类之事物为此体之正宗，若凭虚构题，杰作尤罕。愤时疾俗之士，每于诗钟出题时，寓其嬉笑怒骂，如天子与兽、官与狗、司法与傀儡、科举与溺器、选举与彩票，一薰一莸，使与并列，可见矣。"②在大陆各派诗钟中，以"京派"最擅此道，如鹊华行馆诗钟社、惠园诗钟社、榆社、陶情社等，均酷嗜分咏一格，所作则往往典雅风赡。台湾诗钟，主要接受"闽派"影响，但由于唐景崧的倡导，也创作有大量的分咏格作品。据统计，台湾最早的诗钟集著——《诗畸》共收录分咏格诗钟1343联。所作如："才堪并马兰台笔，暖到悬鹑竹院叉"（唐景崧，《汉书、晒衣竿，分咏格》）；"噙香一笑春光泄，幻境双身夜梦酣"（施士洁，《蝶、缺嘴婆，分咏格》）；"妓楼却聘香君血，宾馆酬恩铁丐心"（丘逢甲，《扇、乞儿请客，分咏格》）；"一副彩云传薛妓，两行花烛引徐娘"（罗大佑，《笺、嫁老女，分咏格》）；"荡开不管风花月，颠倒频呼赵李孙"（陈凤藻，《扫雪、错认人，分咏格》）等，无不巧妙诙谐。

第三，引入封建科举取士的一系列制度和程式，仪式隆重，贺赏丰厚，带有很强的刺激性。清代科举，举人参加之考试为会试，会试录取者称为"贡士"。经磨勘复试合格的贡士，参加由皇帝亲自主持的殿试,以确定名次。一甲只有三名,依次为状元(亦称殿元)、榜眼、探花,赐进士及第;二甲若干名,赐进士出身,第一名称"传胪";三甲若干名,赐同进士出身。其中状元、榜眼、探花三鼎甲,为御笔亲点,无尚光荣。殿试结束后,举行隆重的唱名典礼,称之为"传胪"或"胪唱",即按照殿试所取甲第唱名传呼召见。在唱名典礼上,三鼎甲出列跪拜瞻仰天子风采,随后参加礼部为之准备的恩荣宴,单列一桌,并张贴金榜于长安街,还要勒石立碑,传之久远,发牌坊银,光宗耀祖。诗钟活动中有关词宗设置、命题、计时、纳资、值坛、收卷、誊录、校阅、标取、唱卷、赏贺、罚纳等一系列环节,都是参照封建科举取士的相关制度和程式建立起来的。其中,所设"左、右词宗"相当于科举考试之任命正副主考;"值坛"相当于科举考试之选派监考人员;"标取"相当于科举考试之"荐卷";所录"元、殿、眼、花、胪"相当于科举最高一级考试——殿试所取之"状元、殿元、榜眼、探花、传胪"。诗钟"唱卷"一如科举考试之"胪唱",由发唱人员从低等向高等宣布获奖名次,每宣布一个获奖人员名字,即吟唱其作品,拿腔拿调,有板有眼,抑扬顿挫;获奖人员随即应声报名,在众多诗友和乡里羡慕的眼光中,登台领奖,十分荣耀。诗钟一唱中,最后宣唱的是"传胪""探花""榜眼""殿元""状元",所作钟句一联比一联精彩,所得贺赏一个比一个丰厚,从而把整个诗钟活动逐次推向高潮。所以,诗钟作手们每每把诗钟与科举相比,曰"老妾味如常饭菜,诗钟荣比小科名"(佚名,《饭、科、凫胫格》);"众谤销金教坐狱,一诗压社胜登科"(佚名,《金、社,四唱》)。在贺赏方面,虽然诗钟作手们都羞言"阿堵",但台湾钟手陈凤藻还是难以掩抑"三条绛蜡催诗烛,一串青蚨中选钱"(陈凤藻,

《诗、选,第六唱》)的欣喜与得意;清末福州四大才女之一——薛绍徽尝以打诗钟来解决一时的燃眉之急,"日赢数百文,夜则购酒肴行乐,且得存余酒度岁"③,可见诗钟贺赏之一斑。

由于诗钟具有上述特征,所以历代文人骚客对它趋之若鹜。清代名贤林则徐、沈葆桢、张之洞、林纾、陈衍、陈三立、陈宝琛、易顺鼎、樊增祥、辜鸿铭、张伯驹等,以及台湾名士施士洁、丘逢甲、汪春源等,均擅此道,一时风流儒雅,成为佳话韵事,其中易顺鼎曾有"钟王"之称,陈宝琛更有"钟圣"之誉。前人诗钟话及笔记中有载,沈葆桢"为船政大臣时,署中宾客及署外各局厂委员,皆用文士。每公事毕,即拈题限字,夜刻烛若干长为度。一夕拈《南、白》二字'雁足'为题,构思竟夕,苦无佳句,至鸡声报晓,忽得一联云:'一声天为晨鸡白,万里秋随朔雁南'。以文肃之政事勋业,而所嗜好者,仍不免文人结习。"④末代皇师、听水老人陈宝琛"酷嗜敲诗戏(按:即诗钟),几类竹战(按:即打麻将),虽深夜不以为苦"⑤,"其所作上下风味,表里故实,五雀六燕,势均力敌,而又俨为诗中断句,可资吟讽,非南皮节庵所及,易樊更无论矣。"⑥清代著名诗人樊增祥,曾与陈三立、梁鼎芬、蔡乃煌诸君,先后两次在樊园各战诗五日,并作《樊园五日战诗记》及《续记》以记之。清末台湾最后一任巡抚唐景崧,亦曾"于车马酒食日不暇给中","与闽中诸君子鏖战数日",并被诗钟大家李嘉乐称作"钟中将帅"⑦。

《诗钟谭》更有一段关于诗钟创作情景的描述,曰:

……量定香之长短,记之以墨,用弱线悬金钱,系于其上,下承铜盘,来会之人座前,各备纸笔一具;而后发题爇香,斯正无哗战士,衔枚贾勇之时;有袖手默坐,两目直视者,有搓掌拊心,徐行微步者;有支颐咸额,口中呻吟,如发头方者;有俯身翘足,前后摇动,如患腹痛者;有搔首向天者,有戟指书空者,笔欲落而忽止,字已写而又涂。倘若文章天成,妙手偶得,不禁点头微笑,乐不可支;文若大体已定,一字未安,则复泖虑澄思,如僧入定。种种形状,难写难周,总不外乎措思之深,用心之细。及至香炉墨痕,弱线烧断,金钱下撞,铜盘有声,斯所谓诗钟鸣矣,联吟成否,一齐撤卷。于是惊回迷梦,收拾残魂,谈笑风生,彼此评议,互相推重,欢然一堂。盖因难见巧,苦中有乐,钩心斗角,事前若争得失甚力,事后付之一笑,不以得失有为损益也。⑧

可见,诗钟艺术曾经令多少钟手诗客痴迷沉醉,如癫似狂,而又呕心沥血,咳珠唾玉。

## 二

诗钟在闽地产生以后,由福建宦京之士携至京城,再由京城播及各地,"不数十年,风行薄海内外",到同治、光绪年间已经"骎骎乎附庸风雅,割据词场矣"⑨。其中,台湾素有"九闽"之称,光绪十一年(1885年)建省以前,作为福建的一个府,隶属福建管辖,闽省"内地"与"台地"之间实行官员互调、师资互派、科考同制等,这些都为闽地诗钟传入台湾提供了良好的契机。

诗钟一经传入台湾,便得到台湾文士的热情欢迎,迅速在台湾兴起,并占据台湾诗坛的主流地位。光绪十二年(1886年)夏,唐景崧就任分巡台湾兵备道,在台南道署斐亭创立了台湾历史上第一个诗钟社团——斐亭吟社,大力提倡诗钟写作;光绪十八年(1892年)唐景崧就任台湾布政使,又在台北使署创设牡丹诗社,成为清末宦台文人及台湾名士的文化活动中心。林鹤年曾作《酬郑星帆孝廉(祖庚)》一诗,生动描述了当年台北牡丹诗社诗钟活动的盛况,其诗并注云:"紫薇花底吼诗钟,谁为健者文中雄(唐中丞署斋联诗钟吟社)。登坛飞将礼中峰,虫鱼笺疏毛郑工。咳唾珠玉俪青红,黄鹄健举声摩空。神仙醉踏金芙蓉,兴来濯足扶桑东。鞭策鳌柱垂双虹,果然胪唱九霄中(诗钟唱诗传名一如胪唱例)。"[30]有清一代,台湾的诗钟社团还有光绪十三年(1887 年)左右福建晋江诗人蔡德辉在彰化创设的荔谱吟社和光绪十八年(1892 年)林景商在台北创设的海东吟社,诸社先后辉映,共同促进了诗钟在台湾的传播与兴起,从而开创了台湾文学史上"击钵联吟"的创作时代。清末台湾诗钟名家辈出,佳作纷呈,仅《诗畸》一辑所录作者就达 58 人、作品 4669 联,其中唐景崧、王毓菁、施士洁、丘逢甲、汪春源、陈凤藻等人,所作诗钟风格各异,各成家数。唐景崧各体兼攻,雄浑豪迈;王毓菁擅为嵌字,富于韵致;施士洁长于咏物,庄老襟怀;丘逢甲善作难题,旨丰趣深;汪春源融经铸史,峭拔深奥;陈凤藻融合百家,圆熟丰润;等等。唐景崧有"钟中将帅"之誉;王毓菁有"闽派代表"之称;施士洁与丘逢甲被推为"台湾诗界二公";丘逢甲还被梁启超称赞为"诗界革命一巨子",与黄遵宪齐名,在中国近代诗歌史上雄踞一席。作品如"首顿李陵答苏武,鞭先祖逊耻刘琨"(唐景崧,《先、顿,第二唱》)、"文到鹿门犹宋派,诗如诚意亦唐音"(王毓菁,《门、意,第四唱》)、"林泉雅有终身志,竹帛惭无汗血功"(施士洁,《终、汗,第五唱》)、"漆园梦蝶南华旨,函谷骑牛老子图"(丘逢甲,《南、老,第五唱》)、"祕本铁函思肖史,骈词书谱过庭文"(汪春源,《书、铁,第三唱》)、"禊帖千金唐定武,史书百口晋阳秋"(陈凤藻,《秋、武,第七唱》)等,无不深得唐诗之风魄与宋词之气韵。

1894 年到 1895 年之间,台湾人民接连经受了甲午之役、乙未割台和日人入据三个重大变故。在国家危难与民族存亡的紧急关头,深受儒家传统思想陶染的台湾钟手们,毅然从科举的迷幻中走出,与台湾军民一道,积极筹备中日甲午之战、敢于抵制清廷割台之议、勇于抵抗日本殖民侵略,表现出强烈的爱国之情和赤诚的报国之志。其中,台湾钟手许南英率领义军转战南北,直到台南失守(1895 年 10 月 21 日)以后的九月初五日(10 月 23 日)才被迫离台内渡。

日据初期(1895—1910 年),日本殖民当局在台湾实行文化统制,对台湾文人的日常行动和文化活动进行严密监视与严格限制。这时期,占据台湾文坛主体的是用以维护日本殖民统治的日语文学,以及游台之日本汉学家刻意提倡的酬酢应和的、"游戏"的击钵吟。由于诗钟创作讲究"融经铸史""据典成联",句句写史,字字关心,无时不刻不刺激诗人的民族心灵,无时不刻不唤醒诗人的民族意识,为日本殖民统治者所忌恨,所以日据初期诗钟在台湾曾经一度绝响。这也更加彰显出诗钟文体"直追汉魏齐梁以上"[①]的文体艺术特性和民族文化品格。

日据中前期(1910—1923 年),诗钟一体在台湾重新兴起,并迅速发展为与击钵吟并驾齐驱的文体类型,二者共同构成了这一时期台湾汉文学的主体,占据台湾诗坛的主流地位,并且替代了由于日本殖民同化教育的步步进逼与重重迫压而陡然衰落的台湾民间传统汉书房,逐渐承担起延续和传承中华传统文化的历史重任,与掌控着政治霸权和话语霸权的日语文学相抗衡。这一时期,台湾累计设立诗文社团 60 个,加上日据初期设立的 9 个,共 69 个。这些诗文社团,绝大多数都诗钟与律绝并作,钟声与钵韵同响,其中栎社、南社、瀛社鼎足而三,并称为日据时期台湾诗坛的三大"重镇"。日据中前期台湾的诗钟社团,以民国十二年(1923年)七月林景仁在台北创设的东海钟声社为最盛,该社荟萃了日据时期台湾钟坛的主要诗钟名家,包括林景仁、林柏寿、王贻瑄、苏镜潭、庄怡华、连横、张汉、魏清德、谢汝铨、刘育英、林熊祥、庄嵩、黄赞钧、刘克明、罗秀惠、黄欣等,所作诗钟"诸格悉备,计不下百数十题"[12],经林景仁重加芟汰,得254联,辑为《东海钟声》一册,分八期刊载于1924年创刊、由连横主编的《台湾诗荟》,在台湾诗坛影响甚大,使得台湾诗钟创作风气日渐浓厚并趋于鼎盛。这一时期,抒写亡国之痛、故园之思、对日本殖民统治者之恨、维系汉文化之责、坚守清高节操之志及与日本殖民侵略者血战到底之心,成为台湾诗钟创作的共同主题,所作如"诗书历劫残篇少,社稷成墟隐痛多"(傅锡祺,《诗、社,凤顶格》);"家国已非朱鸟嘴,江山如故杜鹃声"(庄怡华,《鸟声非故国,碎锦格》);"白发三秋惊去雁,乡心一夜起闻鹃"(黄赞钧,《白、乡,凤顶格》);"六朝金粉消雄气,万劫江山带怒容"(苏镜潭,《雄、带,八叉格五六》);"红袖伴吟编乐府,青灯作史继春秋"(连横,《青春作伴,碎锦格》);"东海士逃无道世,竹林人羡不羁才"(庄怡华,《东林道士,碎锦格》);"情面破除群矢集,民心收拾散沙难"(林景仁,《沙、面,鹭拳格》)等,无不都是慷慨悲愤的变征之音。针对台湾击钵吟创作中存在的媚日与媚俗之风,台湾钟手还进行了辛辣的讽刺和严肃的批判。

台湾新文学产生以后,诗钟依然是台湾诗人用以沟通全岛声息、反抗日本殖民统治、延续和传承中华传统文化的重要载体。从民国十二年(1923年)台湾新文学产生,到民国二十六年(1937年)日本殖民当局全面禁绝汉文的日据中后期,展现在我们面前的台湾文学生态是以诗钟和击钵吟为主体的汉文旧文学、与大陆白话文相呼应的汉文新文学和部分以日语写作却代表着被压迫民族心声的日文文学，三者一起共同对抗着日本在台湾的殖民统治及用以维护其殖民统治的日语文学。这一时期，台湾新增诗文社团128个，确切知道有开展诗钟活动的62个，专门的诗钟社团4个，即钟楼、钟亭、连玉诗钟社与稻艋诗钟会。日据中后期，台湾各社团之间的社际联吟、县市辖区内及县市之间社团的区域联吟，乃至全台所有社团共同参加的全岛联吟，都如火如荼地展开，钟声钵韵，响彻瀛堧。由此，台湾诗钟汇聚成声势浩大的诗海钟涛，掀起一股股轰轰烈烈的反抗日本殖民统治、保存和延续中华传统文化的民族文化浪潮。其中一个典例就是民国二十年（1931年）栎社创立三十周年纪念，该社曾铸造诗钟三架，并举行庄严而隆重的初撞仪式，发出"小叩小鸣，大叩大鸣。愿我多士，雅韵同赓。振聋发聩，勿坠清声"的号召。傅锡祺《栎社沿革志略》"中华民国二十年（辛未）"条有载：

> 四月二十六日（古历三月初九日）下午，社友升三、守拙、竹山、笏山、天淘、子材、沁园、壶隐、了庵、南强、太岳、灌园、豁轩、小鲁、天弧、鹤亭等十有六人，社外有蔡逊庭、陈鲁詹、吴维岳三氏及了庵长公子鹏传氏、小鲁女公子燕生娘等，同集于小鲁之东山别墅。客冬议决铸造诗钟三架，以为三十年纪念；现已铸就，铭曰："小叩小鸣，大叩大鸣。愿我多士，雅韵同赓。振聋发聩，勿坠清声"！别有二十四字曰："昭和六年（岁在辛未）孟春之月，栎社创立经三十年，铸为纪念"云云。悬以木架，置于双枫坛上。三钟顷，各肃衣冠整列式场，行初撞式。赞礼员吴维岳君唱："举式！"吴燕生女士登坛揭去钟上黄幕，社员一齐拍手。爆竹继鸣，一同鞠躬致

敬。先由鹤亭执杆,赞礼员致祝曰:"首撞钟中,中部文风丕振;次撞左,左道邪说从此熄;三撞右,右文恢儒期再见。"于是社员序齿,顺次各撞三杆;逸响遥传,山谷互应。⑬

此段记述表明,日据时期台湾诗钟已经由传统的以"游戏"为能事,转变到以"载道"为己任,成为台湾诗人借以互通声息的重要载体,肩负起反抗异族统治、传承中华文化的历史重任。这时期,还出现了《台湾诗荟》《台湾诗报》《三六九小报》《诗报》等众多诗钟刊物,登载有各诗钟社团活动的大量讯息及创作作品,它们共同把日据中后期台湾诗钟创作推向了繁荣与鼎盛。

日据后期(1937—1945年),日本殖民当局在台湾推行所谓的"皇民化"运动,全面废除台湾公学校汉文科,禁绝并废止台湾私塾教育,取消台湾所有报纸的汉文版,禁止台湾人民使用母语及汉文。在百般萧杀的政治环境下,用汉语白话文写作的台湾新文学基本上失去了话语表达的空间,而诗钟却坚忍地生存了下来,并与击钵吟一起,成为日据后期台湾唯一存在的汉文文学。据统计,从1938年到1943年,台湾新增设诗文社团29个,其中确切知道有开展诗钟活动的为5个,分别是晓钟吟社、在山吟社、冈山吟社、蕉香吟社、桐城吟社,所作钟题则有《晓、钟,魁斗格》《望、南,凤顶格》《学、诗,凤顶格》《西、郊,鹤顶格》《桐城吟社,碎锦格》等;前期成立的大同吟社、奎山吟社、貂山吟社、登瀛吟社、丽泽吟社等,也都还继续开展诗钟活动。日据后期,台湾钟坛还涌现出许多可歌可泣的感人事迹。据载,"皇民化"运动前夕,台南市酉山吟社为避免诗稿遭日据当局禁毁,"将该社十余年来积存吟稿,埋在开元寺左侧庭园七弦竹旁,树'诗魂'碑,以资志念"⑭;民国三十二年(1943年)正月,台湾全岛早已风声鹤喉，但花莲市蓓莱吟社还招邀台东、玉里、瑞穗、凤林等地诗友，举办"东部台湾联吟会"；等等。这时期，台湾诗钟所显示出来的对抗日本殖民统治、延续和传承中华传统文化的意义，是绝对不能轻易忽略或随意抹杀的。

1945 年 8 月 15 日，中国人民抗日战争取得伟大胜利，宝岛台湾在日本殖民统治长达半个世纪之后重新回到祖国的怀抱。台湾钟手在回归的喜悦中纷纷释放出长期被压抑的诗思与热情，众多在日据后期因日殖当局迫压而被迫解散的诗社钟会也几乎在一夜之间全部得到了恢复或重振，社际联吟、区域联吟、全岛联吟错杂纷呈，此起彼伏，台湾诗钟迎来了盛大的狂欢。1949 年国民党政府迁台前后，随着一大批大陆钟手特别是闽地钟手的纷至沓来，台湾钟坛形成了大陆钟手与台湾钟手合流的局面，从而把狂欢中的台湾诗钟推到了顶点与极致。从光复之初到 1960 年，台湾新创设传统诗文社团 37 个，其中诗钟社团 15 个，专门的诗钟社团 5 个，即寄社、心社、六六诗社、台铁诗社、竹声诗钟社，另有大大小小的社际联吟组织、区域联吟组织不计其数，以及所谓的"全国"诗人大会。"大唱"的开展，是这一时期台湾诗钟活动的最大特色，每年举办一届，应征者都在数百人以上，正取、捐取门数多达十几二十门，参赛作品多至数千甚至上万卷，联句宣唱通宵达旦，场面热闹而壮观。光复后，台湾著名的诗钟作手就有陈实懽、何扬烈、钱倬、尤光先、陶芸楼、陈子波、翁祖扬、郭海鸣、陈世庆、黄得时、张作梅、李渔叔、王观渔、王嵩昌等数十位。这一时期，台湾还出现了第一个专门的诗钟刊物——《大众诗钟》、清末至光复初期台湾诗钟作品总汇——《东宁钟韵》、两岸诗钟作品总汇——《诗钟集粹六种》、台湾第一篇专门研究诗钟的学术性文章——《诗钟之起源及其格式》、台湾第一部专门的诗钟理论著作——《诗钟格例存稿》等,它们共同标志了台湾诗钟的极盛。

20世纪80年代以来,陈实懂、陈子波、陈焙焜等一大批闽地寓台钟手相继回乡探亲。在榕期间,他们与福州三山诗社等社团的众多钟友雅集联吟,切磋砥砺,对闽地当时重新出现的诗钟热起到了推波助澜的作用。由此,诗钟成为海峡两岸文化交流的桥梁与纽带,其中"百梅诗人"陈子波还被誉为"两岸诗歌交流的使者"。

连横尝谓:"凡一民族之生存,必有其独立之文化,而语言、文字、艺术、风俗,则文化之要素也;是故,文化而在,则民族之精神不泯,且有发扬光大之日,此征之历史而不可易者也。"[15]《诗教启聩·骚坛扬声》亦谓:"台湾三百年来承中原文化的余绪,礼乐诗书,流传民间,弦歌课读之声,未曾中辍,日据末期,虽推行所谓'皇民化运动',然华夏贵胄,义不臣夷,民间之设馆授汉文者固遭禁止,但借结社吟诗,以延续我汉民族文化于不坠者,有如伏流之水,潺潺长存。故台湾之诗教,自有其时代的背景,其有益于民族文化的延续,与砥砺同胞的志节者,实非浅鲜。"[16]从对台湾诗钟接受、播展与演化过程的考察,及与大陆诗钟、台湾击钵吟等的比较中,我们看到,台湾诗钟作为诗钟文体在台湾的延伸与发展,曾经在台湾社会文化生活中产生过极其广泛而深刻的影响。特别是日据时期,诗钟作为台湾现代文学的一大主流,在日本殖民统治者掌控着政治霸权与话语霸权的殖民地台湾,勉力"维系汉文于不坠",担负起反抗日本殖民统治、延续和传承中华传统文化的历史重任,它不仅没有"把贵重的传统精神丢掉",相反,却谱写了一曲文化之魂不灭、民族精神长存的壮丽之歌,值得大书特书。然而,现有台湾文学史特别是台湾现代文学史的写作，大都把诗钟弃置在台湾文学的边缘，对诗钟文体的关注和重视还很不够，没有全面、真实地反映出台湾文学的发展生态。笔者认为，诗钟在台湾文学史上应有更高的地位，有必要加强对它的研究与探讨。

(原文刊于《福建师范大学学报》2007.1)

**参考文献**

① 周作人. 枝巢四述·序//王鹤龄. 风雅的诗钟. 北京：台海出版社，2003：274.

② 徐珂. 清稗类钞. 北京：中华书局，1986：4007-4008.

③ 陈锵，陈莹，陈荭. 先妣年谱//薛绍徽集. 北京：方志出版社，2003：154.

④ 易顺鼎. 诗钟说梦//王鹤龄. 风雅的诗钟. 北京：台海出版社，2003：220.

⑤ 王鹤龄. 风雅的诗钟. 北京：台海出版社，2003：1.

⑥ 黄濬. 花随人圣盦摭忆. 上海：上海古籍书店，1983：309.

⑦ 唐景崧. 诗畸. 台湾布政使署刻本，1893：1.

⑧ 黄得时. 诗钟之起源及其格式//人文科学论丛. 台北：成文出版社有限公司，1985：237-238.

⑨ 林资修. 吉光集·弁言//陈怀澄. 吉光集. 嘉义：兰记书局，1934：1.

⑩ 林鹤年. 福雅堂诗钞. 台北：幼狮文化事业股份有限公司，1998：55.

⑪ 陈海瀛. 希微室折枝诗话. 福州：油印本，1979：11.

⑫ 林景仁. 东海钟声·序//张作梅. 诗钟集粹六种. 台北：中华诗苑，1957：83.

⑬ 傅锡祺. 栎社沿革志略. 台北：台湾银行经济研究室，1963：

35-36.

⑭诗魂碑//台南市文献委员会．台南文化（旧刊）．台北：成文出版社有限公司，1983．

⑮连横．雅言．台北：台湾银行经济研究室，1963：1-2．

⑯诗教启聩·骚坛扬声//台南市文献委员会．台南文化（旧刊）．台北：成文出版社有限公司，1983．

# 诗钟的意象选取与意境创设

黄乃江

意象与意境是中国古典美学与文艺学中一个重要的范畴。早在先秦,我们的祖先就懂得以象表德,象中寄意。魏晋南北朝时期,刘勰提出了"意象"的概念。唐代诗人王昌龄明确提出了"意境"的概念。宋元以来,许多作家都把"意境"作为一个重要的艺术准则。诗钟继承了中国诗学的艺术传统,重视发挥意象选取和意境创设在创作中的特殊作用,充分展现出汉语隐括事物之工夫、寸铁杀活之功效、谐隐成趣之意趣。

一、直接借用前人诗句中的意象和意境

清末台湾最后一位巡抚唐景崧,光绪十一年(1885)调任台南兵备道,在台期间雅好文事,公余常邀僚属及台湾名士为文酒之会,聚作诗钟,一时蜚声诗坛。光绪十九年(1893)唐景崧把此前在台及在京聚作的诗钟作品整理编辑,署曰《诗畸》。书中收有福建侯官人施沛霖创作的一则嵌字体诗钟《门、客》(七唱):

> 柳色王维新舍客
> 桃花崔护去年门①

上联借用唐代诗人王维《渭城曲》中"柳色"和"客舍"两个特征性意象，下联借用唐代诗人崔护《题都城南庄》中"桃花"和"门"两个特征性意象，通过意象横向迭加的方式，分别达到重构原诗意境的目的，把原诗用了二十八个字才建构起来的意境，隐括浓缩在短短的七个字当中。这里的"柳色""新舍客""桃花""去年门"，本来都是泛指的事物，但经与"王维"和"崔护"分别聚合在一起，就成了特定环境中的特定事物。作者接着运用中国传统的对偶艺术，使上下联桃柳相映，花色交辉，门舍相对，形成景与景似，境与境谐，情与情类，从而产生出奇特的艺术效果。试想：一个是转眼间人隔万里，一个是早已经人去楼空。此情此景，怎能不由人惋叹：悠悠苍天，此何人哉！

在《诗畸》中，还收录了施沛霖另一则同样借用崔护桃花意象与桃花意境的笼纱格诗钟《千、面》（笼纱）：

> 桃花门外人相映
> 枫叶江头妓屡呼②

与其嵌字体诗钟《门、客》（七唱）不同，在这里作者运用了中国传统谜学中的笼纱之法。上联对崔护《题都城南庄》中的"门中""人面"两个词稍微作了裁剪，把它们变成"门外"和"人"，大同小异，似是而非，给人留下思考和琢磨的余地，在构思上可以说是匠心独运，纤巧入微。读者在仔细的体味与辨析中，权衡出作者语意的轻重，把着眼点落实在故意缺失的"面"字之上，从而体会到欲显故藏的文字乐趣。这也就是诗钟的笼纱格。林景仁在《东海钟声》中解释说,"其法拈平仄二字为题,分笼两句","须用古人成语","剪裁成对","使二眼字隐而著,藏而显"。③

**二、化用、引申前人诗句中的意象和意境**

以上仅仅是直接借用前人诗句中的意象和意境。在斗智、斗捷、斗奇的诗钟创作活动中,诗钟作手们更多是通过化用、引申前人的某些意象或某种意境,以求得花样翻新和更胜一筹的效果。例如,成立于光绪二十九年(1903)以满族上层人物为主要成员的北京惠园诗钟社,积极开展诗钟活动,成为形成京派诗钟风格特点的重要钟社。钟社主持人郑王府镶蓝旗人乐泰将军曾有一则分咏格诗钟《床、白桃花》(分咏):

绿竹编成明夜月
红妆洗尽笑春风④

为了"不犯题面",作者在下联首先用借喻的修辞手法,把"桃花"比作"红妆"("红妆"本身用了借代的修辞手法,用少女所穿装束代替少女本人),意思是桃花就像娇美可爱的少女一样。然后用拟人化的手法,用"洗尽"一词,对"红妆"作进一步的描摹,这样既切合"白桃花"之题,又写出了少女刚梳洗出浴时清新淡雅的动人情态。作者意犹未足,再用上一个"笑"字,生动传神地写出了美人春风一笑的绰约丰姿,勾魂动魄,动人心旌。下联"桃花""春风"这两个意象以及营构的整个意境,都是从崔护《题都城南庄》中"桃花依旧笑春风"这一诗句化用而来,只是由原来对美人的间接描写,变为直接对美人进行描写而已。转化后,下联大有这样的意味:美丽动人的少女为了践约,经过精心梳洗妆扮后,站在约会的地点左顾右盼,踯躅等待,猛然间看见自己朝思暮想的梦中情人终于来了，春风满面，笑容绽放得像桃花一样灿烂。其中，下联开头的借喻，趋势突兀，既确定了下联的立意，又拓展了写作的空间，把对"桃花"这一主题的描写，一下子带入了一个联想和想象的写作语境，后面的"洗尽""笑春风"，都是在此基础上所作的进一步想象；而一"洗"一"笑"，形成意象的纵向迭加，从而产生语意积淀和加深的效果。上联"绿竹编成明夜月"，化用了李白《静夜思》中"床前明月光"这一诗句，惟"明"字是形容词，且"绿竹"与"编成"不成为主动关系，而"绿竹"与"明夜月"亦非主谓关系，上下联对仗不够工整。

再如赵国华辑录的分咏体诗钟作品集《鹊华行馆诗钟》，收录有江苏泰州人宫昱同治三年（1864）在济南鹊华行馆聚作的分咏格诗钟《豆棚、桃花》（分咏）：

一架绿穿今夜雨<br>
双扉红掩去年人[5]

在《题都城南庄》中，诗人崔护苦苦地追问："人面不知何处去？"面对如此良辰美景，只能在"去年今日此门中，人面桃花相映红"的美好回忆中，发出"桃花依旧笑春风"的无限怅惘之叹。宫昱这则诗钟的下联，似乎正是在回答和安慰崔护：别急，别急，你的美人早已在门内等候多时，是桃英缤纷，以致把门口的道路都淹没了。作者以崔护《题都城南庄》的意境作为基础，并作了进一步的引申和深化，其立意可谓深远。其中"红"字，采用借代的修辞手法，用桃花的颜色代替桃花；"掩"字，是下联的诗眼，一则写出都城南庄桃花之浪漫，春意之浓郁，二则点出美人的去处，回答了崔护在诗中的追问，与古人心心相印，情趣顿时为之盎然。近人王国维曰："红杏枝头春意闹',著一'闹'字,而境界全出。'云破月来花弄影',著一'弄'字,而境界全出矣。"⑥这里的"掩"字,则把下联的意境和情趣全都烘托出来了,并与上联"一架绿穿今夜雨"的"穿"字相对,上下联工整而自然。由此可见,桃花意象与桃花意境早已为诗钟作手们所熟之习之,并用之化之。

### 三、用不同意象营造相同意境

诗钟是非常讲究创新的文体,有"雷同不入高列"的规定。朱骍在其嵌字体诗钟《同、露》(四唱)中就说:"词忌雷同须己出,句防风露背人抄。"⑦宗威则言:"诗钟既始于闽人。当夫草刱之初,以诗为钟,但取其诗句之工。积之既久,写景言情,俯拾即是。始以为清词丽句者,继以为浮烟涨墨矣。始以为一夫善射者,继以为众口雷同矣。其弊也失之浅滑,非真性灵也。"⑧上面所举四则借用或化用桃花意象和桃花意境的诗钟作品,如果同为一唱之卷作,它们之中只可能有一卷被录取,其余名次都只能靠后。为了争胜出奇,诗钟作手们只好在意象的选取和意境的创设上苦心经营,尽可能另辟蹊径。试看张恨水小说《春明外史》中的一则嵌字体诗钟《香、流》(三唱):

> 柴门流水依然在
> 油壁香车不再逢⑨

作者选取"柴门""流水""油壁""香车"四个意象,构建了一个与崔护《题都城南庄》相似的人事沧桑变迁的情景,意境相同,韵致相当。中国俗文学学会诗钟研究委员会主任王鹤龄评论说:"此作写来似有情节,有诗的意趣。"⑩作者在诗中为读者留下许多补白和想象的空间,我们不妨这样设想:一个春光明媚的日子,流水弯弯,荆扉轻启处,伫立着一位翩翩少年;一匹宝马拉着一辆油纸彩绘的香车缓缓驶来,车上走下一位富家小姐,娇喘微微……全诗没有写到任何情事,却字字关情,可谓"不着一字,尽得风流"。

再看成书于清咸丰五年(1855)福州侯官人李家瑞所著《停云阁诗话》中的一则嵌字体诗钟《人、白》(一唱):

人海归来空有梦
白门游后恨无诗[11]

宗威曰:"诗钟作法,大概分为闽粤两派。粤派尚典实,闽派尚性灵。"[12]此作上下联一起一结,空灵超脱,妙造自然,无任何牵合铒钉之迹,深得闽派性灵之妙。如果说崔护在《题都城南庄》创造了一个中国古典诗词的桃花意境,那么《人、白》(一唱)则创造了一个诗钟的白门意境。同样写美人不遇与人事沧桑,前者表达了美人不遇后的怅然若失,后者表达的则是美人不遇后的怅然有恨,后者比前者更为沉潜而深重。

诗钟又是最讲究语言经济学的诗体,它极力追求语言的使用效率,一再突破语言承载能力的极限,力图用短短的十四个字、十个字,甚至更少的字数,来构建一个完美谐和的意境。清光绪七年(1881)出版的第一部福州折枝总集《雪鸿初集》,收录了早期五言体诗钟《去后思》(押尾格):

芳草经年绿
王孙去后思[13]

短短十字,同样表达出人事沧桑变迁这一诗思,与《题都城南庄》、《香、流》(三唱)、《人、白》(一唱)相比,意境相同,韵致相当,有异曲同工之妙。但《去后思》(押尾格)所用字数更为简约,从而使语言表达效率倍增。

## 四、隐中有谐，象外有象，境中有境，境胜于境

王国维在《人间词话》云："诗人之境界，惟诗人能感之而能写之，故读其诗者，亦高举远慕，有遗世之意。而亦有得有不得，且得之者亦各有深浅焉。若夫悲欢离合，羁旅行役之感，常人皆能感之，而惟诗人能写之。故其入于人者至深，而行于世也尤广。"⑭同样写人事沧桑变迁，在林则徐的嵌字体诗钟《陈、人》（一唱）中却是另一番景致和情调：

陈迹浑如牛转磨

人情几见雀衔环⑮

作品选取了"陈迹""牛转磨""人情""雀衔环"四个意象，借助比喻的修辞技巧使它们两两聚合，上联用明喻手法，把"陈迹"比作"牛转磨"，写出人事变迁；下联用暗喻手法，把"人情"比作"雀衔环"，写出世态炎凉。上下句文义关联，工整晓畅；对人情世态的描写，尤其入木三分，真可谓是寸铁杀活。清道光二十二年（1842），林则徐受投降派琦善等诬陷，被清廷革职伊犁，行前随口吟成《赴戍登程口占示家人》一诗："力微任重久神疲，再竭衰庸定不支。苟利国家生死以，岂因祸福避趋之！谪居正是君恩厚，养拙刚于戍卒宜。戏与山妻谈故事，试吟断送老头皮。"⑯在经历了一番人事沧桑和世态炎凉之后的林则徐，与那般只会一味吟咏风花雪月的诗人们相比，对世道人心的体味，自然有更深一个层次的理解和感悟。

再看林彤余的嵌字体诗钟《羽、痕》（四唱）：

邻家燕羽相新故

同巷苔痕有浅深⑰

全诗采用隐喻的手法，表面上写"燕羽""苔痕"等自然景物，

但字字暗含人事沧桑和世态炎凉之喻。陈海瀛评曰:"林彤余句也。言燕羽新故,而废兴不知几姓矣!'相'字妙。同巷中有车马喧闹者,有门前冷落者,苔痕深浅自觉不同。兴衰喧寂之情态描写入微。"[18]诗中比中有兴,隐中有谐,象外有象,境中有境,方已尽而意无穷。王国维在评论孙光宪的诗词时曾说:"昔黄玉林赏其'一庭疏雨湿春愁'为古今佳句。余以为不若'片帆烟际闪孤光',尤有境界也。"[19]在意境的创设上,林彤余的《羽·痕》(四唱)比林则徐的《陈、人》(一唱)还更胜一筹。

总之,诗钟在意象选取上,以少总多,取万收一,追求"片言可以明百意,坐驰可以役万景"[20]的涵括能力;在意境创设上,花样翻新,争胜出奇,追求境中有境,境胜于境的审美意趣。不以其短而非诗,不以其长而为诗。诗钟是中国诗歌体裁的一种,它继承了中国诗学的艺术传统,并丰富和发展了中国诗歌艺术。

(原文刊于《福建论坛》2005年专辑)

**参考文献**

①②⑦ 唐赞衮. 斐亭诗畸//张作梅. 诗钟集粹六种. 台北:中华诗苑,1957:50,81,27.

③ 林景仁. 东海钟声//张作梅. 诗钟集粹六种. 台北:中华诗苑,1957:85.

④ 乐泰. 惠园诗钟//张作梅. 诗钟集粹六种. 台北:中华诗苑,1957:202.

⑤ 赵国华. 鹊华行馆诗钟//张作梅. 诗钟集粹六种. 台北:中华诗苑,1957:162.

⑥⑭⑲王国维. 人间词话. 上海：上海古籍出版社，1998：2，73，72.

⑧⑫宗威. 诗钟小识//张作梅. 诗钟集粹六种. 台北：中华诗苑，1957：291.

⑨张恨水. 春明外史（中）. 北京：中国新闻出版社，1985：872.

⑩王鹤龄. 风雅的诗钟. 北京：台海出版社，2003：3.

⑪李家瑞. 停云阁诗话（卷十五）. 清咸丰五年乙卯孔宪瑶刻本，1855：7.

⑬黄理堂. 雪鸿初集（卷下）. 上海：民国四年上海书局本，1915：25.

⑮黄理堂. 雪鸿初集（卷一）. 福州：清光绪七年本，1881：5.

⑯陈智贤、王玲. 清代诗词. 广州：花城出版社，1992：157.

⑰⑱陈海瀛. 希微室折枝诗话. 福州：长乐海滨吟社重刊本，1979：16.

⑳刘禹锡. 董氏武陵集记//胡经之主编. 中国古典文艺学丛编（二）. 北京：北京大学出版社，2001：106.

# 分咏诗钟创作法探微

肖晓阳

诗钟自清中叶兴起以来,先后衍生出三十几种别格。晚近诗钟主要流行"嵌字"和"分咏"两大种类。南派诗钟以福州为中心,以嵌字为主流,尤其以嵌第一字至第七字的七种格式为主(闽人称之为"折枝诗")。北派诗钟以北京为中心,崇尚分咏,不嵌字,而是咏两个不相干的事物。本文论述分咏格诗钟的创作法。

## 一、分咏切题的方法

分咏诗钟的基本要求是切题而不犯题字。不犯题字是指题目中的字不能出现在诗钟句中。犯题字者,如分咏"庸医、卜者":

新鬼烦冤旧鬼哭,他生未卜此生休

此为集杜甫《兵车行》、李商隐《马嵬》之句成联,虽能称巧,但"卜"犯题字,不合要求。

用题字的同义字或近义字入联,虽未犯题,未免有嫌,难入高等。如分咏"茶杯、抹布":

> 品茗君须端此物，去污我必仗斯巾

"茗"与"茶"同义。同理，咏茶杯若用"盏、盅"，因与"杯"近义，亦属有嫌。

所谓切题是指所咏的内容须紧密扣合题目。不切题者，如分咏"茶杯、抹布"：

> 春池吐纳三江水，绿野徘徊一剪云

此联虽意象优美，但"绿野"抛荒，"一剪云"比喻抹布难以服人。"剪"为动词，"江"为名词，也不相对。可改为：

> 捧时情胜三江水，拭后身如一把煤

这样就算切题了。又如：

> 此处无尘迎贵客，其中有水醉佳人

上联不切题，更合言客厅、客房、佛堂等。下联扣合亦较宽，不够精确。可改为：

> 只为洗尘迎贵客，稍能容水醉佳人

求切题亦不可苛刻，例如分咏"伞、笔"：

> 欲开欲合凭天意，能画能书遂我心

上下句皆能切题。如果认为"能画能书"者不一定就是笔，也可以是纸，这就钻牛角尖了。

分咏亦求对仗工整，如分咏"茶杯、抹布"：

> 洁它污我厨盘拭，举盏迎宾雀舌尝

"它"代词，义宽泛，"盏"名词，义单一，对仗不工。"厨盘"对"雀舌"更不工整。可改为：

> 拭尘污我龙头洗，举盏迎宾雀舌尝

分咏易稳难工，若作意佳，可适当放宽对仗。如分咏"茶杯、抹布"：

> 半盏注春芳雀舌，一方拭秽净尘心

两句皆佳。"春"对"秽"、"雀舌"对"尘心"稍欠工。若改为：

> 半盏注香翻雀舌，一方拭秽引龙头

虽工整度增加了，但不及原句好。

分咏体诗钟对切题的要求等同于嵌字体诗钟对嵌牢眼字的要求。欲使分咏切题，有法可循。王鹤龄《风雅的诗钟》归纳分咏诗钟写法，有直述法、推述法、比喻法、用典法四种[①]，笔者在此基础上补充归纳出十种，分述于下。

1. 用典法

借助历史典故成联，必能切题。如分咏"包公、关公"：

> 铡美案中心似铁，华容道上手如棉[②]

上联写包公怒铡陈世美，铁石心肠；下联写关公于华容道上捉曹放曹，心软如棉。两个故事皆为人所熟知，因此言包公、关公明晰无疑，十分切题。用比喻性意象"铁"与"棉"，揭示包公之正和关公之义，不唯切题，亦能深刻。

借用前人的诗句、文句、成语以切题，亦属用典。如分咏"云、雨"：

> 无心出岫成苍狗，有意随风润绿苗[③]

上联化用陶渊明《归去来辞》"云无心以出岫，鸟倦飞而知还"

和杜甫《可叹》"天上浮云似白衣，斯须改变如苍狗"；下联化用杜甫《春夜喜雨》"随风潜入夜，润物细无声"，扣题熨帖，自然流畅，对仗工稳，难能可贵。

2. 别称法

所咏之事物或有别称，化用别称入联，既不犯题，又能切题。如分咏"包公、关公"：

原非皇帝人称帝，不是青天众誉天④

此联不从具体事件入手，而是从后人对所咏人物的称誉下笔，构思独到。细分析可知，作者是化用"关帝"和"青天"，将其拆解后安入句中，而句面了无痕迹。若直接用"关帝""青天"，则属犯题，亦索然无趣。此联在创作手法上与嵌字体诗钟"老、哥"七唱"鼠无大小皆称老，鹦不雌雄尽叫哥"相类，有异曲同工之妙！

3. 描述法

抓住所咏事物的特征，通过描述的手法切题。此法要求对表现事物的特征进行剔抉，提炼出有效的词汇来表达主题。如分咏"船、团扇"：

泊处青山行处水，静时明月动时风⑤

上联选择青山、水之意象和动词泊、行，皆与船紧密相关；下联选择明月（团扇形如满月）、风、静、动，突出团扇特征。此联以白描为主，兼用比喻。

4. 推断法

通过推断得出主题，略似猜谜。如分咏"除夕、新嫁娘"：

一岁光阴今夜尽，十分春意昨宵知⑥

以"一岁光阴今夜尽"推断之,"今夜"必是"除夕"无疑。

5. 比拟法

通过比喻、拟人的修辞手法,突出所咏事物的特征,以切合主题。如分咏"汤婆子、送公车":

> 愿君此去全烧尾,念妾生来本热肠⑦

"公车"原指汉代负责接待臣民上书和征召的官署名,后也代指举人进京应试。上联"烧尾"原意是指鲤鱼跃过龙门之时,天雷击去鱼尾,鱼乃化身成龙。这里比喻进京赶考者都能像鲤鱼化龙一样,金榜题名。下联采用拟人法,将汤婆子(冬天装热汤暖手脚的容器,多用于温被子)比拟为"妾",并突出"热肠"的特征,切题巧妙。

6. 隐意法

此类诗作意深藏,多蕴藉隽永,初看似无关主题,但细细品味却倍感精当,其解读类似猜谜之会意法。如分咏"作普度、和尚娶妻":

> 十方穷道沾甘露,一夜巫山布法云⑧

大乘佛教倡导普度众生,即便"十方穷道"亦能雨露均沾。下联借"巫山云雨"典故言男女情事,以"法云"暗指和尚行房。

7. 衬托法

不直接写所咏的事物,而是借助与主题相关的事物,从侧面衬托出主题。如分咏"瘦鹤、破门神":

> 寒梅影里肩双耸,爆竹声中象一新⑨

林和靖有"梅妻鹤子"之典,其后诗人多将梅鹤并举,如鲁迅

《集外集·诗》"坟坛冷落将军岳，梅鹤凄凉处士林"，"梅鹤"已成为喻指气质非凡的常用词汇。上联借背景"寒梅影里"来衬托"鹤"，并以"肩双耸"言"瘦"，与一般的描述法有所不同。

8. 别解法

此法最似灯谜，重在别解之趣，字面之意为虚，别解之意为实（与主题扣合），最能体现分咏的雅谑特征和作者的机警诗思。如分咏"风筝、井"：

吹嘘便得三霄路，坐守徒窥一角天⑩

上联表面看是讽刺不学无术者仅凭吹嘘而得升迁（"三霄路"指云霄、琼霄、碧霄被封神而升天之路），其实是写风筝靠风的"吹嘘"而升天。又如分咏"粪坑石、吹火管"：

任尔坚贞难去臭，破他关节便随风⑪

下联似讽刺某些守节矜持者，一旦被攻破关节，便随世风而变。实际是说竹筒打通关节后，便可以用来吹风助火势。

9. 歇后法

所咏之主题内容不出现在句子中，而隐藏于句子之后，犹如歇后语，与笼纱格很相似。如分咏"刘寄奴、鞭"：

闻鸡琨逖争先着，司马师昭有后尘

上联用祖逖、刘琨"闻鸡起舞"典故和《晋书·刘琨传》"吾枕戈待旦，志枭逆虏，常恐祖生先吾着鞭耳"之语。"争先着"之后有意缺"鞭"字，此"鞭"呼之欲出，读者自能悟及，故十分切题。下联言刘寄奴（即刘裕）建立南朝宋，是步司马师、司马昭后尘。两司马本是魏臣，借掌兵权以欺魏主，为司马炎篡位建立晋朝奠定基础。然而，一百多年后的刘裕，竟步其后尘，以晋臣篡晋建立宋朝。此联手法高妙，以复姓"司马"别解对"闻鸡"；以步二司马后尘篡位建立南朝宋言刘裕，因果报应，令人感慨！仅十四字却有丰厚的意涵。遗憾的是"着"对"尘"不工整，可见分咏体易稳难工。

以上所举之法并非孤立运用，往往在一联中多法并用。如"十方穷道沾甘露，一夜巫山布法云"，既是隐意法，亦有用典法、比喻法。

10. 集句法

分咏亦可用集句法，属于二度创作。虽借用他人成句，但欲配对成联绝非易事。如张恨水集韩翃《送齐山人归长白山》、晏殊《无题》句：

> 柴门流水依然在，油壁香车不再逢[12]

张伯驹乃集句分咏大家，其集句轻手拈来，多能切题，如分咏"落叶、驸马"，集卢纶《赴虢州留别故人》《王评事驸马花烛诗》句：

> 昨夜秋风今夜雨，一人女婿万人怜

上联通过推断法切题，下联诗句原本写驸马，以诗典切。又如分咏"连鬓胡子、牡丹"集崔护《题都城南庄》、方干《牡丹》句：

> 人面不知何处去，狂心更拟折来看

上联用别解法切题，下联用诗典切题。

因集句分咏难度颇大，对切题和对仗有所放宽。如分咏"状元、聋子"，集白居易《长恨歌》《琵琶行》句：

> 一朝选在君王侧，终岁不闻丝竹声

上句写状元，下句写聋子，未必精准，但集句成联难，非饱学而机警者不能，故不严苛切题。

## 二、分咏的高要求

切题而不犯题字仅是分咏的基本要求，高要求是立意深刻，构思新巧。所谓"立意深刻"，是指对主题的阐发透辟，或能引申出新意。同样的题材，构思切入的角度不同，对主题阐发的深度也不同。例如分咏"包公、关公"两联：

> 铡美案中心似铁，华容道上手如棉
> 原非皇帝人称帝，不是青天众誉天

第一联通过两个故事扣合包公和关公，十分切题。通过比喻精准刻画人物性格，暗中带评；第二联撇开具体的形象刻画，以虚入手，通过独有的称谓切题，重在体现包公和关公在百姓心目中的崇高地位。相比而言，第二联更能深刻揭示民众对关公、包公的崇敬和爱戴，在立意深刻上更胜一筹。

从意象的角度看，主题揭示的深刻程度，与意象的选择和组合有关。一般地说，越是新奇、生动、鲜明的意象，张力越大；越是内涵丰厚的意象，张力越大。意象张力越大，对深化主题立意越有利。以下三句皆咏"弥勒布袋"[13]：

> 裹得乾坤一笑中
> 收拾乾坤掌握中
> 乾坤大地任持携

弥勒布袋即"乾坤袋"，三句皆通过刻画弥勒形象来旁衬主题，哪句更好？第一句，"裹"言布袋，"笑"言弥勒，非常贴切，比后两句的意象更鲜明和丰满。"一笑中"显得从容不迫，举重若轻，主题揭示深刻。第二句"收拾"不及"裹得"形象，但"收拾"并"掌握"乾坤，暗喻对"天下"的把控能力，富有气势，这一点与第一句相当。第三句明显逊色，"持"与"携"义相近，"坤"与"大地"义相同，有重复之嫌。若意指"持携乾坤"，不及"裹得乾坤"和"收拾乾坤"形象，若意指持乾坤袋而行走，则平淡无奇，而"坤"与"大地"相犯之弊更加凸显。相比而言，第三句不够深刻。

所谓"构思新巧"，即迁思妙想，独辟蹊径，他人所不能及。如分咏"茶杯、抹布"：

亦可倩他斟竹叶，何曾劳汝拭桃花

前人曾有分咏"茶、公猪"作"杯浮竹叶时时饮，命带桃花处处牵"，亦有合咏"怀孕"作"今年梅子酸尤甚，入月桃花信不来"。此联或从二诗脱化而来。"拭桃花"乃指新婚夜晚新娘以白丝巾拭红，伴房娘借此向家长报喜之事。"拭桃花"自然不能用抹布。此联不惟"桃花"对"竹叶"极工，亦极形象。不采取正面描写，而是借比喻、衬托、推理的方法，切合主题，富有意趣。

又如分咏"船、胎衣"：

帆如秋叶来天上，人似春蚕卧茧中[14]

上联咏船，包含两层意象。其一层是秋叶，将船帆的形状视如一片秋叶，并从秋叶飘零的意向中，感悟船帆随风飘动的自由无拘。帆比叶，不仅在于外形，也因二者皆与风有关，并因风悟其动感。第二层意象是"来天上"，借古人诗意。杜甫有"春水船如天上坐，老年花似镜中看"句，沈佺期有"人疑天上坐，鱼似镜中悬"句，皆描写水天相映的特殊景象。"来天上"是帆影与云天叠映水中的错觉,此句的意境比杜、沈之诗更邈远飘逸。

下联咏胎衣,将胎儿在胎中之形看同春蚕卧于茧中,比喻极为生动。"卧"字点睛,情态尽出。此句亦意蕴深邃,可延伸为人处宇宙中,犹如春蚕卧茧。如此绝妙诗笔,前无古人!

秋叶、春蚕、茧是寻常物象,于古人诗中习见,但以秋叶喻船帆、以胎中育儿喻春蚕卧茧却是天机偶发的极巧构思。此诗韵味盎然,是分咏体不可多得的经典杰作。

分咏诗钟的创作不宜太拘泥事物的本有属性,有时需要"避实就虚"。例如分咏"茶杯、抹布",作:

> 解渴君须端此皿,去污我必用斯巾

此联切题没有问题,对仗也很工稳,但太纠缠于二物的实际用途,略似产品说明书,缺少诗的韵味。试看另一联:

> 还伊本色十分洁,品我清怀一缕香

此联创作另辟蹊径,不在具体物象和功用上纠缠,而是虚处落笔,借物抒怀,阐发"本色"与"清怀",立意高峻。

**三、分咏别解法的创作思路**

别解如谜,戏谑生趣是分咏体独有的风格,亦是北派诗钟的魅力所在。别解法创作的分咏体诗钟,往往兼具"立意深刻"和"构思新巧"的优点。下文将以分咏"茶杯、抹布"为例,阐述别解法分咏诗钟的创作思路。别解类分咏诗钟的创作思路应当循着"特征取象—双关词语—词语配对—拓展构思—修改完成"五个步骤进行。

1. 特征取象

针对题目给出的事物,寻找其最具代表性的形象特征。如

"茶杯"的相关特征有：内热、含香、冒气、色清、毛尖、瓷白、圆形、量小、手持、手捧、款客等；"抹布"的相关特征有：擦拭、搓洗、污秽、纤维、纺织、柔软、晾晒、悬挂、入水、抛弃等。

2. 双关词语

从特征取象中提炼出双关词或词语。特征取象往往体现物质性的特点，是人的直观感觉，而提炼出双关词语后，就赋予了新含义，转为精神层面的判断。如将茶杯的"内热""含香"提炼成"温馨"一词，既能说明茶的热与香，又能说明茶给予人（或主人给予客人）的温馨感，其用意已侧重在后者了。茶杯提炼的双关词语有温馨、热心、量小、温存、玉体、冰肌、琥珀、翡翠等；抹布提炼的双关词语有蹂躏、色衰、揩油、性柔、软弱、玷污、经纬、尘缘等。

3. 词语配对

将分咏的两个事物提炼出来的双关词语组成对仗关系。例如上述的双关词配成对仗的有"温馨"对"蹂躏"、"翡翠"对"纬经"（"经纬"平仄不合，颠倒成"纬经"）、"量小"对"色衰"等。

4. 拓展构思

以配成对仗关系的词语为思路起点，构思文句。如"温馨"对"蹂躏"作：

岂堪蹂躏此身玷，最是温馨诸嘴亲

"翡翠"对"纬经"作：

翡翠已浓堪入饮，纬经未乱纵遭污

"量小"对"色衰"作：

已到色衰终冷遇，虽嫌量小却温存

5. 修改完成

通过进一步的修改，使作意更佳，对仗更工稳，句子更流畅。如"岂堪踩躏此身玷，最是温馨诸嘴亲"改为：

岂堪踩躏妾身玷，最感温馨君嘴亲

又如：

尘缘聚散经手过，世事浮沉转头空

"尘缘""聚散""浮沉""转头空"皆双关语，不仅熨帖，而且含义深刻。存在问题是平仄失替，"世事"非双关词，比喻不够切题。改作：

聚散尘缘经手过，浮沉春色转头空

又如：

羞揩油水秽衣袖，愿使清风芳口唇

"羞揩油水""愿使清风"皆双关词语，切入点尤佳，易于阐发深意。但不够精练，"衣、口、水"皆赘字，"衣袖"不切题。改作：

揩油终悔身遭秽，引气犹欣齿带香

又如：

器小能容春秋叶，筋柔好拭大小尘

"器小""筋柔"抓准特征，是诗意良好的萌发点。但上下句皆平仄失替，"容春秋叶"太实，意趣不够。改作：

性柔却被风尘误，器小何妨友谊交

（原文刊于《福建教育学院学报》2018.10）

**参考文献**

①③⑩⑭王鹤龄. 风雅的诗钟. 北京：台海出版社，2003：85-89，29.

②④⑥肖晓阳. 诗钟津梁. 福建霞浦：油印本，1997：前言，83.

③⑤⑦⑧⑨⑪⑬黄理堂. 雪鸿初集（卷十）. 福州：坊间刻本，1881：1，4，2，2，4，2.

④⑫燕山钟韵. 北京：《燕山钟韵》编辑部内刊，1998（1）：2.

# 论诗钟的意象经营

肖晓阳

王鹤龄《风雅的诗钟》指出:"承认诗钟为诗之别体,归入'杂体诗'中,更为符合人们的传统认识,比较顺理成章。"①中国传统诗歌是一门意象艺术,本文从诗歌创作的角度出发,探讨诗钟意象的经营。

**一、诗钟意象的选裁**

作诗离不开意象经营,诗钟既属于诗,自不例外。诗钟与近体诗在意象的运用上有何不同?诗钟单句仅七个字就要表达一个相对完整的主题,因此对意象的选择更求精当。"诗钟在意象的选取上,以少总多,取万收一,追求'片言可以明百意,坐驰可以役万里'的涵括能力。"②其次是诗钟意象引用的密度一般要比律诗绝句大。例如,"夜、声"七唱:

> 幌倚鄜州怜月夜,琵弹胡地感秋声

上联从杜甫五律《月夜》中提取"幌、鄜州、月夜"三个物象以及"倚、怜"两个事象进行组合,浓缩地表述杜甫的诗意。下句则通过"琵(即琵琶)、胡地、秋声"以及"弹、感"的意象组合，表达汉室女子和亲远嫁匈奴，借琵琶表达怀乡的凄凉愁苦之情。由此可见诗钟意象的精准和稠密。

言与意相互生发有两条途径——"以言起意"和"以意求言"，分咏格诗钟的创作大体是以意求言的，因为是"命题创作"。嵌字格的创作是以眼字为思考起点，先"对整眼字"，然后"由眼生意"，从这个角度看，初始是"以言起意"。但因创作主题不限，从"眼"到句的结撰又是"以意求言"的过程。诗钟作句常需修改，于是又兼有"以言起意"的情况。因此"以言起意"和"以意求言"其实是相互生发的。然而，作诗必以意为主宰，"意在笔先"符合诗歌创作的基本规律。从意到言的过程有一个重要的中间媒介"意象"，从意到象的形成过程靠的是"意象思维"。

从诗歌创作角度看，言、象、意三要素出现的先后顺序是：意—象—言（诗歌鉴赏正好相反）。意源于诗人的生活境遇，并因外界事物触发心灵而产生各种鲜活的感受。然而，诗人的初始之意可能是浅层次的，需要经历积累、沉淀和提炼的过程。意确立后，须借助意象加以表达，故需"取象"。象源于物，因此要"观物取象"，也就是选取表意之物象。明人王廷相《与郭价夫学士论诗书》云："言证实则寡余味也，情直致而难动物也，故示以意象，使人思而咀之，感而契之，邈则深矣，此诗之大致也。"[③] 可见作诗不可简单直白地表述，须借助意象。意到象的生成是一个淬炼升华的过程，要求意象的选取有"余味"，能"动物"，发人之"思"，启人之"感"。

作意相类的诗句，往往因选取的意象不同，意趣有别。对比以下两联：

为触秋心在明月，盼君远道有孤云（"触、君"二唱）

迟君远道同明月，近触新愁为落花（"触、君"二唱）

以明月触愁（秋心即愁），是诉别离、怀人之苦；以落花触愁，则言感逝之愁。以明月喻君，充满景仰之情；以孤云言君，则兴发漂泊之慨。

同样的题材也会因意象选择的不同而有高下之别。对比以下两联：

债无可避思奔月，雨不能晴欲补天（"雨、债"一唱）
避债万难天有路，诉愁翻恨月无言（"言、路"七唱）

两联第一句皆言避债，也都想到往天上逃，但第一联用"奔月"之意象，富于形象思维，较之第二联的"有路"更胜一筹。

再看以下两联：

疏林叶落露山寺，两岸潮平低板桥（"疏、两"一唱）
水平两岸没桥脚，云掩前山余塔尖（"云、水"一唱）

第一联下句与第二联上句意思差不多，但"没桥脚"不及"低板桥"形象生动。因为"没"可深可浅，而"低"则反衬潮水所涨之高接近桥面。又板桥不及石桥紧固，于是让读者为板桥及行人而揪心，此即"感人"。

嵌字诗钟的创作一般从"对整眼字，由眼生意"开始。配对之"眼"虽然对创作有一定的指向作用，但不同作者的作意常大相径庭，其主要原因在于立意和取象不同。而"眼"有宽窄之别。如"夜、声"七唱，眼字尤宽，组词后匹而成对的眼也很多，因此题材面很广。如果"夜、声"二字不组词，而是作单字用，则意象的选取范围极大，难以框定。因此仍须通过组词配对缩小意象的选取面。例如以"欲夜"与"无声"为构思基点,展开相关意象的联想,先拓展出三字尾"天欲夜"和"雨无声"。有了三字尾,则反推前四字时就不至于毫无方向。尽管如此,"天欲夜"和"雨无声"所引发意象思维的指向性仍然不强,取象属宽泛,以此构思则千人千面。但不管从哪个角度考虑,在造句的构思中,往往会因字数、平仄、对仗的制约,而改变原有的意象选择,终使诗作臻于完善。

松月筛庭天欲夜,竹烟笼院雨无声

本诗选取"松月筛庭""竹烟笼院"的意象无疑是非常成功的。上联展现的景象是天色向晚,皓月当空,月光透过松枝稀疏散漫的空间,投影于庭院地上,轻风摇曳松枝,犹如将月光筛满一庭。此景让人联想起苏轼《记承天寺夜游》中说的"庭下如积水空明,水中藻、荇交横,盖竹柏影也。何夜无月?何处无竹柏?但少闲人如吾两人者耳"。读之如身临其境,顿使心境空明澄澈。下句意为庭院疏竹在如烟似雾的微蒙细雨笼罩中,听之无声,犹如一幅水气氤氲的淡墨国画,笔调细腻,意境绝佳。其中"筛""笼"二字尤为传神。

"海、洋"七唱(眼字有合掌之嫌,此不具论),如果配对之眼是"北海"和"西洋",则属窄眼(题材面窄),此眼一般循着苏武牧羊于"北海"和郑和七下"西洋"的典实展开构思,以此题材创作则意象选择的指向性就很强。例如要写苏武牧羊的典故,可供选择的意象可以是汉使、旌节、匈奴、胡地、牧羊、风雪、寒天、饥饿、羁留、啖雪、茹毡、雁书等;写郑和下西洋的典故,可供选择的意象有明使、南下、舟楫、风樯、浩海、惊涛、潮水、远洋、交友、寻访、丝绸、陶瓷等。高明的作者尤其注重意象选取的有效性。比较以下三联的优劣:

> 苏武牧羊羁北海，郑和出使下西洋
> 大节不亏旌北海，惊涛无惧使西洋
> 节验铁钢羁北海，策生玉帛访西洋

第一联"羁北海"与"下西洋"足以将两个典实说清楚，因此，"苏武牧羊"和"郑和出使"纯属无效意象，浪费笔墨。第二联选择的意象是"大节不亏"与"惊涛无惧"，属于描述性意象。比第一联高明的地方是将两句的前四字用于评价，做到有典有评。"旌""使"均为名词转作动词用，"旌"指旌节，这里作动词，意为旌表，即表彰；"使"本指使节，这里意为出使。第三联选择的是比喻性意象"铁钢"和"玉帛"，意涵更丰富。与第二联相比，"大节不亏"言臣节之坚定，褒扬之意明显，但属于概念化语言，形象性不够，略显空洞。"节验铁钢"，同样褒扬臣节之坚定，但通过比喻来说明问题，多了"铁钢"的意象，使臣节之"坚"具体化和形象化。"策生玉帛"中，"玉帛"本是玉器与丝织品，喻指美好的事物，借以说明策之善，也指下西洋与各友邦交谊的物品。据此分析可知，第三联由于借助暗喻的手法，丰富了句子的意涵，使诗作更显蕴藉。

汉字一字一义的特点，使得汉语很善于短语表达，字词的组合极富变化，形成丰富多彩的语句形式，为诗化语言的多样性提供了可能，这也是意象剪裁的基础。例如"夜、声"七唱：

> 死无贵贱台皆夜，疑到弟兄斧有声

"夜台"原指坟墓。如阮瑀《七哀诗》"冥冥九泉室，漫漫长夜台"，李白《哭宣城善酿纪叟》"夜台无李白，沽酒与何人"。

因为眼字"夜"须在后,如果将"夜台"颠倒成"台夜"就说不通,但通过虚字"皆"的调剂,成为"台皆夜"就顺畅了。这句是说人无论贵贱,死了都一样要归夜台。"夜"字殿后也是强调幽暗、岑寂、凄冷。此诗的特点是将"夜台"与"斧声"作剪裁重组。

二、诗钟意象的语言

意象选取之后,须落实到语言上,完成从象到言的过渡。这个过程需运用意象语言,最终以"诗家语"结撰。语言是思维的工具,从意象选取到意象语言的完成,其间必然经过意象思维的过程。意象语言强调思维的形象性,其特点是使表意之象具体可感,或能传达一定的情意内涵,或通过启发、暗示,激发读者联想或想象。为此,须淡化词语表现概念和逻辑关系的功能,转而强化直观性、鲜明性和生动性。例如"巴、海"一唱:

海门风起水疑立,巴峡云来山欲飞

作者以"水疑立"和"山欲飞"这两个意象来加强"海门风起"和"巴峡云来"的表意效果,形象而生动,是"观物取象"和运用意象语言的成功案例。

诗钟创作,初始之意可能平淡无趣,若能借助形象突出、富于意涵的意象,则可达到不凡的效果。例如"俗、闲"六唱:

肝胆向人移俗易,头颅老我乞闲迟

上句立意是:有诚挚之心,有勇气,则移风易俗不难;下句之意是嫌自己退休太迟。但作者摒弃平铺直叙,巧借"肝胆"与"头颅"这两个意象来增强语言张力。因肝胆比喻真挚的心意,或比喻勇气、血性，也指关系密切，这些丰富的内涵大大增强了语言的表现力。"抛头颅"常用于言烈士，这里却借头颅以言老，因为人老之表征多现于头颅之上：满脸丘壑、一头雪霜，故以头颅言老富于形象思维。当然，此诗的成功还在于诗化语言的独特性——本该是时间催人老，这里却说成是头颅使我老，使平淡无奇变得曲折生动，颇有意趣。"乞"字炼字精准，表达了作者对闲休的渴求，然乞而不得，老去方临，而青春不再，闲乐苦短，其间蕴含的慨叹读者自能感知。此诗意象富于特色，用字洗练，肌理缜密，可以窥见作者造句之活，非老手莫能。

意象语言呈现为诗句形式时，因需合律，要对词语作精心的选择和安排。往往改变词语的词性、词义、词序，呈现"反语法"的现象；或省略关联词，使意象呈现"跳跃性"；或通过曲喻、通感的描写手法，呈现"反逻辑"的现象。这些不合惯常语法与逻辑的语言特点，却是"反常合道"的，"正是为了要在词句之间形成一种张力，让诗人独特的情意体验能透过这层张力的设置，有力地暗示并传达出来"，[①]成为"诗家语"的特质。当然，意象语言的"反语法""反逻辑"须有限度，过犹不及。以下举例说明意象语言的诗化特点。

*归鹤暝收双翅月，断鸿寒带一声霜*（"断、归"一唱）

此诗曲折蕴藉，用惯常的语法和逻辑难以说通。上句的常规语序应该是：归鹤暝（中）双翅收月（光），但这样讲就没了诗的意趣。作者省略了"中"字，改变了词序，"暝"与"收"、"双翅"与"月"直接组合，于是有了"暝收""双翅月"这样的新词汇，使意象呈现跳跃性。月何以能收？其实作者是基于曲喻的表现手法，收的是月光。因为月光投射如水、如银，而水、银是可收的，于是月光似乎亦可收了。这就触发了读者的联想，有了"兴趣"。下句的常规语序是，断鸿霜（里）一声带寒。"寒带"与"一声霜"也是意象直接拼合而产生的新词汇，较上句更为曲折难懂。细分析可知，作者用了通感的修辞方法：霜是寒的，于是感到霜中的鸿声也带寒了。而将"霜"倒置于"一声"之后，则增添了曲折的韵致，激发了读者的联想，增加了句子的张力。"霜"由于有"寒"的呼应作用，其"反语法"与"反逻辑"便在有度的范围，可谓"反常合道"。

### 三、诗钟意象的组构

诗钟创作所选取的意象大多属于间接意象，即源自前人诗文既有的意象，这些意象包含的意涵较为固定。诗的意蕴往往需要借助多个意象的组合（或称"意象群"）来表达，尽管各个意象的意涵较为固定，但意象的组合却是千变万化的，这为诗作创新提供了可能。袁行霈说："一首诗从字面看是词语的连缀；从艺术构思的角度看则是意象的组合。"[⑤]

> 雁翅秋风平野阔，马头山色一生忙

此为"野、生"六唱作句，上句秋景的描写十分成功，大雁、秋风均是秋天特有景象，再将其置于宽阔的"平野"之上，境界全出。三个意象的选择和组构十分到位，为读者描绘出一幅旷野迢递，秋风萧瑟，雁阵南飞，鸣声断续的简淡画面。雁附以"翅"字，是为了对下句的"马头"。在此大背景中，"翅"是看不见的，只能是作者的联想。可见此画面是全景与特写的结合。以"雁翅"和"秋风"的意象，能使人产生风吹羽震的联想，此即"象外之象"。下联将"山色"置于"马头"之上，构思独特新颖。其创作手法是侧面衬托，即借"马头山色"衬托马背颠簸，爬山涉水，一生忙碌之苦。再对比"时、事"

六唱：

> 灯前诸弟儿时共，杖底群山世事抛

此作下联同样以"山"作为主体意象。"杖底群山"也别出心裁，与"马头山色"对比，二者写山的意象组合结构不同：一个将山置于马头之上，一个将山置于杖底之下，由此呈现的主题大相径庭。"马头山色"表现劳顿辛苦，"杖底群山"表现游历逍遥，可见意象的组构不同，作意迥异。

意象结构的内在是诗人的情意结构，外在却显形为文本结构。因此探讨诗钟意象结构，往往可从句型结构入手，例如并列、承接、递进、转折、因果、对比、映衬。此类文字不乏专述，无需赘陈。然而"言不尽意"论告诉我们，情意结构所产生的微妙神理，往往难以尽述的，唯靠启示和感悟。尤其诗家语的"反常"而呈现为新奇、怪诞时，常规语法的分析就显乏力了。尽管如此，为了加深对意象结构的理解，以供创作借鉴，仍有必要略举典型之例加以说明。

承接关系。意象之间纵向承接，是诗钟最常用的意象结构形式。如："黄、晓"一唱：

> 晓星影坠天如水，黄叶声干月在楼

上下联均含两个意象，它们的关系是："晓星影坠"之时，望见"天（色）如水"；"黄叶声干"（听到黄叶落地之声发干），恰是"月在楼（头）"之时。

并列关系。意象之间横向并列，不分主次。如："人、月"二唱：

> 美人名马乌江别，明月清风赤壁游

上联高度凝练地概述项羽的平生事迹：并列项羽的两个最爱——"美人"与"名马"，由此引发读者对楚霸王与美人、名马之间各种故事的联想，生发出钦慕之情。然而，仅"乌江别"三字就概括了悲剧性结局。这种悲喜的强烈对比，能激发读者的情感波澜。虽寥寥七字，意涵却很大。下联并列的"明月"与"清风"，是从苏轼《赤壁赋》中提炼出来的景物，同样具有概括性。

对比关系。把具有明显差异或相互对立的事物安排在一起，通过对照比较，突出被表现事物的本质特征，增强语言的感染力。如："世、波"三唱：

绝险波涛鸥独稳，极忙世界鹤偏闲

将波涛之"绝险"与鸥之"稳"对比，突出"鸥"历险如夷的才干与勇气；世界之"极忙"与鹤之"闲"对比，更显鹤之清闲自在。鸥与鹤亦可视为人格化的象征。

递进关系。如："剑、毫"七唱：

既已磨锋须亮剑，苟能成竹且挥毫

以磨锋为基础，进而亮剑，从磨锋到亮剑，更进一步；先胸有成竹，然后挥毫作画，从成竹到挥毫亦是更进一步。

转折关系。如："夜、声"七唱：

腰贯虽多难买夜，头衔纵好尽虚声

腰贯虽多，但是难以买夜，说明金钱虽万能，亦有不能；头衔纵然好，但往往空有虚名，未必实用。

因果关系。如："百、飞"三唱：

久雨百花终尘土，好风飞絮亦云霄

因为"久雨",导致"百花终尘土"的后果;因为善借"好风",才有"飞絮亦云霄"的成果。下联亦可理解为条件关系,即只要有好风,飞絮亦可到达云霄。

假设关系。如"齿、干"二唱:

> 雍齿不封终叛汉,比干未死亦从周

假如雍齿不封为什邡侯,必将反叛刘汉王朝;假如比干不死,也会背弃商朝而顺从周朝。

选择关系。如"野、生"六唱:

> 吾力能支犹野战,此头宁断不生降

下联为选择关系,即宁可选择头断,也不求生而投降。

意象结构是一个系统(意象系统),系统的功能远大于单个要素功能之和。因此意象组合能生发出比单个意象简单相加更为丰富和深刻的意蕴。

**四、诗钟意象的创新**

诗钟句子的创新大多是意象组构的创新,意象本身的创新较少。如"江、秋"一唱:

> 江南路出莺声里,秋夕楼横雁影边

"江南、莺声、秋夕、雁影"皆为寻常意象,通过"路出、楼横"的连缀,便成富有新意的优美画面。诗钟尚新巧,而新巧得之于联想,即通过迁思妙想,将不相干的事物勾连起来,顺理成章。不同的事物或有相同或相类的特征,据此将二者进行勾连,这是联想产生的机制之一,姑且称之为"相类联想"。如"心、事"四唱:

> 花悲世事凋还早,山笑人心险更多

上句的"花"与"世事"都有"凋"的特征,从花的凋谢联想到人事之凋零;下句的"山"与"人心"都有"险"的特征,以山势险峻联想到人心险恶。通过"早"和"多",则可窥见作者的情意。又如"求、是"四唱钟聚活动,笔者作句:

> 蛛巧难求丝暖世,鳄残偏是泪瞒人

此联创作亦巧在"相类联想",从蚕丝可以制服装为世人带来温暖,联想到蜘蛛吐丝却难以"暖世"。

除了"相类联想",还有"延伸联想"。即以一个意象为起点,联想与其相关意象,延伸出新的意境。如"夜、声"七唱:

> 情天可补填桥夜,苦海无闻唤渡声

情天是指爱情的境界,苦海是指尘世间的一切烦恼和苦难,也比喻无穷的苦境。情天、苦海之喻早已有之,诗人在此基础上充分发挥想象力,作进一步的阐发。通过联想将"情天—补天—鹊桥"勾连起来,翻出新意。下联则循着"苦海—摆渡—唤渡"展开联想,阐明要脱离苦海,无他人可以指望,唯靠自觉,颇有警世意味!

单个意象的创新有两种情况:其一是创全新的意象;其二是旧的意象赋予新意,姑且称为"意象翻新"。前者如"复、年"二唱:

> 乍复杖瘢还抗疏,频年盾墨几封侯

上联"杖瘢""盾墨"意象的选择极为到位。"杖瘢"之意象前所未见,当属作者创新。以此说明庭杖刚过,伤痕初复,仍然直言上谏,刻画出一个刚正不阿、忠心耿耿、冒死抗疏的忠臣形象。

诗钟意象创新更多的是"意象翻新"。如分咏"帆、胎衣":

> 帆如秋叶来天上，人似春蚕卧茧中

秋叶、春蚕、茧是寻常物象，于古人诗中习见，但以秋叶喻船帆、以春蚕卧茧喻胎中育儿却是一种创新，且形象生动，韵味盎然。又如"微、寒"一唱：

> 寒宵坐似沧浪里，微曙看犹混沌初

"混沌"是我国民间传说中指盘古开天辟地之前天地模糊一团的状态。微曙之时，光线暗淡，天地朦胧不清，恰如混沌初开之时，这一比喻新奇巧妙，可谓神来之笔！以混沌喻微曙之景象，未曾得见，当属意象翻新。又如"文、墨"二唱：

> 摛文水面风初过，聚墨山头雨欲来

"摛文"原指铺陈文采，较为抽象。将风过水面产生涟漪喻作摛文，化抽象为具象，构思甚妙，亦是首创。

（原文刊于《福建教育学院学报》2017.7）

**参考文献**

①王鹤龄. 风雅的诗钟. 北京：台海出版社，2003：45.
②黄乃江. 台湾诗钟研究. 上海：复旦大学出版社，2009：284.
③王廷相. 与郭价夫学士论诗·王氏家藏集. 明嘉靖刻本，卷二八.
④陈伯海. 诗歌意象艺术与唐诗. 上海：上海古籍出版社，2015：36.
⑤袁行霈. 中国诗歌艺术研究. 北京：北京大学出版社，2009：57-58.

# 基于"言象意"的诗钟鉴赏

肖晓阳

诗钟临场创作,比"中国诗词大会"更能体现参赛者的诗才,但难度颇大,非高手难能。对于广大读者而言,学会欣赏诗钟也不失为一大乐事。本文仅就鉴赏的角度谈诗钟(鉴赏法往往也是创作法),并辅以案例分析,或能对爱好者有所裨益。

诗钟属古典诗歌范畴,单句即有独立的主题,抒情、言志、状物、叙事、议论无所不备,中国传统诗论大多适用于诗钟鉴赏。笔者专著《诗钟津梁》中,"诗钟赏评的维度"[①]就是从言意论、情景论、意境论三个方面展开论述。本文从"言、象、意"三个层面阐述诗钟的鉴赏。言,指语言文字;象,指意象,诗中能引发读者形象思维的物象或事象;意,指意念、意境、意蕴。诗歌鉴赏所呈现的顺序是言、象、意。言与象皆为意服务,意的领悟是诗歌鉴赏的高级阶段。

## 一、基于"言"的赏析

从"言"的层面鉴赏诗钟,大体可从平仄、节奏、对仗、眼字、文理五个方面赏评。

1. 平仄  诗钟平仄辨别用中古音,"平"属平声,上、去、入为仄声。辞书以《辞源》《康熙字典》《诗韵合璧》为准（不可用现代字典和词典）。格律延用七律颔联或颈联格式，有三种平仄句式（下划线的字平仄不论）。（1）平起式：<u>平</u>平仄仄平平仄，<u>仄</u>仄平平仄仄平；（2）仄起式：<u>仄</u>仄<u>平</u>平平仄仄，<u>平</u>平<u>仄</u>仄仄平平；（3）拗体式：<u>平</u>平仄仄仄平仄，<u>仄</u>仄平平平仄平。平仄违律者，如"几、长"一唱："长沾雨露花容秀，几经风雪竹节坚。"此联为平起式，下联的"经"平声、"雪"仄声，不合要求，"经"改作"历"，"雪"改作"霜"就可以了。

2. 节奏　诗钟用律句，属四三节奏或二五节奏句式。前者如"富、强"一唱：

强君行色/囊中剑，富我情怀/客里诗

后者如：

富策/囊中生玉帛，强锋/笔下走龙蛇

不合要求者，如"大、好"一唱："好意见/多提一点，大街头/莫唤连声"，两句都属三四节奏。

3. 眼字　眼字是指嵌入诗中指定位置的字。由眼字与其他字组成的词或词组称"眼"。诗钟嵌字的高要求是"一字嵌进去，九牛拔不回"。如果达不到这种要求，至少要能让眼字站住脚跟，否则就是"疞眼"（疞，不饱满之意），是大忌。嵌字牢靠有其方法，仅举两例说明。

（1）将眼字置于专有名词中。如"齿、干"二唱，眼字颇难属对，组成人名"雍齿"和"比干"，则眼字稳固，作句如：

雍齿不封终叛汉，比干未死亦从周

（2）将眼字与其密切相关的事物相联系，常常借典成联。又如"三、二"一唱二联：

　　三尺让邻留誉永，二桃杀士用谋阴
　　三生明证原无石，二酉勤攻自有书

第一联上句用清人张文瑞"让他三尺又何妨"典故，下句用晏婴"二桃杀三士"典故。第二联上下句分别用"三生石"和"二酉洞"典故。两联眼字皆有着落。

　　有眼者，如"秋、谷"六唱：

　　隔叶晚莺啼谷柳，唼花雏鸭戏秋塘

"秋、谷"非此诗境必用之字，"谷柳"易作"岸柳"、"秋塘"易作"春塘"亦可，甚至更好，可见眼字未嵌牢，那么"谷柳""秋塘"就属于有眼。

4. 对仗　诗钟对仗比对联、律诗严格得多，有许多避忌，举数例说明。

（1）三足蟾。指一联中含三个同类字，四足差一，畸形不整。如"飞、数"四唱：

　　去棹如飞移岸走，有山无数夺江来

岸、山、江三字同属地理类。可以砍去一"足"，改成：

　　黄叶如飞辞树去，青山无数夺江来

或凑成四"足"，改为：

　　白瀑如飞辞岫去，青山无数夺江来

（2）有人无人。如"夜、声"七唱："诗敲卧榻清秋夜，风拂松林细雨声。"上联有人，下联无人。可改作：

> 满天萤火辉星夜，一谷松风作雨声

（3）动静不分。如"三、二"一唱："三角恋情多痛苦，二心听戏不欢娱。"恋情之"恋"属静字（"恋情"属偏正结构），听戏之"听"属动字（"听戏"属动宾结构），动静相对，犯"内外科"之病。可改作：

> 三角情中多苦酒，二心枕上少甜言

（4）虚实相对。如"野、生"六唱：

> 仲谋不似何生子，颜蠋全真愿野流

"何"虚字，"愿"实字，匹对不协。将"愿"改为"本"可以救弊，但"仲谋"是孙权之字，"颜蠋"是姓名，对仗仍不工。

（5）独眼龙。指一句有典，一句无典。如"野、生"六唱：

> 云锁苍梧终野立，冰寒易水不生还

下联用荆轲刺秦典，因歌"风萧萧兮易水寒"，故"冰"宜改为"风"。上联或指"苍梧之野"，与舜葬地有关，但不属典故，因此本联有"独眼龙"之嫌。可改作：

> 薇采首山甘野隐，风寒易水不生还

5. 文理　运用翁方纲的肌理说，可使作句严谨缜密。文理不缜密者，如"前、进"一唱："前路纵艰雄可克，进程能稳慢何妨。""雄"字词意含糊，"克、能"用词不当。因为路不言"克"，而进程既然"能"稳为什么仍要"慢"呢？宜改为：

> 前路趋夷骄未可，进程求稳慢何妨

又如"夜、声"七唱：

> 金乌西坠春风夜，玉兔东升夏雨声

玉兔（指月）东升就没有雨。两句的前四字与后三字都无关联，词语虽连，意脉已断。可改作：

> 舞观柳岸春风夜，韵爱荷塘夏雨声

又如"诗、众"二唱："大众眼明堪作尺，小诗句辣可为锋。"单看"大众眼明"和"小诗句辣"句意尚可，但联系到"尺"和"锋"就觉得前后关联不够。改为：

> 大众眼明堪作镜，小诗句锐可为锋

"镜"才可以言"明"，"锋"当言"锐"。

诗钟还要剔除无效赘字，使其精练。例如"时、事"六唱：

> 万苦千辛兴事业，争分夺秒抢时间

"万苦"与"千辛"同义，"争分""夺秒""抢时间"三者同义。两句言建业惜时，却空洞无物。拟改作：

> 运甓自劳成事可，过门公干惜时难

上联用陶侃运甓典，下联用大禹三过家门而不入之典，言而有物。

## 二、基于"象"的赏析

诗歌是通过意象来传情达意的（少数有意无象的说理诗除外），明末陆时雍《唐诗镜》卷十指出："树之可观者在花，人之可观者在面，诗之可观者，意象之间而已，要在精神满而色泽生。"[②]这段话阐述了意象的重要作用，就"意"和"象"分别提出"精神满"和"色泽生"的要求。诗钟讲求新巧奇警，全仗意象之力。

现代格式塔心理学"同构论"将"力"提高到很重要的地位，单世联《西方美学初步》认为："艺术形式与情感的关系本质上是一种力的结构同形关系，每当外部事物和艺术形式中体现的力的式样与某种人类情感生活中包含的力的样式达到同形或异质同构时，我们就觉得这些事物和艺术形式有了人类情感的性质。"[3]美国学者鲁道夫·阿恩海姆在《艺术心理学新论》中指出"第一，所有知觉活动的张力都有方向性……第二，所有方向性的张力都是有一定的强度"[4]。从上述观点可知，意象是有张力的（有人将它称作"意象力"），并呈现"方向性"和"强度"的特征。但是，单个意象一般构不成方向，组成意象群后才有方向。从"言"的角度看，构成方向性的诗歌意象，至少是个短句或词组。"桃树"意象的张力无所谓方向，组成"桃树成行"后，便有了方向性。意象的方向性还与词的组成方式有关，如以"桃"为中心意象，组合成"桃媚春风""桃雨随风"两个短语，前者方向不明，后者桃雨斜飘，因此方向感强。

意象的张力可以理解为意象在表情达意中所起的作用力，亦即意象给予读者感悟诗歌的触发力。来看分咏"诸葛亮、猫"两联：

胸中早定三分策，眼底能知十二时
丹心早定三分策，碧眼能知十二时

第一联"胸中""眼底"为传抄讹误，第二联为原作，用"丹心""碧眼"（见《雪鸿初集》[5]）。"丹心"有赤诚之义，"碧眼"则传神，二者皆意象鲜明，其张力比"胸中、眼底"要强得多。

虽然可以借用"力"来比拟意象的强度,但不等于雄强的意象就一定张力大,当表现阴柔的主题时,雄强类意象的张力反而是小的。因此,意象的张力还具有风格性。如"云、水"二唱:

挈云山脊撑松臂,拜水溪头折柳腰

"撑松臂"是刚的意象,"折柳腰"是柔的意象,二者却具有同等的张力强度。

一般说来,越是鲜明、生动、新奇的意象,张力的强度越大;越是内涵丰厚的意象,张力越大。意象张力越大,对完成主题立意越有利。试举例说明。

1. 意象的鲜明性　如"夜、云"二唱:

残夜远山生缺月,低云曲浦漏斜阳

两句皆白描,意象鲜明,宛在眼前。上句"缺月"指残月娥眉月,月末黎明时出现在东方天空。古人多借此言离别之苦,如宋柳永《雨霖铃》"今宵酒醒何处?杨柳岸,晓风残月",为千古名句。下句浑如一幅美妙的滩涂摄影作品。福建霞浦海岸线绵长,沿海有众多"曲浦"(滩涂、沙滩、海岸),且景观周边多有山,既可平摄,亦可俯摄。滩涂摄影异彩纷呈,在国内外大赛中频频获奖。霞浦因此赢得"摄影家的摇篮""全国十佳摄影基地之首"的美誉。摄影家十分重视构图、色彩与用光,本诗境则三者皆备。构图上,"曲浦"体现曲线之美。"低云"横卧,与曲浦形成线条上的对比。色彩上,浦水青碧,低云如棉,斜阳漏红,加上水光的反射,画面色彩鲜美。用光上,一束阳光从云罅斜照而下,明亮的光束和水面的波光,形成画面的"高调",相比之下,背光处形成暗色调。这种光影效果形成的如诗如梦般意境,是摄影家、画家烟霞痼疾、朝暮相守的原因。诗中"低云",景象独特,似有与海亲昵之感。而"漏"字之传神,写活了斜阳。

又如"光、色"四唱:

> 蛛留春色粘花片,鸥泛波光碎月痕

春暮花凋,落英缤纷,花片偶落于蛛网之上,这一平凡景象却被诗人赋予不平凡的意象:多情的蜘蛛"留"住了花片,而诗人更认为是要留住"春色",由此放大了诗的意涵。蜘蛛在诗人的笔下大多是无情而有杀气的,本诗则一反常言,让蜘蛛具有怜香惜玉般的情怀,因此显得可爱。下句的诗境是,在静谧的江边之夜,忽见一鸥掠水而过,泛起一阵微波,揉碎了水中的一轮月影,波光晃动如鳞片闪烁。犹如电影的特写镜头,记录了大自然的美妙瞬间。江夜的静谧清幽、鸥鸟的自在闲适、水光的荡漾灵动,融合成优美的意境,表达了作者闲适的意趣。"碎"炼字尤佳,富于形象和动感。

2. 意象的生动性　如"塔、檐"三唱:

> 泣雨塔铃生怒语,战风檐铁起争声

塔铃即佛塔上的风铃。"泣雨"与"怒语"的形象塑造十分精审。因雨淋塔铃,雨水下滴,犹如哭泣而落泪,故言泣雨。而骤雨的不断侵扰,使塔铃动荡不安,发出愤怒的响声,犹如人之怒语。这是绝妙的拟人法!檐铁指挂在屋檐下的风铃。檐铁在风中摇晃而发出铃声,却说成是檐铁"战风",即与风"争战",檐铁之声是"战风"而起的"争声"(争论之声)。从"战""争"二字可见风势和铃声之强。本诗属于小景特写,颇为玲珑精巧。拟人法极富形象性，借助"泣、怒、战、起、争"五个动词，将塔铃与檐铁写得绘声绘色，十分生动。上下联裁剪整齐，对仗工整，一如怨女，一如斗士，轻重相称。

又如"奋、飞"二唱：

> 云飞欲把山移去，雷奋能教地醒来

"山移"乃是云与山相对运动而产生的错觉，"山移去"是借拟人之法强化"云飞"的夸张效果。其意趣在于将错觉当作"真实"来描绘，生动有趣。"地醒来"也是通过拟人、夸张手法，突出雷声之大，并暗含"惊蛰"和大地复苏之意。

3. 意象的新奇性　如"南、二"一唱：

> 南朝树与僧同蜕，二月花如女及笄

南朝指中国南北朝时期定都建康（今南京）的四个朝代宋、齐、梁、陈的总称。南朝各代帝王大都信佛。梁武帝笃信佛教，自称"三宝奴"，四次舍身入寺，皆由国家出钱赎回。梁朝时的建康有大寺七百余所，僧尼信众常有万人。唐杜牧有诗云："南朝四百八十寺，多少楼台烟雨中。"蜕指蛇、蝉等动物脱皮，引申为解脱、变化。上联写南朝佛事，独辟蹊径，将树的蜕皮与僧人的兴替作比，侧面烘托佛教的兴盛。"蜕"字尤精，其引申义丰富了诗句意涵。树可蜕皮，僧不蜕皮，不以僧比树，反而以树比僧，加强了僧作为吟咏主体的地位，切合咏佛事的主题，神思超逸，手法高妙！下联"及笄"，古时称女子十五岁为"及笄"或"笄年"。笄即簪子，及笄，就是到了可以插簪子的年龄了，也指已到出嫁的年龄。二月是花朝节所在的月份。晋代花朝节为农历二月十五日，宋代以后渐改为农历二月十二日，全国盛行。花朝是游春的高潮，民众皆至郊外看花游春。文人雅士则邀约赏花，饮酒作乐，互相唱和，高吟竟日。诗人赞誉美女，多以人比花，本诗反而以花比人。表面写花，实则暗赞待字闺中的少女之美，也让人联想花朝游春中，鲜花与少女并艳的景象。

又如"高、袋"二唱：

渐高月影分千嶂，如袋江声裹一城

此联的特色是写景微妙，如在眼前。下句勾画的景象是：江水环绕城郭大半圈，犹如布袋套住一城。诗人由此突发奇思，通过通感，想象江声也像布袋一样"裹"住一城，真乃神来之笔！

4. 意象的内涵性　如"燕、溪"一唱：

燕雀吞声残粒下，溪山敛影劫灰中

抗战时期，福建省政府曾迁至永安，其间以永安的"燕溪"为眼字举办折枝诗大唱，此诗为夺魁之作。燕雀，指燕和雀，比喻卑微者或器量志向小的人。吞声，不敢出声，特指哭泣不敢出声。残粒，指剩余的劣质谷物颗粒。上联影射国民政府无能，在日寇的铁蹄面前，犹如燕雀一样，忍气吞声地啄食残粒。下联有五个不同的版本，即下句第三字分别为"留、摇、敛、弄、掠"。永安市《燕江诗词》第一辑前言中介绍的史事为：抗日战争时期，省会迁来永安。诗人荟萃，吟事频繁。"燕雀吞声残粒下，溪山留影劫灰中"（"燕、溪"一唱）流传至今……可见永安诗人主"留"字。郑名彦转述抗战时期霞浦老秀才章玉堂之说，主"摇"字，并认为此诗脱自"天地秋声刀尺下，山河暮气管弦中"；萨伯森、郑丽生合撰的《诗钟史话》中，主"敛"字，并指明作者为马光桢。⑥陈海瀛撰的

《希微室折枝诗话》，主"弄"字，亦指明作者为当时省财政厅职员马感沤（不知马光桢与马感沤是否同一人）。宁德陈专年为福州人，主"弄"字；福州长乐陈茅转述其父所传，主"掠"字。究竟谁对已难考证，撇开孰是孰非，仅就"炼字"分析，究竟用何字为好？"留影"显得平淡，难以匹对情感强烈的"吞声"，当非佳构。"摇影"当指溪山摇晃，喻指国家危难，情感的强烈更甚于上联。溪山"摇影"作为作者的独特感受未尝不可，但过甚其辞，有失真之嫌。"弄影"义同"弄姿"，显得轻松和做作，不合"劫灰"的肃杀气氛。"掠影"可否？从上联看，"吞声"的行为主体是"燕雀"，那么，下联"掠影"的行为主体本该是"溪山"，但掠影者显然是人。诗钟对仗要求上下联在语法的逻辑关系上保持一致，因此可以推知用"掠"不妥。"敛影"为拟人手法，意指溪山遭倭寇的劫难，黯然神伤，收敛了往日的光彩。相比而言，"敛影"最为妥当。本诗取象精审，燕雀、吞声、残粒、劫灰的词汇本身包含深意，故诗意的阐发极为深刻。不仅构思高妙，造句畅达，匹对亦工切，举重若轻，不愧传世名作！

### 三、基于"意"的赏析

意的领悟属于诗钟鉴赏的最高层次，"意"当包括意念、意蕴、意境。意念包含情感、志向、理念、思想、感悟等，可概括为情、理两方面。意蕴包含文本之意外，还包含"言外"或"象外"蕴含的耐人寻味的韵味与哲思，亦即"审美意蕴"和"智性意蕴"。意境是诗人借助意象的组构营造出来的情景交融的艺术境界与情调，是抽象的审美感受。意境既然与意象的组构有关，那么纯粹抽象概念组成的诗句就没有意境可言，因此意境作为诗钟的评价工具并不适合所有诗作。

意念与意蕴的联系与区别是意蕴包含意念，而意念则有

"意"无"蕴"。例如"慈、长"一唱：

> 慈严殊用皆为爱，长短兼收各见才

此诗以说理见长，其意明白透彻，并无言外之意，属于有意无蕴。试看"鱼、色"二唱：

> 是色是空无着相，非鱼非我总忘机

是色是空，出自《般若波罗蜜多心经》"色即是空，空即是色"，是大乘佛教的重要义理。色指一切有形的物质，这些物质都是因缘和合而生，其当体即空，故说色即是空。"色即是空，空即是色"包含很深的哲学思想，"色"非指女色，"空"也非虚无乌有。佛教有所谓苦、集、灭、道"四谛"。"苦谛"指人生在世有生、老、病、死等无数烦恼。"集谛"是对造成痛苦和烦恼的原因的分析，认为宇宙万物及现象不能独立存在，而由多种因素集合而成。因此所有实体没有单独的"自性"，即"诸法无我"，一切事物又都变化无常，故称"诸行无常"，这便是"空"的主要内容。"灭谛"是佛教的最高境界，就是通过涅槃，达到超越人生苦难烦恼和生死轮回。"道谛"是通往涅槃之路，方法归纳为"戒、定、慧"。"色即是空"，让人们认识到事物的现象，从而认识到诸多的苦和烦恼都是人心中的虚妄产生的。"空即是色"，则由事物的共性，因缘关系，让人们知道因果报应，善恶循环。着相，佛教术语，意指执着于外相、虚相或个体意识而偏离本质。"相"指事物在我们脑中形成的认识，或称概念。它可分为有形的（可见的）和无形的（也就是意识）。本诗上句意思是"色"与"空"这两个概念不能（或无法）执着外相的认识。非鱼非我，典出《庄子·秋水》。庄子与惠子游于濠梁之上。庄子曰："鯈鱼出游从容,是鱼之乐也。"惠子曰:"子非鱼,安知鱼之乐?"庄子曰:"子非我,安知我不知鱼之乐?"惠子曰:"我非子,固不知之矣;子固非鱼也,子之不知鱼之乐,全矣。"庄子曰:"请循其本。子曰'汝安知鱼之乐'云者,既已知吾知之而问我,我知之濠上也。"这便是著名的"濠梁之辩",辩论的双方都紧扣主题,但辩论者的思维截然不同。惠施是从认知的规律上来说,人和鱼是两种不同的生物,人不可能感受到鱼的喜怒哀乐。庄周则是以艺术心态去看待世界,人乐鱼亦乐。这是典型的"移情"作用,庄周是把自己的快乐移栽到鱼的情绪上,反过来更衬托出庄周的快乐。忘机,道家语,意为消除机巧之心。常用以指甘于淡泊,忘掉世俗,与世无争。本诗两句一用佛家义理,一用道家思辨,充满智性意蕴。且匹对工整,妙手剪裁,天衣无缝。

意境与意蕴,作为诗论用语,各有不同之用。例如上述两联说理诗,没有意象的参与,不存在"景"或"境",也就不存在"情景交融",因此难从意境入手来评析诗作,但意蕴却是存在的。

诗钟单句仅七字,所用意象不太多,是否有意境?回答是肯定的。如"远、行"七唱:

云树苍茫双鹭远,海天寥阔一舟行

此联犹如一幅风景画,其空阔清远的意境惟有神游其间方能领悟。

诗钟力求作意绝佳,具体体现在哪些方面?姜夔的"四高妙"大体可凭。《白石道人诗说》认为:"诗有四种高妙,一曰理高妙,二曰意高妙,三曰想高妙,四曰自然高妙。碍而实通,曰理高妙。出自意外,曰意高妙。写出幽微,如清潭见底,曰想高妙。非奇非怪,剥落文采,知其妙而不知其所以妙,曰自然高妙。"⑦各举例为证。

理高妙者,如"中、后"六唱:

未能养浩将中馁,稍自持盈或后亡

上句论述做人当养浩然正气,否则可能中道气馁。下句"持盈"指骄满。"满招损、谦受益",古人已有立论,但作者将其提高到"身死国亡"的程度,翻出新意,此即"碍而实通"。两句均立论精辟,警世之言,振聋发聩,当为"理高妙"的典范。一般而言,全用抽象概念不易写出好诗,除非作者有极为深刻独到的新见解,此作即是。

意高妙者,如"形、池"三唱:

掷我形骸还造化,借人池馆过黄昏

"掷我形骸还造化"乃石破天惊之语!体现作者洞悉人生,透彻世理之后的一种潇洒旷达,具有深邃的哲思。"形骸"即躯体,"造化"即自然。"掷我形骸"意象生动,亘古未有。整句意思是:将自己死后的躯体扔到大自然中去。"掷"体现无所顾忌的态度,"还"表达"来于自然,归于自然"的哲思。"还造化"即与造化永恒,体现"返归本原的终极关怀"思想。《老子》曰"吾所以有大患者,为吾有身",《庄子》则曰"大块载我以形,劳我以生",然而生不能解脱忧患与劳苦,只待身后将形骸投之于造化了,这或是对老庄之言的觉悟?下句"池馆"代指富家居所,"黄昏"喻指迟暮晚年,因此其言外之意是池馆纵好,皆非私有。人生一如过客,暂"借"池官寄身而已,过完"黄昏",一切终还与他人。这是超脱还是慨叹?耐人寻味。上下句关涉生死的哲学思考,意味隽永。"掷、还、借"用字犹精，不失为杰作，令人过目难忘！

想高妙者，如"心、事"四唱：

大得吾心南菊好，藉扃世事一江横

"扃"即门闩（名词），亦指用门闩关门（动词）。将横江设想成一条门闩，借此拦住门户，以阻隔世间俗事的侵扰，表达隐世之心，可谓构思奇妙，匪夷所思。

自然高妙者，如"一、长"五唱：

磬定风从长薄起，船过月在一溪流

此诗意象丰富，意境极佳。上联之"磬"当指大磬，诵经遇有段落变换时，须敲打大磬，令大众明了变换，或遇佛号特殊处，也敲打大磬，令大众师知觉，或者合掌放掌，亦有敲大磬令大众师得知的作用。因此"磬"自然让人联想到寺庙、僧人和诵经的"象外之象"。"薄"指草木丛生的地方，"长薄"则指连片的草木丛。诗人描绘的是禅寺和草木连片的景象，或许寺庙隐于草木之后。"定"指磬声刚刚安定下来，之后风"起"，此一定一起，便有了时间延续的意象。"风从长薄起"其境界全出。下联描绘月朗风清之夜，清溪流水，小船漂过的景象，妙在不言溪水流动而言月在流。月亮在水面的光影被水波揉碎，动荡不定，犹如月光跟着溪水流动一样，可谓想象高妙，神韵超然。船"过"之后，月尚"在"流，同样有时间上的延续性。上下两句均用白描的手法，不仅有声有色，而且景物随时间变化，因此描绘的不是单纯的三维图画，而是四维的音像效果。这样清幽的意境，唯有细细品读才能悟得。白石道人所谓"知其妙而不知其所以妙"，其实就是意境美（或意蕴美）。此诗当是"自然高妙"的范例。

以上是从"言象意"的维度谈诗钟鉴赏。中国古代诗论颇为丰厚，影响较大者，如殷璠的风骨说、严羽的兴趣说、王士禛的神韵说、袁枚的性灵说、沈德潜的格调说、翁方纲的肌理说、王国维的意境说（即境界说）等。这些诗论都为鉴赏诗钟提供理论工具，但每一种诗论都有其适用面，应理性剔抉与运用。

（原文刊于《海峡教育研究》2018年第3期）

**参考文献**

①肖晓阳．诗钟津梁．厦门大学出版社，2018．

②陆时雍．唐诗镜．公版电子书．

③单世联．西方美学初步．广东人民出版社，1999．

④［美］鲁·阿恩海姆．艺术心理学新论．商务印书馆，1994．

⑤黄理堂．雪鸿初集．清光绪福州刻本，1881．

⑥萨伯森，郑丽生．诗钟史话．福州郑丽生手写本，1964．

⑦姜夔．白石道人诗说．公版电子书．

# 情景与意境维度下的诗钟鉴赏

肖晓阳

诗钟鉴赏有其要素可循,诗论家有所谓言意论、情景论、意象论、兴趣说、灵性说、肌理说、格调说、神韵说、意境说等。本文仅从情景和意境的维度谈诗钟的鉴赏。

## 一、情景论

诗论家谓诗有"二端",如明胡应麟《诗薮》"作诗不过情、景二端"①,清袁枚《随园诗话》"诗家两题,不过'写景、言情'四字"②。至于情与景之间的关系,则有明谢榛《四溟诗话》"景乃诗之媒,情乃诗之胚,合而为诗"③ "情融乎内而深且长,景耀乎外而远且大"④;王夫之《姜斋诗话》"景生情,情生景,哀乐之触,荣悴之迎,互藏其宅"④ "情、景名为二,而实不可离。神于诗者,妙合无垠。巧者则有情中景,景中情"⑤。王夫之认为情景是相互生发的,分为三种——景生情、情生景和情景妙合无垠,并以后者为"神"。由此可见,抓住"情、景"二原质对诗钟展开赏评,当切中肯綮。然而,诗钟句中的情和景是交融的,不存在单纯的情和景。即便是纯粹的写景,也因景物意象的选取和组合,寄托诗人的情感倾向，因此情、景往往难以分疆而论。但情、景要有宾主之分，或写景为主，景中含情；或写情为主，寄情于景，所谓"抒情"与"写景"，各有侧重而已。情与景的主次关系，从创作动机上看，情占主导地位。李渔《窥词管见》卷首谓："情为主，景是客，说景即是说情。"对于情与景的定义，当以王国维《文学小言》第四则所言最为清晰："文学中有二原质焉：曰景，曰情。前者以描写自然及人生之事实为主，后者则吾人对此种事实之精神的态度也。故前者客观的，后者主观的也；前者知识的，后者感情的也。"⑥至于情景论，清王夫之可谓集大成者，其诗学主张见于《姜斋诗话》，对于诗钟创作与鉴赏有一定的参考价值，但有些观点未必适合诗钟。

（一）景论

王夫之认为诗中"景"有两个特征：其一，景不唯自然风景，还包括人所处的环境以及人事活动。王夫之《夕堂永日绪论内篇》指出："烟云泉石，花鸟苔林，金铺绣帐，寓意则灵。"这里就将"金铺绣帐"纳入景的范畴；其二，强调诗中景必是真实的眼前之景。倡导一触即觉，不假思量的审美直觉和"身之所历，目之所见，是铁门限"的创作原则。

强调作诗要有真情是正确的，但写景必"即景会心"，未免胶柱鼓瑟，与艺术创作实践不相符。诗人写景言情通常有触景生情和寄情于景两种情形，如果说前者是"即景会心"，后者则不一定非要真景，也可以是诗人心中之景。对于诗钟创作而言，由于常常现拈眼字，限时创作，一般不会写眼前真景，但不妨碍寄之情的"真"，故而不能否定这种写景佳句。如"闲、俗"六唱：

> 竹外四围皆俗地，山间一缝补闲亭

此诗所写未必真景,上句当用苏东坡"无竹令人俗"之意。下句亦颇似苏轼《放鹤亭记》所描绘之景:"彭城之山,冈岭四合,隐然如大环,独缺其西一面,而山人之亭,适当其缺……"[7]诗与画一样,具有审美功能。写景贵在意境美,能给予读者联想,从中获得审美愉悦,从这一角度看,此诗当属好诗。王国维说:"有我之境,以我观物,故物皆著我之色彩。"如"一、新"六唱:

> 大海初形原一勺,乔松始茁仅新荄

大海初形,犹如一勺之微,想象奇特,得未曾有。作者所写的是心中之景,不仅不"真",还带有"理"的成分,即体现意象的哲理性——浩瀚出于微渺,这种描写已超出王夫之的审美范畴。

王夫之主张景入情,"总不使所思者一见端绪""取景含情,但极微秀"。提倡的"景生情"须含情隐约而不露骨,避免"生入语",也反对写景参插理性判断。这一观点可否用作评价诗钟的标准?现以"夜、声"七唱二联分析之:

> 一雁驮霜归月夜,万蛩咽露动秋声
> 一萤可救无光夜,孤竹能传万籁声

第一联景中含情确能"微秀","不使思者一见端绪",大体符合"情景妙合无垠"的标准。第二联,"可救""能传"就不是"微秀"了,不仅见思者端绪,更是理性的判断。是否可以判断第二联为劣等?首先,说理是诗的功能之一,诗钟说理之作不在少数,不能因有理性分析就斥之劣等。其次,情求含蓄而不直露是一种审美观,虽然在传统诗学中备受推崇,也值得倡导,但却不是唯一标准。以唯一标准评判多样化作品,则显狭隘。"一萤"联写出作者的独特感受,能给予读者想象和回味,亦不失为好诗。王夫之的情景论排斥说理,是其缺陷。诗人的情意不唯"情",还有"理"的成分,否则言志说理就不算诗了。

《姜斋诗话》云:"有大景,有小景,有大景中小景。'柳叶开时任好风''花覆千官淑景移'及'风正一帆悬''青霭入看无',皆以小景传大景之神。若'江流天地外,山色有无中''江山如有待,花柳更无私',张皇使大,反令落拓不亲。"⑧这种观点对诗钟创作是有益的。诗钟写景,仅七言就要描绘一幅图景,难度颇大,写小景则易于下笔。若只图描绘大景,泛泛而谈,易失于空疏,故以"以小景传大景之神"为善。现就上述涉及的几种写景情形举例如下。

小景者,如"墙、露"六唱:

珠翠贯丝垂露柳,龙蛇绘影满墙松

大景者,如"海、洋"七唱:

十里白云如坠海,千山红叶欲烧洋

大景中小景者,如"尖、直"七唱:

飞来远浦孤帆直,突出群山一塔尖

大景而空泛者,例如"春、好"二唱:

绝好山光偏傍晚,将春天气转添寒

上联写山色,下联写春天气候,皆因缺少"小景"之意象,难以催发读者的形象思维,也就难以"传大景之神"。

小景传大景之神者,如"秋、影"一唱:

> 影飞天末孤帆度，秋满楼头一笛横

上联"孤帆、影飞"就是小景，然而通过"影飞、天末、孤帆度"的意象组合，让读者领悟到"孤帆远影碧空尽"的空远意境。"天末"则将人们的视线引向空旷江天的尽头，达到"小景传大景之神"的效果。下联不正面写秋色大景，而是借观秋色的"楼头"和如闻秋声的"一笛"这两个小景侧面写秋。着一"满"字，则是从登楼者的视野看秋色，意指满眼秋色尽收登楼者眼底。可见"传大景之神"，功在小景之意象。大景既可以是诗中之象，也可以是"象外之象"。此诗中的江天、秋色大景就是"象外之象"。

（二）情论

王夫之认为入诗之"情"也要有两个原则。其一，情有雅俗清浊之分，诗中之情应是雅情、清情。生活中"悲愉酬酢"之类琐屑生活情感，是世俗"浊"情，此浊情"一入烂漫，即屏弃之。引气如此，那得不清"。倡导经净化、提炼而"清"的审美情感。所谓"导天下以广心，而不奔注于一情之发"，这是君子之情，而非一己私情。其二，情借助景来阐发，故"情皆可景""景总含情"，"景语"即是"情语"，所不同的是景中含情的隐显程度不同。

关于雅情俗情之说，不妨举两例诗钟对照：

> 观海遽粗临事胆，望云偶动济时心
> 家纵不贫当事苦，死原非福及时佳

此二例为新中国成立之前福建霞浦县消夏吟社"时、事"六唱诗会最为出彩之作，为后学津津乐道。此次诗会共八门评取，每门取十联。"观海"联被三门所取，排名分别是一、一、四。

"家纵"联被四门所取,排名分别是第二、二、七、八。其中两位词宗都将"观海"取为第一,"家纵"取为第二,可见"观海"比"家纵"略高一筹。究其原因,第一联言"临事胆"和"济时心",当属君子之情,符合"导天下以广心,而不奔注于一情之发"的理念,故作意高峻,风骨为胜。第二联言当家之苦和平常之死,大体属"悲愉酬酢"之俗情,但因下句言死得及时亦佳,颇合世理,言前人所未言,独出机杼,故亦擅胜场。只是不合雅情,气魄上比不过"观海"联,故排名稍逊。从中亦可窥见,即便写的是俗情,只要作意佳,也是可取的。

王夫之《唐诗评选》说"用景写意,景显意微,作者之极致也",主张"情语能以转折为含蓄者",所谓"转折"即化情为景,化虚为实。以此观点分析诗钟。其一如"水、花"一唱:

> 花梦已苏春雨后,水声微咽夕潮初

此诗用景写意的确"景显意微",情语含蓄。这是因为上联"花梦"一词含义婉约;下联"咽"字,为作者移情于物,但为什么感觉水声咽?作者并不明说,其情隐约,需读者感悟。其二如"上、阳"一唱:

> 阳关柳折伤心地,上苑花簪得意时

此联"阳关柳折""上苑花簪"亦属于景(即意象中的事象),其用景写意的风格与例一迥异,"伤心""得意"皆言情直白。若单从含蓄的标准审视,此联的确不如例一。然而其在抒情透彻方面却胜过例一。

王夫之主张以反衬法写情,"以乐景写哀,以哀景写乐,

一倍增其哀乐",这种观点在诗钟中亦可找到例证,如"鬣、银"七唱:

> 感逝春山松已鬣,慰贫穷巷月如银

月色如银本是平常的比喻,但作者由月光之银色联想到金银之银,大发恻隐之心,让"银"去济贫,从而慰藉穷巷之人。但月光之银原是虚幻,这一美好的愿望终究落空,因此更加深了对穷巷贫民救济无望的失落感。

写情贵求真,唯真情方能深切感人。如:

> 宗国事非人有恨,故园春尽鸟无声 ("鸟声非故国"碎锦格)
> 诗书历劫残篇少,社稷成墟隐痛多 ("诗、社"一唱)

以上两联分别出自日据时期的台湾钟手谢汝铨、傅锡祺⑨,因日本殖民者对台湾人的镇压和对汉文化的压制,触景生情,有感而发,情真意切,故而感人至深。

(三)情景交融

王夫之认为情景相互生发有三种情形——景生情、情生景和情景妙合无垠。现以诗钟为例,景生情者,如"东、垂"一唱:

> 东去江河滋感逝,垂凋花树最伤迟

上下联皆触目伤怀,故属于"景生情"。

情生景者,如"寒、微"一唱:

> 微虫沟洫犹争长,寒鸟江湖不乱群

此联作于新中国成立前福州地区刘和鼎部与卢兴邦部战争时期。上句即讽刺刘、卢争战。下句以寒鸟比喻志行高洁之士,属于"情生景"。

情景妙合无垠,最为神妙,如"回、答"四唱:

> 流水不回千里梦,故山空答一缄书

此联借流水、空山写感逝怀乡的深切之情,情与景交融一体。正如王夫之所说的"情景名为二,而实不可离。神于诗者,妙合无垠"。

作诗觅句历来有两种不同的观点,一是自然兴发,二是苦心经营。王夫之还认为:"含情而能达,会景而生心,体物而得神,则自有灵通之句,参化工之妙。若但于句求巧,则性情先为外荡,生意索然矣。"[⑩]而皎然《诗议》则谓:"或曰:诗不要苦思,苦思则丧于天真。此甚不然。固须绎虑于险中,采奇于象外,状飞动之句,写冥奥之思……但贵成章以后,有其易貌,若不思而得也。"诗钟创作遵循前者还是后者?笔者赞同皎然观点。诗钟作句求新、巧、奇、警,"语不惊人死不休",自然要苦思。前辈诗钟作手不乏奇警之句,皆非轻易可得。看似轻灵的笔调,却饱含苦心孤诣的深思。

## 二、意境论

以意境评诗古已有之,如明朱承爵《存余堂诗话》说:"作诗之妙,全在意境融彻,出声音之外,乃得真味。"大力标举并深入探讨意境的是王国维,《人间词话》说:"言气质,言神韵,不如言境界。有境界,本也;气质、神韵,末也。有境界而二者随之矣。"[⑪]意境一词发端于唐王昌龄的《诗格》,王昌龄将诗境分为物境、情境、意境。但其所指的意境是狭义的,与后来广义上的意境不同。意境论之"境"比情景论之"景"的涵义大得多。陈伯海《意象艺术与唐诗》中指出:"'景'仅限于诗中物象,'境'则包括'物境''情境''意境'等不同的类别……'意与境会'一说当比'情景交融'有更大的包容性和可行性。"袁行霈《中国诗歌艺术研究》指出,意境包括诗人之意境、诗作之意境、读者之意境,袁氏对意境作如下表述:"意境是诗人的主观情意与客观物象相互交融而形成的,足以使读者沉浸其中的想象世界。"⑫作为诗钟鉴赏,侧重从诗作意境与读者意境两方面进行赏析。

用意境评诗钟首先要明确几个观点:

其一,学者对意境一词内涵的理解并不统一。例如"意境"与"境界",有人认为是两个不同的概念;有人认为是同一概念的两种表述;有人认为是相近概念,后者是前者的补充。又如,"意境"作为诗歌的评价维度,是否具有统摄地位?黄志浩、陈平认为"诗歌理论的整个体系实际上都是围绕着意境的创造与接受来建构的"⑬,意境论适合所有诗歌,其理论依据是王国维"境非独谓景物也,喜怒哀乐亦人心中之一境界",认为意境本身包含"意"与"境"。袁行霈则认为意境并非评价诗歌的唯一标准,因为有的诗用抽象概念写成,并无意境。之所以有不同的观点,是因为对意境内涵的理解不同。笔者无意于此类理论研究,但意境作为诗钟评价的理论工具,又必须廓清内涵,为我所用,故采取"择善而从,一以贯之"的策略。本文采用袁氏的意境论。

其二,意境虽非意与境的简单加和,但仍可从意与境两大要素加以分析。境生于"意象群",对于仅有七言的诗钟单句,意象群是单薄的,能否产生意境?回答是肯定的,从大量诗钟佳句中可以得到印证。例如"远、行"七唱:

云树苍茫双鹭远,海天寥阔一舟行

此联的意象为云树、双鹭、海天、一舟,虽然意象密度较低,但却描绘出苍茫寥廓的画面,让双鹭、一舟在广阔的背景中逐渐远去，读者的心绪随着视线引向遥远虚无的天际，沉浸在清远虚静的氛围中。由此可见，即便七言单句，只要意象结构经营得好，也能产生意境。

其三，意境既然与意象群有关，那么抽象的说理诗就不存在意境。此外，意境的生发还与意象群的结构有关，有意象未必一定有意境。因此，意境并非评价诗钟的唯一标准。例如，"山、月"七唱：

> 吾道已行明此月，斯人虽死重如山

此诗难以用意境评价。

其四，意境是有风格与品质的。诗钟意境的风格完全可以借用司空图《二十四诗品》来分类。诗钟品质的高低与作者对意境的深化、拓展、创新有关，还与炼意（外显为炼字、炼句）有关。此外，因诗人的思想境界不同，使意境呈现个性化特征。例如，前辈诗钟高手林天遗，钟作构思奇警，诗味隽永，每有惊人之语，如：

> 明月已阑焉置我，青山在此敢言官（"阑、此"四唱）
> 掷我形骸还造化，借人池馆过黄昏（"形、池"三唱）

诗钟意境的高品质，大体可以概括为新、巧、奇、警。四者居其一，便可称善；四者兼备，可称神品。此例当推"天、我"五唱：

> 海到无涯天作岸，山登绝顶我为峰

此联可视为诗钟（折枝诗）的代表作，亦是知名度最高的诗钟作品。除了作者传为陈宝琛、林则徐、沈葆桢（原作者实为甘少潭，见《雪鸿初集》）的原因之外，还因作品兼备新、巧、奇、警的优点。观海无涯本是寻常之景，却能引发"天"为岸之想，新巧而奇妙，或喻示这样的道理：能变通才能迎来新的前景。登山凌巅亦属常景，而以"我"为峰不仅新巧，更是奇警。其揭示的哲思是：经过不懈的努力，最终能超越高标，变仰视为俯视，使自己达到最高境界。此诗以气骨胜，充满豪迈、自信、憧憬之情。这种意境对读者而言是一种超越感。

读者的意境是一种感受，袁行霈对这种感受的分析颇有见地，他认为"这种感受，如果笼统地说，可以称之为沉浸感……"[14]袁氏还将这种感受归纳为熟稔感、向往感、超越感。以下结合钟例加以说明。

熟稔感基于读者的审美经验，这种审美经验往往是模糊的。当诗句的意境与读者心中既有的图式相契合时，这种审美经验便被唤醒，从而产生心灵上的共鸣，沉浸其中而得到快乐。如"海、山"一唱：

海棹无波恬客梦，山田一雨沸农歌

对于渔民和山农而言，上述画面是熟悉的，自然能引起共鸣。对大多数的读者而言，虽然没有亲历感受，但却能通过影视、绘画、摄影、歌曲、文学作品等形式，间接地认知这种情景，并不自觉地在心中预存相关图式，这是产生熟稔感的内因，诗句所营造的物境则是激发意境的外因。

关于向往感，袁行霈的解释是："一种混合着惊讶、希望与追求的感觉。一种新的生活、新的性格，对人生、宇宙的新的理解，忽然展现在眼前，既夺目又夺心，使人兴奋而愉快。"[15]例如"山、日"六唱：

荒苔鹿迹寒山静，疏荻鱼标落日明

上联为隐幽山居之所见，下联为闲暇垂钓之景，这种静谧悠闲的林泉之乐，对于身处尘嚣的大多数人来说，无疑是令人向往的，意境便因读者的心迷神往而产生。

超越感，指人格或智性上超越而获得的喜悦感。诗人为读者开辟了一种境界，读者步入其中，心扉顿启，心中的苦恼、困惑、名利、怯懦便被抖落，因而超越故我，使自己变得更为纯净、智慧和自信。例如"山、日"六唱：

等依慈母青山在，逾失佳人白日过

此诗上句说青山犹如慈母，人死后葬于青山，浑如依偎在慈母的怀抱。不仅构思新巧，更在于体现对死亡的一种安抚和达观，充满着智性。与"掷我形骸还造化"句作比，均体现"源于自然、归于自然"的思想，"掷我"句显得放任、洒脱，"等依"句则显得安宁、恬适。这样的诗句能令读者精神得以超凡升华。

刘禹锡所谓"境生于象外"并非指境不借助象而自发生成，而是"境生于象而超乎象"（袁行霈《中国诗歌艺术研究》）。这种"超乎象"除了诗钟创作采用意象的比喻、象征、暗示作用外，意象的独特结构激发读者的想象空间，产生难以言说的意蕴或情调，也是"超乎象"的。例如"山、橹"三唱：

不见山容连日雨，但闻橹响满溪烟

这两句既可以是独立的，也可以视为流水对。诗中营造出雨雾迷蒙，山不见容，溪不见岸，但闻橹响的朦胧景象。正因为烟雾氤氲，更易勾引读者对隐蔽景物的无限想象，而橹声顺溪而来又为读者的联想提供了线索。这些联想与想象既模糊又丰富，使诗充满意蕴，诗境笼罩着幽远朦胧的情调。

诗之意境有有、无、深、浅之别。意境借助意象营造而成，有意象才有意境。意象的选取和组构不同，是造成意境深浅的原因。对于钟句而言，怎样的诗境才富于意境呢？以下观点可供参考。

1. 自然景观比人造景观、人事之景更能感受到意境。
2. 就自然景观而言，清远、幽寂、朦胧之景更具意境之美。如"微、寒"一唱：

寒月芦花千百顷，微风桐子两三声

此诗写景清远、幽寂、自然，富有情调，意境优美。朦胧并非看不见，而是部分看得见。审美经验告诉我们，山水景观若带有云雾会显得更美，更有"诗情画意"，这就是意境美。为何云雾会增加美感？这是因为云雾的作用促使画面凸显形式美、含蓄美、变化美和质感美。其一，由于云雾的遮掩，使得清晰的图像变得模糊，许多山、树等景物被简化成剪影，使人们不再关注图像的内容细节，而不自觉地转向关注画面的构成，浓与淡、虚与实、起与伏、疏与密等要素的对比更加突显，形式美得到了强化，于是观者更易获得视觉形式美感。其二，雾的遮掩使本来一览无余的景物变得朦胧，增加了含蓄之美。朦胧的景物会增加神秘感，扩大观者的想象空间，使观赏者在"畅神"中作种种设想，生发出"象外之象"和"象外之意"，于是从"视觉美感"转为"心里美感"，形式上的简洁反而丰富了意蕴内涵。其三，在真实的情境中，由于变化无常的云雾能幻化出各种景象，促使观者对将要呈现的美景产生期待，对将要逝去的美景充满留恋，这就是变化之美。此外，云雾轻柔的视觉质感让人联想到棉花、轻纱的柔曼，进而产生亲和之感。

这些美的综合形成了意境。

3. 意境并非简单地理解为"情景交融",而是诗境与意蕴的综合。诗境之外的意蕴越丰富,意境越深化。如"羽、痕"四唱:

邻家燕羽相新故,同巷苔痕有浅深

以"燕羽新故"更替而推知人事更新,废兴易主,感叹昨是今非。同巷之中有的门庭若市,有的门前冷落,苔痕也就深浅不同。借燕羽写人事更替,借苔痕写人情冷暖,笔曲意深。

4. 生动、鲜明的意象及其组构和传神、凝练的炼字易于彰显意境美。如"莺、梦"六唱:

满衣花露听莺返,一榻梨云拥梦来

第一句写的其实是事象,但人物形象用笔绝少,仅"衣(湿衣)、返"二字而已,"花、露、莺"都是"象外"的吉光片羽。但这些意象组构成"满衣花露听莺返"后,却给人生动鲜明的艺术形象,并引起读者对"返"之前的"听莺"情景展开想象,意境油然而生。第二句,梨花如云,拥榻而来,形象何其鲜明!"拥"字生动传神。虽是一角镜头,未见全景,但如此优美的诗境不免催发读者对镜头以外的"象外之象"以及诗中人的梦境产生诸多联想,品味意境之美。

(原文刊于《福建教育学院学报》2003.1)

**参考文献**

①胡应麟. 诗薮. 上海:上海古籍出版社,1979:65.

②袁枚. 随园诗话. 顾学颉,校点. 北京:人民文学出版社,1982:819.

③④谢榛. 四溟诗话（卷三）. 当当网公版电子书：第 10 则，61 则.

⑤⑧⑩王夫之. 姜斋诗话. 戴鸿森，笺注. 上海：上海古籍出版社，2012：34，72，93，32.

⑥王国维. 文学小言. 当当网公版电子书：第 4 则.

⑦阙勋吾，许凌云，张孝美，等，译注. 古文观止. 陈蒲清，校订. 长沙：岳麓书社. 1988：788-789.

⑨黄乃江. 台湾诗钟研究. 上海：复旦大学出版社，2009：65.

⑪王国维. 人间词话. 上海：上海古籍出版社，2004：11，82.

⑫⑭⑮袁行霈. 中国诗歌艺术研究. 北京：北京大学出版社，2009：43，44，46.

⑬黄志浩，陈平. 诗歌审美论. 南京：凤凰出版社，2012：93.

# 浅论折枝诗之评选

陈 茅

福州是诗钟的发源地，誉为诗钟国。诗钟是独立于诗词、楹联之外的文体。从清末的普及期到上世纪三十年代的鼎盛定形期，再到五六十年代的成熟期，一代又一代的前辈先贤为了诗钟的完善，不断地探索、思考、求证、实践，出版了许多诗钟专著。清光绪十九年（1893），时任台湾巡抚唐景崧所著的《诗畸》最早提出诗钟"禁忌"，没有提及评选问题。光绪七年（1881），福州人黄中（理堂）所选、林幼泉编，对当时影响极大的《雪鸿初集》和光绪十四年（1888）福州人孙乾甫所编的《雪鸿续集》，均未提及怎样评选折枝。1958年福州陈海瀛（无竞）所著的《希微室折枝诗话》，是诗钟成熟期的著述，他将《诗畸》所提出的七条禁忌和世代相传、约定俗成的法式合为十二忌，后人允为折枝创作准绳，但书中也只提到诗钟评取的大致质量要求。1964年郑丽生与萨伯森合著的《诗钟史话》、2001年北京王鹤龄所著的《风雅的诗钟》均未提及折枝评选问题。2016年，闽侯王国英先生所著的《西园折枝诗话》列有"折枝诗评取情况"一章，但只介绍了评取分元、殿等八个等级，亦无涉及评选方法的内容。得到诗钟界普遍称赞且轰动一时的《七竹折枝摭谈》，1994年时年九十岁左右的老诗人杨文继先生所著，中有"折枝大唱词宗不好当"一章，介绍的例句有六百余字，同样无具体评判标准。因此，这个领域至今尚属空白。本文不揣浅陋，就几十年实践中关于折枝评选的问题作个申述，意在抛砖引玉。

由于折枝评选没有文字记载的标准，只有口口相传的约定俗成，因此，目前诗钟界取诗无章可循，非常混乱，造成这些混乱局面的原因大致如下：

1. 似懂非懂。有的诗侣看起来作了很长时间的折枝了，但对取诗要点一知半解，为了面子，不敢下问，对于取错的诗，百般掩饰。

2. 根本不懂。作诗方半年，本来功力就差，根本就不胜任词宗之职，但为了名利，打肿脸充胖子，迫不及待地想出名，对取错的诗以"灵活""放宽"为借口，好诗遗漏，坏诗选为五大句。

3. 存心捣乱。在网络未流行时，有个别人不懂诗钟，但以宗师自视，胡乱吹牛。到了网络流行，僻居一隅的局面打破，某些人下不了台，索性将错就错，打肿脸充胖子，尽找一些诗钟未成熟时的错误句子为自己当初的错误作遮羞布，严重误导了初学者及某些诗社，使其所作的作品成"类对联"。

目前尚未有诗钟评取方法的专著，是否意味着词宗有至高的权力？可以"任性"？非也！其实诗钟有一套传统的取诗标准。当一个词宗，特别是大唱的词宗，必须具备一定的条件和资质，必须了解取诗的程序与规矩。否则，无资格担任词宗。先说说词宗必须了解和注意的几个问题。

1. 诗钟评定等级：传统上分为元、殿、眼、花、胪、录、监、斗八个等级,一般情况是五大句各一,录、监、斗各若干首,等级越低数量越多。但也有例外,因诗卷过多,五大句满足不了需求,分为甲、乙、丙、丁四等,甚至在甲之前又加超、特、优三等。有的分为一、二、三等。但多循传统元殿为序。

2. 了解投卷与取诗声数的比例:大唱时,作为主办方,一般要了解估计作者诗作质量,词宗更要视投诗者老手新手多寡,投诗数与取诗数比例,此为词宗取诗宽严之参考。一般大唱诗局按七比一、六比一、五比一取诗,六比一为常态。记得某诗局,在新手占绝大多数的情况下,以三比一取,邀我当词宗,我断然拒绝,用实际行动抵制粗选滥取。

3. 选诗时改错别字或非错别字的问题:阅卷时常常见到好诗杂错别字,如"未"写成"末","炷"写成"柱",错把"冯京"当"马凉"。那么词宗有没有义务为其改错别字呢?答曰:无义务,改不改凭词宗。词宗不是语文老师,写错字,一说明不认真,二说明或有对某字应用理解不透彻。但有的词宗将其错别字改后并取之,这是徘徊于不提倡、不禁止范围内。词宗改了取之,是出于惜诗惜才之缘故。那如果有时碰到有的整首诗意境非常好,但出现对仗不工或是错用一字,词宗有否权力改之并取为大句呢?答曰:无此权力。作者此一字欠妥非粗心大意,乃是功力不够,若帮其改,说明此诗非原作者一人创作,而是交卷后二个协作而成,取其为五大句不能服众,故传统习惯最多改后的诗(还要强调只改一字)只取为监斗。

4. 举办单位特别规定的问题:作为词宗,收到诗卷及通知后,要详细了解举办单位要求,如"左右不拘""左右不移",例如"三、十"六唱,左右不移,即指"三"只能嵌在上句,"十"只能嵌在下句(以前书写是由右到左竖写),不可更移。又如写"三、十"左右不拘或无任何说明或备注，那就说明"三"与"十"可任意嵌在上下句。有的词宗不认真，以致取出的诗违反了委托方意向，这视为违规，再好的诗都不能入选。

5. 词宗的诗风与品德问题：一般地说，能聘为词宗，都是品德好，诗风正，诗功高，威望高，资格老，见识广的词丈，特别是大唱词宗，委托方更是反复筛选，慎谨思考方聘之。词宗的诗风与品德体现在平等公正，以诗论诗，不以人取诗。不徇私，不徇情，铁面无私，不走后门。例如，有的诗侣不知林老作本次词宗，将其作品奉林老斧正，后林老担任本次词宗。如这样，林老遇到此诗应一概避嫌，统统不取。诗坛上诗风正不正，诗作水平高不高与词宗关系极大。词宗乱取诗，即是品德有亏。君不见，有的词宗"自作自取"，将自己的作品化名投入，取为元、殿。诗词生涯中，只要有一次这样的行为，将永远钉在历史的耻辱柱上。《七竹折枝摭谈》载："另一突出是此次征诗，每人投稿只十首，未知何故，某诗社评定一门，评定人在每门评定八十声中，而刘某（按：原文有其名，笔者隐去）作句竟达二十四声，占总数百分之三十，超过投诗限额一倍以上，且其所取之大部分诗句，未必是脍炙人口之作。如此作法岂不是评取之词宗，弄巧成拙，固过誉转致成谑，把作者之弱点暴露无遗。即是作者本身自亦有失其正。姑此提醒，以为浪迹不检者戒。"黑字白纸，触目惊心，闻者何感？作弊者颜面何在？故为词宗者应堂堂正正，抵制化名冒名，"踢脚""刘草"等不良风气。

6. 备取问题：虽然说一般担任词宗者具有一定的功力，但词宗也是人，俗话说"吕洞宾还会掉了剑"，词宗取诗出错屡见不鲜，有的甚至平仄都取错了。对此怎么办？传统上采用了备取办法，每门词宗按要求取好若干数量的诗后，附其后再取三首。曰备取一、备取二、备取三。主办方在接到词宗的评卷后，若发现所取的诗有严重错误，或征询词宗意见，或不征询其意见，将备取的换上。如某词宗按要求取了七十首诗，五大句各一，录十首。委托方接到诗卷后，发现录三（录十首中，排在第三位的录）平仄失，委托方可将第四首录递为第三首，以此类推，第一首监变成第十首录，第一首斗变成最尾首的监。这样类推后出现排名最后的一首斗空了，这时，备取一即补为最后一个斗。但五大句取错怎么办？一般情况要与词宗沟通，由词宗定哪一首上，如沟通不便也只能以递进方法处理。由此可知，设备取是非常必要的，故笔者建议恢复备取做法。

了解了上述问题后，词宗具体选诗要怎么操作，有几道工序呢？词宗凭什么质量、特点、风格将"坏壳"取为五大句及录监斗呢？

词宗取诗时应备有几个容器，其一先装不合格（俗称"头门刷"）、有硬伤、犯忌的诗。凡出律，句式节奏不对，眼字不牢，对仗不工，动静虚实，有人无人，有典无典，总称个称，不类失衡，姓名不对，三足蟾，四排比，四字对，合掌，说理不通，生造词汇，偷来的诗（如偷前人律联八字，对联八字，今人旧句八字）统统剔出，放在第一个容器中，但确定"头门刷"的诗绝不能马虎，至少每首看三至五遍，待确定了"头门刷"的卷子后，在其卷中撕开一个小口，防止取的与未取的混起来，若回头再看，这类诗因有记号，就不会浪费时间。这是第一道工序。

第二道工序是推敲有疑问的诗，此类诗在看第一遍时装入第二个容器。有疑问的诗多数是生造词汇，僻典，偏僻的地名、人名及有典无典等。这时需要借助工具书，如《辞源》《辞海》《汉语大词典》《中国人名大词典》等。现在方便多了，电脑、手机皆可查找，但必须提醒的是，网络也会出错，主要还是靠腹笥贮藏。第三个容器，一装一见倾心的诗，二装质量中等的诗，三装取"斗仔"的诗。

"头门刷"刷去后，词宗要点一点合格的诗卷有多少，为的是掌握下一阶段取诗的宽严，做到心中有数。接着是确定等级，这是第三道工序。怎么确定等级？方法有三：一曰横取，二曰直取，三曰统取。

直取是将钟眼（与眼字组成的词组）直线排列归类取诗。如某诗局以"离、骚"为眼字，左右不移，钟眼有：离人/骚客、离情/骚体、离恨/骚魂、离人/骚鬼、离绪/骚魂、离卦/骚经、离愫/骚怀、离披/骚屑。还有吊眼类的：离有/骚难、离是/骚为、离难/骚及、离犹/骚难、离剩/骚传、离此/骚如等等。词宗将同样的钟眼归成一组，如离人/骚客一组，离情/骚体一组，吊眼的统归一组，先比较本小组的诗，然后再比较组与组优胜者，好诗就筛出了。在分组比较时必须强调的是眼字的采用率，如离人/骚客有三十比，离曲/骚经只有三比，说明离人/骚客易组词，思维多一致，离曲/骚经较偏僻，在思维中属于少数，"物以稀为贵"，在同等意境下，眼字独特少数的较普通眼字的为珍。某诗局眼字是"声、物"二唱，人多以人物、事物等组词，个别吟友以"尤物"嵌人，在钟眼上先高一筹，大获全胜。

横取即打破眼字取法，以内容分组取。诗钟体式极多，但描写内容最广泛最灵活的为"折枝"，也就是嵌字体正格。诗钟先有嵌字正格折枝，继有别格。闽派多正格，原因是闽人在长期的实践中认识到"折枝"眼字少，组词灵活，描写内容广泛，作品质量高，分有言志、抒情、状物、论古、写景、叙事、讥讽、用典、咏史、说理等方面。横取即将上述分组，写景一组，言志一组……其他方法与直取一样。

统取是打破横直取的方法，将诗统统合起来取。采用这办法的词宗有二种情况。一是不知有横、直取法，只要看顺眼就取上，此等取法可冠曰"乱取"（现在乱取的屡见不鲜）。二是才识超人，炉火纯青的老词丈，一眼即知诗好坏。好在哪里，坏在哪里，不必花工夫横直分组比较，但能达到此功力者，少之又少。

合格诗及精品选出后，选为五大句的诗各有什么特点呢？折枝评取虽复杂，但不外"形神"二字。被头门刷的都是"形"未合标准，在"形"似的基础上再选"神"佳，也就是意境好的句子。品味折枝有以下说法，一曰神，神不超逸则呆；二曰理，理不充足则戾；三曰气，气不浑雄则弱；四曰味，味不隽永则索；五曰声，声不洪亮则哑；六曰色，色不鲜妍则醷。达到上述质量后，怎么与五大句对应呢？折枝对五大句评选是：元之气度，殿之豪迈，眼之纤秾含蓄，花之诙谐鲜艳，胪之新巧工整。

元之气度，即吟友们常常说的"元度"。元者，元首也，领袖群伦，高瞻远瞩，起点极高，字字不凡，神韵飘逸，卓而不群。故取元的诗往往都是爱国忧民，满怀抱负，抒发雄心，立意深邃，百读不厌，充满正能量的作品，往往是言志（言志与抒情往往难以准确区分）、言状、集句（以前，网络不发达，集句诗达到工整不容易，非饱学之才不可对上）的诗取为元，如1979年"人、海"四唱，林仁海之"遗仅一人犹负疚，庇虽四海不矜功"，在三门正取中二门取元。此诗抢元，胜在上述的"元度"。

殿之豪迈。指的是取为殿的句子要雄豪。因为折枝宣唱时，第一声唱殿，要求殿的诗气魄浑雄，激越慷慨，壮丽恢宏，振聋发聩，石破天惊，故细腻温柔、香奁婉转、不愠不火的一概不在殿句考虑之内。如"三、六"三唱，罗明祥先生的"弥不六虚宁浩气，追能三古或淳风"得到三殿，即合殿之要求，也与上述"气不浑雄则弱，声不洪亮则哑"相吻合。

眼之纤秾含蓄。纤秾解释为纤细、丰腴、盛美之貌和富丽优美的文艺风格。含蓄指寓意至深，嚼之有味。故词宗以作意温柔，神彩绚丽，充沛哲理，耐人寻味，清胜绝妙，用字精细，造工细腻的用典、咏史、言状、写景的诗选为眼，如"花、烛"六唱，陈曦作"旦气已潜残烛下，春光尽洩万花中"得了二声眼。又如陈笃初"一、中"一唱，"一士名成诗案后，中原事过钓竿前"，出句用苏东坡乌台诗案，对句用严子陵富春垂钓，用典咏史，有叙有论，真可为"眼"之"坯壳"，与以上味求隽永相合。

花之诙谐鲜艳。指生动活泼，有趣幽默，引人发笑，打浑调侃，嘲弄取笑等。鲜艳指用字艳丽，光彩夺目。所以取花的诗多写景或"调皮"的诗。如"入幕蛾投残烛舞，散街蜂负落花飞""试再景思吹烛后，譬同才育种花时"（"花、烛"六唱），皆取几门花。这一类诗取花，达到色鲜妍之境界。记得近年某诗会，某词宗以写景诗取元，当场有一位老诗人问此词宗：您今天取的元，很有特色，以写景的为元。弦外之音，闻者皆知。

胪之新巧工整。指立意新颖，别出心裁，巧妙奇异，透彻工整，字字不空。所以说理、叙事、言状、论古的诗，多选为胪，如"三、六"三唱，何树远所撰"祸伏六宫终篡汉，变生三户始亡秦"。"花，烛"六唱，林钟雄先生的"生灭旨涵残烛下，盛衰理蕴落花中",达到理足巧妙,透彻工整之要求,故各出了数声胪。

选为录的诗较好理解,是言志、抒情等各方面达到品次上等皆可为录。词宗可凭"横直取法"选出有代表性的佳作为录。

监差录一截了,但亦要求工整有味。监还有一个特点,有的诗意境、造句、组词皆臻上乘,但因遣字差一字或半字,略有欠工稳,取之为大句,又有不足,弃之又非常可惜。故有的词宗将其改一字后取监,有的词宗不改取监,所以有时印出的诗本,同一个作者的诗,会出现一字不同,即此原因。不过,一般地说,改动一字的诗,不宜取五大句。

斗,俗称"斗仔",意为较小的容器(有人考证斗为酒杯),比喻不重要、末等之类。但斗亦不可轻视,大唱中能取得上斗,至少都达到"形似"的水平了。以前前辈诗翁鼓励后生曰,先争取作出的诗,每一比皆可取斗。若每比可取斗,说明功力达到一定程度了。若人家评论某人折枝水平曰,作的诗还未达到斗仔,这即说明此人未入门,基本功还不够。还有人评论某词宗,取诗时连斗仔都不放过,这说明此词宗治学严谨,取诗时宁缺勿滥。

取诗的最后工序是什么呢?笔者从先父处学来:如主办方要求选六十首诗,词宗将反复检选的至少七十卷的诗,一首一首地排列桌面(所以笔者坚决反对在手机、电脑上"爬楼"取诗),将预先选好上中下三等的反复比较,从元开始,将预选好的五大句诗卷并排桌面,认真又认真,谨慎又谨慎地确定,在取了录后,还要将录与五大句比较,有时预选的录比元句还好,反复对调是常有的事。

笔者在几十年的取诗实践中养成习惯:第一次看满意时,在诗卷旁画一个小圆圈,此为已获得取为斗的资格。第二次在一个圆圈的基础上大概占三分之二的卷子上加一个圈,为监以上的资格。第三次在三分之一基础上再加一个圈,为录以上的卷子,第四次、第五次即有的卷圈四个圈或五个圈,四、五个圈的乃是五大句资格,当然这圈子多的要反复看,有增有减,直至最后确定。这样省时省力,不易混乱,有兴趣者可试试。

杨文继先生在《七竹折枝摭谈》"折枝大唱词宗不好当"一章中写道:"能当上一个审慎平章之词宗,确实不易。为端正一代诗风,树立千秋楷模,诱掖导引爱好者走进色香具备、美妙骈臻之折枝通衢大道,非只企望所有作者积极构思,踊跃投稿,其更主要乃仰盼各词宗善于甄拔筛选,正确评骘,做到精者存,粗者汰,庶免谬种四扬,秽物污染……词宗看卷各有各之爱憎心理,欣赏角度也因时因地有所不同,不宜错怪。主要在于欣赏者自身之善抉择,辨良莠,知取舍,从中便会吸收新鲜之营养料,以增进识别力之卓越,则工夫自能提高云尔。"杨老作折枝七十余年,深谙此道,所云完全是肺腑之言,经验之谈,写出词宗心态、习惯、喜恶不同等,所以取诗有因词宗角度不同而出现不同等级。

选取折枝,当大唱词宗的确不易,诗坛上所说的"作诗难,改诗更难,取诗难上加难"。不是炉火纯青者,常常出错,留下笑话。君不见,现在诗坛流行着毛躁病,有的诗局取的五大句错三句,而且是低级错误的。故担任词宗者,不但要了解折枝的诸多禁忌,剔除硬伤,还要具有深厚的文学功底和丰富的社会阅历及厚实的作诗经验,要熟悉折枝的写作手法、风格、特点、要点等等。深知折枝禁忌什么,提倡什么,不忌不提倡什么,了解重叠字,俗、拗、涩,吊眼,一吾体,三才相对,句内自对、流水对、四字对,正对反对、工对宽对,三四节奏,网络语言等诗钟知识。

由于篇幅关系，有的问题不能详细表述或一一举例。不妥之处，还望方家指正。

**参考文献**

1. 唐景崧，辑．诗畸．清光绪十九年台湾布政使署刻本。
2. 黄乃江．台湾诗钟社团及相关组织考略（1865—2014）．人民出版社，2016.
3. 杨文继．七竹折枝撷谈．1994年．
4. 王鹤龄．风雅的诗钟．台海出版社，2003.
5. 肖晓阳．诗钟津梁．厦门大学出版社，2018.
6. 王国英．西园折枝诗话．2016年．
7. 郑敏钟．《吟坛雅韵》《篝镫漫笔》合刊．2019年．
8. 林幼泉．雪鸿初集．清光绪七年刻本．
9. 孙乾甫．雪鸿续集．清光绪十四年刻本．
10. 陈海瀛．希微室折枝诗话．1958年油印本．
11. 郑丽生，萨伯森．诗钟史话．1964年郑丽生手写本．
12. 陈茅．浅谈折枝诗．1993年．
13. 《人海诗刊》，1979年刊印。
14. 《三六·花独》合刊。
15. 《古空》诗刊，1936年刊印，林逢时序。
16. 《青高》诗刊，1930年刊印，林步瀛序。
17. 《离骚》诗刊，1987年刊印。
18. 其他诗刊十五本。

（本文录自《福建诗词论坛论文集2020》，"2020年福建省诗词论坛"会议资料）

# 玉尺裁量　工巧为尚

肖晓阳

相比大诗而言，诗钟的评判标准明晰，有章可循。只要词宗精明，断不会瑕瑜不识，鱼目混珠。诗钟之崇尚，"工巧"二字而已，工巧也是诗钟裁量的标准。工，即工稳，体现于对仗工整、眼字工稳；巧，即新巧，体现于新颖巧妙，别具一格。"工"是基本要求，"巧"是超卓追求，二者兼备，可称佳作。20世纪40年代是福建钟坛鼎盛期，高手如林，涌现出大量工巧兼备的折枝佳构，允称楷模。当今钟坛已不复风流，折枝大多工有余而巧不足，思维的广度与深度远逊前人。欲追先贤，须努力增学养而拓思维。

现以长溪诗社壬寅中秋、国庆折枝诗会"中、国"一唱为例，以工巧为尺度，从眼字工稳、对仗工整、构思新巧三个方面作评。

**一、眼字工稳**

折枝诗的撰制起于"对整眼字"。这里的"眼字"包含两层意思：既指眼字，也指"眼"（眼字组成的词或词组称为"眼"，有时也称"眼字"）。"中、国"二字词性不同，本身不对仗,只能通过配字成眼,使眼对仗。眼若不对仗,后续文字纵是珠玑,结果亦同秕糠。因此,眼字工稳是基础,也可窥见作者水平。眼字工稳体现在三个方面:

1. 眼字配字而成的眼,必须通顺,不生造,不怪异。如"中抓"属怪眼,"中金"属僻眼。

2. 择眼配对,必使对仗工整,铢施两较。如:"中朝"对"国共"、"国共"对"中欧"、"中土"对"国风"、"国土"对"中人"、"国士"对"中军"、"国老"对"中郎"、"国剧"对"中医"、"国策"对"中枢"、"中文"对"国画"、"国土"对"中天"、"中正"对"国涛"(名字对)等,皆对仗工整。

眼字匹对不协,有时较为隐晦,不作细辨,或易蒙混。择例评述于下:

"中圣"对"国香"。"中圣"是酒醉的隐语。古人称酒清者为圣人,酒浊者为贤人。"中"为动词,读去声,与"中暑、中毒"之"中"同,此为饮清酒而醉,故曰"中圣"。因此,"中圣"为动宾结构,而"国香"为偏正结构,不可对仗。此外,"中眉"也是动宾结构,其"中"属动词。

"中外"对"国家"。表面上看,"中外"与"国家"同属联合结构(或称并列结构),然而,"国家"是偏义复词,即两个字中,只有一个字表示意义,另一个字作陪衬。"国家"一词由两个相关语素组成,只取"国"之意,"家"只是陪衬。因此"中外"对"国家"不协调。当然,如果作者能通过后续文字显示"国家"的双重含义,则对仗无弊。且看下例:

中外风云随诡谲,国家帏幄计频烦

此中的"国家"只有"国"义,故存瑕疵。论者或谓:林则徐"苟利国家生死以,岂因祸福避趋之",不是"国家"对"祸福"吗？须知诗钟对仗要求严于七律，律诗不可为凭。

"中医"对"国学"。广义国学是指中国历代的文化传承和学术记载，包括中国古代历史、哲学、地理、政治、经济乃至书画、音乐、易学、术数、医学、星相、建筑等。国学包含中医，因此"中医"不可对"国学"。同弊者，如"中庭"对"国宅"（"宅"包含"庭"）、"国山"对"中域"（"域"包含"山"）。

"中餐"对"国宴"。"餐"与"宴"义近，属对不妥。同弊者，如"中原"对"国土"，近于合掌。"国医"对"中药"虽可，微嫌二者太近，作句易入"专咏"范畴。

"国力"对"中枢"。大小虽相称，但"力"为抽象名词，属"虚"；"枢"为具象名词，属"实"，故匹对不够工整。以"国策"对"中枢"，则完美无缺。

"中华"对"国际"。"中华"大意指"中原的华夏族"，指代中国；"国际"指"各个国家之间"。这里的"际"是"之间"之义。因此匹对不协。

"国泰"对"中坚"。二者结构不同，不可相对。"中坚"若解作"中之坚者"，为偏正结构；若解作"中且坚者"，则为联合结构，均不与主谓结构的"国泰"相对。

3. 眼字须稳固。即眼字在句中起关键作用，而不是可有可无。如：

中朝抗美昭肝胆，国共驱倭仗股肱

此中的"中、国"二字就起关键作用，不可移易。反例如：

中州入夏蝉声唱，国道经春雁影斜

"中、国"二字未能嵌牢，其眼属"冇眼"，可以移易。如"中州"易作"疏林"、"国道"易作"旷野"，比原作更好。

## 二、对仗工整

诗钟对仗远比对联、律诗严苛,力求工对。前举"中朝、国共"之联,对仗极工。此外还有:

> 中郎一女终归汉,国老双娇已属吴

"中郎"对"国老"(蔡中郎对乔国老),眼字配对工稳,为全诗构思打下良好基础。谋篇以文姬归汉之事对大小乔嫁孙策、周瑜之事,上下联逐字工对,虚实相称,典实相对,铢两悉称。又如:

> 国士头抛留正气,中军肋裂尽精忠

上联言文天祥之正气,下联言岳飞之精忠,对仗工切。工对者还有:

> 国色难离明主聩,中坚可倚乱臣平

对仗欠工者,如:

> 国破哀鸿弥野痛,中兴黄鹄极云高

"国破"主谓结构,"中兴"偏正结构,不够工整。当眼字不对仗时,只考虑附眼之字(此为"破、兴")对仗也是一法,但前提是"眼难匹对"。从前文可知,"中、国"可工整匹对的眼不在少数,因此"国破"对"中兴"欠精审。"黄"为颜色,对"哀"不工(通常颜色、时序、方位、数词要求工对)。"痛"为动词(或名词),对形容词"高",犯内外科。又如:

> 中馈虚犹难作爨,国材伟则可承天

上联独辟蹊径,以中馈言妻室,妻室虚则难持爨(爨指烧火煮饭,也指灶)。所言即王夫之所谓"悲愉酬酢"之"俗情"。下联言国材承天,是所谓"导天下以广心,而不奔注于一情之发"之君子"雅情"。"爨"对"天",不相类,一小一大,一俗一雅,吹毛见疵。

至于合掌、生造、赘字等毛病,多出于初学,平时多注意,不难改正。合掌者,如"中兴必得民心共,国振还须众志齐""中文伟岸千秋炳,国语温馨万世传",上下联意思基本一样。生造者,如"中庭匾额彰家德,国界碑墩铸稷威","稷威"是生造词。而"匾额"之"额"、"碑墩"之"墩"纯属无用赘字。

### 三、构思新巧

新巧包含新颖、巧妙两重含义。写诗是创作,不出新何以称"创"?所以,"新"最为难能可贵。"巧"则灵性使然,不可强求,慧根不逮,难汲大巧之源。新与巧之间的关系:新是基础,巧是宫殿,不新则无巧,巧必包含新。巧又有大小之别,最低要求是能避免凡庸,别开生面。略举例分析:

> 国土安能三尺让,中人勿怠一鞭追

此诗理论完足,气魄为胜。其用典能化,浑如白句,而借典抒怀,深入第二层。上联不用"一寸"而用"三尺",缘于"三尺巷",此典是赞美邻里建房各让三尺的谦让之风。然而,国土断不可如此谦让。下联用刘琨"着先鞭"典故,借以言中等资质的人,应不懈快马加鞭,只争朝夕。"三尺"对"一鞭",不惟工巧,也是借意象破解抽象说理的苍白。诗钟用典有三个层次:罗列典实,此为下策;有典有评,此为中策;用典能化,此为上策。

> 国老悲乎燕阙陷,中堂耻也马关行

此联对仗之巧在于"马关"对"燕阙",十分工整熨帖。下联言李鸿章签订《马关条约》之事，为人熟知。上联言陈宝琛事，或少人知。"燕阙"指京都帝阙。清末帝被逐出紫禁城后，帝师陈宝琛有诗云："阑残有分依行幄，飘泊何心恋禁沟？犹剩绿阴须护惜，年来数遍过江流。"悲情可见。此诗"禁沟"当指紫禁城壕沟，与"燕阙"相契合。或谓：作诗当通俗易懂，用典难懂不是好诗。此论或适用于大诗，却于诗钟未合。诗钟具有斗巧、斗捷、斗博的竞技特色，读不懂说明读者不够"博"（也可能是作句不通，或典太僻），唯有努力学习而已。

国风钟吕传三古，中土丝绸暖八荒

《国风》是《诗经》的一部分，也是精华所在，故"国风"也代表"诗"。"钟吕"即"黄钟大吕"。古乐十二律中，六律第一音为"黄钟"，六吕第一音为"大吕"，后以"钟吕"代指音乐。古代诗歌皆配乐而唱，故言"国风钟吕传三古"。"三古"即上古、中古、下古。下联"八荒"即八方荒远之地。此联匠心独运，别开生面。

国唯不霸雠方少，中必无偏圣亦难

此联巧在技法。"中、国"两字较难用"吊眼法"，尤其附虚字的吊眼更难。此联通过"唯、必"二字，承上启下，将眼字与后续文字贯穿起来，句子显得圆活，说理亦佳。

构思新巧意味着别具一格，不与人同。福州词宗取诗，有一条不成文规定：雷同不入高等。笔者初阅一联为"国医爱注回春手，中药慈怀济世心"，取为中上等，后又见一联"国医名自回春手，中药源于济世心"，于是将前一联降为斗，后一联不取。

折枝诗"欠工能巧"和"工而不巧"，哪个问题更大？窃以为是后者。能巧，说明思维品质高，这是作诗难能的品质。

至于平仄、对仗、用词之类毛病，不是大问题，通过学习和思考多能克服。如：

　　国剧千腔南北调，中医一脉死生情

上联失于散漫，下联失于逻辑。可改作：

　　国剧一腔悲喜系，中医三指死生关

工而不巧的诗，多作意凡庸，如：

　　中枢伟略宏图展，国策新谋远景描
　　中官善政山河丽，国策安民社稷兴
　　中华处处皆成画，国土时时可咏诗
　　国政清风民自善，中枢正德吏从廉
　　中土伟人扬正义，国家贤士树清风

这些折枝，对仗工整，语言流畅，观点正确。奈何空洞抽象，了无新意，略似两条标语的集合，与诗钟追求新巧的宗旨相悖。诗钟最忌类于通用对联、标语，或近于"老干体"诗。入此彀中，若非认识不足，便是心源枯竭。王贡南《诗钟话》指诗钟之忌"禁浅（寻常景物也）；禁率（摇笔而来，冲口而出，人人意中所有，而不屑为者也）"。上述诸例便是"浅"和"率"的表现。

　　老干体折枝诗如何纠弊？方法有三：其一，抛弃抽象概念和惯常语（如"扬正气""树新风"等）。其二，主题内容具体化、形象化。其三，多用"比"法。

（原文发表于"晓阳钟艺"微信公众号 2022.10.5）

# 近现代福州地区几次诗钟活动记

陈 茅　周书荣

福州被称为"诗钟国",折枝活动非常频繁,清末和民国时期福建的诗钟达到鼎盛,步入成熟期。现根据笔者所掌握的资料和亲身经历,将福州地区几次规模和影响较大的诗会约略申述于下。

**一、"青、高"七三大唱**

"青、高"七三是 1930 年 5 月,为纪念福州某校建校 25 周年而征的折枝诗,征了近万首,印有《青高》诗刊传世,由林步瀛先生作序。此次诗会分 17 门评选,正取 2 门,取例为元、殿、眼、花、胪各 1,正录 12,副录 14;正监 20,副监 30;正斗 60,副斗 140。每门计 280 首。

捐取 13 门,有以个人名义,有以单位名义。有一人单独取,有二人合取一门。如捐取第 10 门单位为"范社俱乐部",取例为元、殿、眼、花、胪各 1,正录 4,副录 8;正监 14,副监 20;正斗 50,副斗 100。共计 200 首。另设遗珠二门。

正取第一门左词宗陈笃初先生,所取元句是朱宏谱之"抽长青草翘风下,开足高花闹日边";眼句作者是林绮赓之"泉乱青山闲自若，云消高月洁依然"。正取第二门右词宗张鹤年先生，元句是王心香之"自爱青春增物事，但蕲高节薄功能"；眼句是林任忞之"尸居高位宜生吊，鼾睡青山当死埋"。

第10门词宗范社俱乐部，元句为"各有高堂长在意，谁非青史未来名"，作者林屏侯；眼句为"告功高庙班师日，赐死青宫立庶时"，作者林佑梅。

第10门遗珠词宗陈韵珊先生。取的元句为陈笃初之"积霖高谷将成氾，着翳青天未损明"；眼句为梁道均之"递传高足千秋统，仅胜青盲一隙明"。

二、"古、空"七六大唱

"古、空"七六，1936年出刊，共10门取，正取2门，词宗为陈笃初和梁道均。各取元、殿、眼、花、胪各1、正录5，副录10；正监10，副监10；正斗60，副斗100。计每门取200首。

捐取8门，各取元、殿、眼、花、胪各1，正录5，副录5；正监5，副监10；正斗10，副斗20。计每门各60首。但有1门例外，即取双旗，共120首。

"古、空"好诗极多，整体水平极高，以现在的眼光衡量，许多句子可作范例，现摘录数首，以飨读者。

> 何必有花行古径，不如无月坐空江（吴韵河）
> 月犹难着观空眼，春或能移好古心（陈笃初）
> 照不尽人千古月，归如无处半空云（夏　棋）
> 人智渐从中古凿，圣功真与太空衡（吴犹龙）
> 狂在常凭无古眼，慧生乃本既空心（陈笃初）
> 明多眼是长空月，淡极心如太古云（萨伯森）
> 我所能行犹古法，世偏不用岂空言（陈无竞）

对月各生今古感，坐花谁作色空观（王景轩）

"古、空"诗刊序言，由林逢时先生撰，其中一段曰："诗钟一道，非读破万卷，莫入堂奥，而尤必待炉火纯青，始有性灵之语，流露毫端。本届'古、空'征诗，十闽骚人，多数出席，盖于国难中，狂歌当哭，孤愤攸宜。秃管一枝，不啻三千毛瑟，仅仅以十四字工拙，议论诗人，抑又浅之乎视诗人矣。"

### 三、"诗、月"七六大唱

"诗、月"七六诗会是长乐县（当时称县）诗词界的一件大事。当时，"文革"才结束几年，本着恢复传统文化的精神，在长乐县政协及有关部门大力支持下，县文化馆于农历八月十五中秋节举行"诗、月"吟唱会。20世纪80年代初，通讯不发达，交通非常落后，但投诗者及出席诗会吟友有福州、闽侯、马尾、鼓山、莆田、长乐等地。投诗者名人颇多，如莆田的"空军诗人"陈禅心，萨镇冰之侄、福建文史馆馆员萨伯森、陈景汉教授等。

"诗、月"分12门评取。正取2门，左词宗萨伯森，右词宗陈景汉。捐取8门，评取人为陈启夔、林钊（萱孙）、林庆垒、陈德铠、郑学煊、陈秉寿、郑和铿、甘鼎藩。捐取左门遗珠评定人杨紫宸，右门遗珠评定人林中影。每门取例为元、殿、眼、花、胪各1，录5，监20，斗30，每门取60声。12门计出720声300多首。投诗者近百人，得诗出声60余人。

"诗、月"好诗颇多，现录部分五大句如下：

知堪鸣甚新诗一，悟及持盈满月前（王则槐）
宵灯斗句敲诗眼，晓镜临妆状月牙（林　钊）
茅店晓行曾月伴，枫桥夜泊竟诗传（陈礼调）
见几兴亡犹月旧，经多理乱愈诗新（林　钊）

稽及太初无月日，虑来本性即诗文（陈启夔）
明朝又异评诗眼，何夜能同坐月身（林中影）
峰痕洗碧催诗净，沙气蒸黄迫月昏（何树远）
苦乐情难瞒月下，穷通谶或伏诗中（萨伯森）
梁燕如期三月至，庖鹦多事一诗呼（陈德铠）
渐息诸缘初月上，能涵万汇一诗中（黄明清）
交游全绝余诗酒，色相都空况月花（陈启夔）
善犹春溥宜诗赞，恶纵宵潜有月知（林　钊）
用但夜明非月志，遣能春艳即诗才（林中影）
证我心明惟月一，知君意苦以诗终（林祥珩）
微翳天犹流月影，久霾春亦湿诗声（黄明清）
眼底升沉惟月喻，心中忧乐以诗鸣（萨伯森）
偷药休讥奔月妇，燃萁可讽逼诗兄（王则槐）
察理非同看月易，立言却比作诗难（郑乃中）
烽火杜陵三月恨，雪泥苏子一诗寒（陈禅心）
太初混沌因诗奠，东道清泠与月邻（陈启夔）
一片砧声敲月下，三分雪意映诗中（陈秉寿）

"诗、月"诗会还有一则趣事，一首诗只差二字，二位作者分居两地，互不相识。一是林中影的"顾影自怜明月下，相形见拙好诗前"，一是张国英的"顾影自怜寒月下，相形见拙古诗前"，词宗各有所爱，结果是前诗略胜。

诗会之后，有人统计总分最高的是陈启夔（陈茅之父），出声最多的是陈善贵，林钊与陈德铠成绩皆列前茅。

笔者当时 25 周岁，第一次参加诗会，一切都新鲜好奇，搜肠刮肚，挖空心思所作的臭诗出了七首十声，质量之差，至今想起还羞愧，"山为势高非月小，我因学浅怪诗深""不爱红妆封月镜,尽收丽句饱诗囊""聊问几时明月有,喜看此日好诗多""不用文钱明月买,要留高价好诗估"等,居然得一录一监八斗。初出茅庐即得奖,高兴得好一段时间。

**四、"文、墨"七二大唱**

陈子波(1920.8—2020.12)字荆园,闽侯县南屿镇人。工诗善画,尤嗜折枝。据他自己说,他作诗是由折枝入门。曾在台湾主盟"凤岗诗社",主编《凤岗》诗刊,因善画水墨梅花,故有"百梅诗人"美称。又因寿长,大家尊称"波老"。长居台湾,自1987年后经常返乡并在福州举行联吟。1990年先生古稀之年,第四次旋里,一手促成"文、墨"诗会,并出资7000元,联系了香港诗人捐取4门,每门由捐取人出资1000元作为奖金。

"文、墨"七二,正取左门词宗陈实懂,右门词宗林仲簏。二门皆取元、殿、眼、花、胪各1,录50,斗160,计每门215声。捐取4门,一门林咏荣,二门陈培煜,三门施孟宏,四门叶玉超。每门皆取元、殿、眼、花、胪各1,录20,斗80,计每门105声。

本次诗会影响较大,投诗者约300人,来自福州、闽侯、长乐、福清、连江、永泰、闽清、古田、罗源、马江、平潭、宁德、福安、寿宁、福鼎、屏南、霞浦、永安、仙游、云霄、南平、邵武、沙县、尤溪、安溪、香港等地。投诗出声者有郑丽生、吴味雪、李可蕃、杨文继、詹训楷、郭道鉴、郑孝禄、刘老苍、岑雨耕、刘斯湛、黄明清、郭嘉笙、卢伯华、陈妫绍、王克鸿、王琼(女)、郭毓麟、叶玉超、江枫、郑振麟、林祥衍、宋豫华、郭绍恩、严格、刘以仁、林鸿英、李元泰、林祖德、陈专年、孔庆洛、金英生、林朝绥、林庆垒、张善贵、张言恺、何培元、陈宜根等,皆是名重一方的折枝高手。

三十一年过去了，其中百分九十皆已作古，硕果仅存者寥寥无几。奇怪的是这批前辈高手多长寿，活到八九十岁的占绝大多数，如陈子波、郭绍恩、先慈王琼（陈茅之母）皆百岁方逝，或与诗词熏陶滋养而致心态平衡有关。

**五、"清、雅"七六大唱**

"清、雅"七六大唱，由闽侯县诗词学会主办，征诗历时两个月，2018年5月在闽侯县甘蔗图书馆大厅举行。

近20余年，由于通讯发达，征诗量、征诗面愈来愈广，也由于老一辈折枝高手愈来愈少，许多吟友不熟悉折枝，故而畏惧折枝，所以即便大唱，每人也限投三首，这几乎成了不成文的规定。以致新手不知大唱买卷投诗是怎么一回事，不知前辈作者一次性投几十首乃至百余首折枝诗之历史。对折枝瘾家来说，一夜作十至二十首是常事。上限三首，极大地限制了写作空间。新一届闽侯诗词学会为了打破此现象，将征诗放宽到上限10首，但又恐投诗量过多，故只在福州十邑范围内征诗，结果也有闽东、闽北等吟友投诗。

本次折枝共征得1000余首，分8门评取，每门设元1、殿2、眼3、花4、胪5、录15、监30、斗40，计每门100首。八门词宗依次为周书荣、郑孝禄、陈茅、甘鼎藩、郑敏钟、林阳在、赵茂官及闽侯县诗词学会会长林晓。

"清、雅"影响极大，开唱之日，到位的嘉宾及吟友有150人左右。有诗坛老将，有年轻新秀，吟声彻耳，欢声四起。"清、雅"好诗颇多，是近几年少有的，现录部分五大句于下。

矩矱平生孚雅望，经纶一代擢清才（郑孝禄）
文媲马班矜雅健，书追颜柳爱清刚（周书荣）

肥遁亦甘彰清誉，厚诬能忍证清名（陈　茅）
自古贤人多雅号，从来圣主有清名（甘鼎藩）
梅邀月魄留清影，莺借溪光放雅言（郑敏钟）
水曾示我当清净，山不瞒人却雅娴（陈玉华）
屡拒苞苴赢雅望，长尝藜藿享清名（蓝云昌）
鸣盛百家扬雅韵，起衰八代著清声（陈　茅）
名士诗崇风雅颂，好官政尚慎清廉（林蚌生）
紫授犹辞钦雅望，青蚨不染赞清修（林国炎）
人心涤不江清柱，世味熏无室雅唯（赵松溪）
顾曲周郎知雅俗，论玄郭象辨清浑（官大梁）
卑俗容些彰雅量，利名摒却养清心（陈宏轮）
至性芳尘寻雅韵，侧身俗世筑清名（林　晓）
毁赞能容斯雅量，崇枯不计乃清怀（陈瑞钟）
朽蠹窍空吾雅句，青蚨误尽世清名（赵茂官）

　　此次诗会笔者作了20多首折枝、4阕词，经过反复修改、拣选，投了10首折枝和2阕词。在下自知学养差，不敢掉以轻心，所幸苍天不负苦心人，所投的诗词，每首皆取上，且成绩很好，名次很高，所以印象深刻，至今难忘。

**六、三次现场鏖诗**

　　第一次是2002年11月2日，由福建省诗词学会主办，借省政协委员之家进行折枝现场创作活动。与会者有福州市区及邻近县市诗侣近80人。上午9时，主持人蒋平畴副会长宣布开始后，吴修秉会长当场命题定眼字。他在一张大宣纸上浓墨挥毫"喜迎十六大折枝吟会——'大、中'第一唱"。眼字一出，全场寂然无声，与会者静坐构思，每人上限三首，一小时内交卷。

近现代福州地区几次诗钟活动记 | 307

老诗人赵玉林、杨文继、李可蕃担任词宗,每门取元、殿、眼、花、胪各1,录5,监10,斗20,计40声,随唱发奖。为了评卷公正,眼字宣布后,词宗即行回避。10时投卷截止,随即在另一房间由几位吟友一式三份抄录,并加认真校对,隐去作者姓名,分别交词宗评选。

利用词宗闭门评卷的时间,会场举行诗词吟诵,就省诗词学会编辑的《迎接党的十六大召开诗词专辑》,由女诗人任学昭以普通话、黄明清先生以福州方言,各吟诵15首诗词。

三门词宗各作折枝三首,不参评。各录一首于下:

中天得月匀明晦,大地缘山起凸凹(赵玉林)
中边协力无冰炭,大小齐观等莛楹(杨文继)
大道扬镳归亦一,中流击楫向无前(李可蕃)

词宗所选的五大句各录一首于下:

中兴盛世超唐汉,大治新天迈舜尧(丘幼宣,元)
中枢已肇雍熙局,大块如铺锦锈程(郑孝禄,元)
大智雕虫原不屑,中才刻鹄每难成(翁绳馨,眼)

第二次是2006年5月28日,在福州省政协委员之家举行。福州周围近60位吟友参会,题目现场宣布为"荣、辱"六唱,每人上限三首,一小时内交卷。三门评取,词宗为赵玉林、郭道鉴、翁绳馨,现场评取,现场吟唱,现场颁奖。

本会有一则新闻,一百多岁的老诗人郑宜恺出席了诗会,且作了"狱中屈节求荣免,胯下吞茅忍辱才"之句,大家争相告之。见到郑老精神饱满,思路敏捷,纷纷上前问安道贺。由于当时无刊出评等诗句,故不知各门所评等级和声数,经多方求证,能确定的二首元句如下:

"一代高才安辱没，八荒寒庶尽荣滋。"长乐海滨诗社陈逸钟先生句，第一门词宗赵玉林先生评取。

"身前郭享殊荣有，胯下韩遭大辱曾。"陈茅句，第三门词宗翁绳馨评取。

第三次是 2007 年 3 月 1 日，福建省诗词学会主办"福州地区丁亥新春诗友会"。来自福州及周边县市的诗友和台湾著名诗人陈子波、我省著名诗人蔡厚示、赵玉林、丘幼宣、欧孟秋等 73 人出席诗会。诗友们以普通话和福州方言吟诵了宿构"迎春"为题的大诗。

折枝眼字现拈，由主持人指导大家，在二张纸条上任意各写一平一仄两字，分别投入两个容器内，再由二位吟友任意抽出一字。当时抽出的是"春、丽"二字，即以此为眼字，定题目为："春、丽"二唱，限一小时交卷，每人上限三首，由三门评取，现场以福州方言吟唱。可惜，当时无刊登现场作品，现在花了九牛二虎之力，只找到通讯中陈永先生写的报道：

"春、丽"二唱创作百余首作品。经赵玉林、郭道鉴、翁绳馨评审出的三"元"作品："人丽应教怜绰约，世春当许颂雍熙"（周书荣）；"多丽江山铺锦绣，皆春日月展经纶"（周书荣）；"国丽长涵先哲德，世春已造少年才"（陈茅）。

诗人们以自己的心声，热情讴歌和谐社会与太平盛世。《福州晚报》、广州《诗词》报、《中华诗词学会通讯》作了报道。

周书荣先生一人独抡二元，实属不易。笔者所作"国丽长涵先哲德，世春已造少年才"，翁老取元，郭老取殿，赵老取斗。"至丽曾经无数劫，初春已历一悉寒"，赵老取殿，郭老取录，翁老取斗。另一首也取了一花一斗。

以上三场折枝诗会对当时折枝诗聚会推动很大，在此影响下,很多诗社一改光宿构不现拈的形式,也举办了现拈诗会。但十多年过去了,省诗词学会再未举办类似的现拈折枝诗会了。

2021.2.22

本书由福建省木铎金声教育科技有限公司全额资助,特此鸣谢!

编者